Christiane Landgraf

Social Hideaway

1.12.2019

Christiane Landgraf
Social Hideaway
Thriller über selbstfahrende Autos und gechippte Menschen
Thriller

ISBN Print   9783956672972
ISBN E-Book   9783956672989

Lektorat   Monika Holstein
Umschlag   Attila Hirth
Satz & Layout Verlag 3.0
E-Book   Verlag 3.0

Bibliografische Information der Deutschen Nationalbibliothek
Die Deutsche Nationalbibliothek verzeichnet diese Publikation in der Deutschen Nationalbibliografie; detaillierte bibliografische Daten sind im Internet über http://dnb.ddb.de abrufbar.

Printed in EU

© 2017 Verlag 3.0 Zsolt Majsai
Linz am Rhein
https://buch-ist-mehr.de

Alle Rechte vorbehalten.

Für Vanessa!

Ich bin stolz auf dich und werde dich immer unterstützen. Ob du in einem Symphonieorchester spielen, Star-Designerin werden, die Laufstege dieser Welt erobern oder einen ganz anderen Weg wählen wirst, du wirst immer besonders sein – einfach nur, weil du bist, die du bist.

Alles, was ich mir für dich wünsche, sind wunderbare Menschen, Orte, Dinge und ein Leben, das dich glücklich macht!

Was ist Heimat?

Für Liebende ist Heimat kein Ort.
Heimat ist überall.
Sie ist bei jenen, denen wir unser Herz geschenkt haben.

Christiane Landgraf

Ende?

Der Knall war ohrenbetäubend. Dann trat Stille ein, die das Mädchen nicht mehr wahrnehmen konnte ...

Shania

… alles schien ihr in Watte, allein der schrille Pfeifton in ihren Ohren durchdrang das pelzige Gefühl. Es war furchtbar unangenehm, ein Tinnitus ganz eigener Art. Der viel zu schrille Ton erzeugte einen so stechenden Kopfschmerz, wie Shania ihn noch nie gespürt hatte. Sie fühlte kaum, wie Mikes Griff sich lockerte, wie er hinter ihr zusammensackte. Blut überall, Mike lag vor dem Schreibtisch, mit der Waffe in der Hand, die sein Leben Sekunden zuvor mit einem Knall beendet hatte.

Der Raum roch nach Tod, Angst, Verzweiflung. Selbst in Shanias Haaren fing sich die typische Eisennote von frisch vergossenem Blut. Die aus Mikes Körper ausgetretene Kugel hatte die Deckenlampe getroffen und zerstört. Das grelle Licht der Schreibtischlampe, einzige noch intakte Lichtquelle im Raum, erleuchtete die Szenerie nur noch punktuell, ein groteskes Schauspiel. Während Mikes Körper im Schatten lag, wurde der zerstörte Schädel ihres Peinigers im Lichtkegel der Arbeitslampe angestrahlt – eine besonders gruselige Inszenierung, wie in einem makabren Horrorfilm. Shania konnte die Augen nicht abwenden und musste sich übergeben, bevor sie an der Wand zusammensackte und nach Atem rang.

Als der erste Schock abklang, kamen das Zittern und die Flut ihrer Tränen. Der Raum erschien ihr trostlos und eisig, doch zugleich wurde ihr klar: Sie war es, die überlebt hatte. Sie hatte das noch vor wenigen Minuten für unmöglich gehalten.

Wieder sah sie Mike vor ihren inneren Augen, sein penetranter Geruch von Schweiß und Alkohol drängte sich auf. Wie von Sinnen hatte er auf die Frauen und auf seine Geliebte Tracy geschimpft. Er hatte gedroht, Shania zu töten. Mike hatte ihre Kehle zugedrückt und seine Waffe an ihre Schläfe gepresst;

Bilder ihres viel zu kurzen Lebens waren wie im Zeitraffer in ihr abgelaufen.

Nie hätte sie gedacht, dass sie sich noch einmal wie ein Kleinkind in die Hose machen würde, aber sie hatte es getan. Todesangst hatte ihre kalten Klauen scheinbar unumkehrbar um sie gelegt.

Mike war so voller Hass gewesen. Er hatte ihr gedroht und sie hatte nicht den leisesten Zweifel gehabt, dass dieser Mann seine mörderische Drohung schon im nächsten Moment wahr machen würde.

Doch plötzlich, im letzten Augenblick, unmittelbar bevor er abgedrückt hatte, bevor der letzte Donnerschlag ertönt war, hatte er die Waffe von ihrem Kopf weggerissen.

Noch bevor Shania überhaupt realisiert hatte, dass sich der kühle Lauf der Waffe schon nicht mehr gegen ihre Schläfe presste, war der Knall, der ihre Ohren vollkommen betäubte, auch schon ertönt.

Sein Unterkiefer, das erschloss sich beim schrecklichen Anblick der Leiche, war noch intakt. Doch der Schädel war völlig zerstört, er musste sich die Waffe in den Mund gesteckt haben.

Eine Weile war sie wie aus der Zeit gefallen. Doch zeitgleich eröffnete sich ihr eine ganz neue Erkenntnis, die jetzt nicht minder heftig durch ihre Adern pulsierte: Sie war frei! Endlich! Ihre Eltern waren frei! Ihr schwindelte bei dieser Aussicht. Sie würde sie endlich finden und im Untergrund mit ihnen leben können!

Viel Zeit würde ihr nicht bleiben, das war klar. Denn sobald die CIA erfahren würde, dass Mike tot war, würde man sie in Gewahrsam nehmen, um ihren Vater weiter erpressen zu können. Shania wusste, dass Mikes Tod für die CIA ein herber Verlust war. Aber er war bei weitem nicht so unersetzbar wie es Tracy für Mike gewesen war.

Shania hatte Mike in den letzten Jahren sehr genau beobachtet und viel über ihn gelernt. Das Gepäck des Toten stand noch neben dem Tisch. Sie erhob sich, holte eilig ihre Jacke und ein paar persönliche Dinge aus ihrem Zimmer. Ihr Handy ließ sie nach kurzem Zögern zurück und fing an, Mikes Gepäck nach Geld und anderen nützlichen Dingen zu durchsuchen. Noch zittrig, nahm sie dem Toten den Revolver aus der Hand und zog den Schallschutz aus seinem Gepäck. Sie hatte ihm ab und an heimlich zugesehen, wenn er die Waffe gereinigt hatte – schon früh hatte sie geahnt, dass das Wissen um den Gebrauch seiner Ausrüstung eines Tages von unschätzbarem Wert sein würde.

Ihr Freund Liam hatte ihr einmal heimlich die Waffen seiner Mutter gezeigt. Clarice hatte sie dabei erwischt. Doch anstelle der zu erwartenden Standpauke hatte sie die beiden gleich darauf mit auf einen Schießstand genommen und ihnen gezeigt, wie man richtig schoss.

„Man muss sich schließlich verteidigen können. Vor allem, wenn man heimlich mit Mummys Waffen spielt, sollte man wissen, wie sie funktionieren, sonst nimmt irgendwann jemand Schaden", so hatte sie die beiden Lauser mit Schalk in der Stimme gerügt. Es war nicht bei dem einen Mal geblieben, dadurch hatte Shania leidlich gut Schießen gelernt.

Anfangs war es bloß eine Fantasie gewesen, eine Art fixer Idee im Kopf, dass sie Mike irgendwann erschießen würde. Doch es hatte nie eine Situation gegeben, in der sie das Gefühl haben konnte, sie würde seine Waffe heimlich an sich nehmen. Sie hätte zwar Clarices Waffe stehlen können, hatte aber Angst, dass Liam ihr das nicht verzeihen würde. Schließlich würde Clarice, sollte Shania mit ihrer Waffe Schaden anrichten, rechtlich belangt werden, weil sie ihre Waffen nicht hinreichend vor dem Zugriff der Heranwachsenden gesichert hatte.

Mike hatte ein kleines Messer im Schuh versteckt, selbst am Gürtel trug er eine weitere kleine Schusswaffe bei sich. Sie wusste, dass er ein begnadeter Schütze sein musste, das hatte sie herausgehört, wenn sie Mike und Tracy belauscht hatte. Hätte sie es gewagt, ihn mit seiner oder Clarices Waffe zu bedrohen, hätte er wohl zurückgefeuert oder sein Messer nach ihr geworfen, noch bevor sie ihre überhaupt hätte entsichern können. Außerdem war sie einfach keine Mörderin, sie konnte niemanden erschießen, nicht einmal Mike, so sehr sie ihn auch hasste und so groß ihre Verzweiflung auch war. Selbst wenn sie eine Waffe ergattern und Mike hätte überrumpeln können, selbst wenn sie ihre Skrupel hätte überwinden können – was dann? Dann wäre sie eine gesuchte Verbrecherin gewesen.

In diesem Moment wollte sie Mikes Waffe mehr denn je. Eine echte Geheimdienstausstattung aus einem Material, das von den Detektoren am Flughafen nicht erkannt wurde. Die Waffe war in viele Einzelteile zerlegbar, die sie auf verschiedene Gepäckstücke verteilen konnte – das reduzierte die Gefahr, damit erwischt zu werden – und im Notfall hätte sie wenigstens eine Verteidigungsmöglichkeit. Schon jetzt hoffte sie inständig, dass sie die Waffe niemals würde benutzen müssen. Aber sie zu haben, würde ihr ein Gefühl von Sicherheit geben.

Während Shania sich beeilte, alles Nötige zusammenzuraffen, erschien ihr das Heim ihrer letzten Jahre plötzlich wie eine bereits verblassende Erinnerung. Sie nahm ein paar Wechselklamotten mit, nahm sich aber keine Zeit, sich umzuziehen. Sie wollte so schnell wie möglich weg, nur weg! Nie wieder würde sie einen Fuß hinter diese Haustür setzen. Auf der Schwelle ließ sie noch ein letztes Mal den Blick durch die noch gestern so vertraute Diele schweifen.

Sie holte tief Luft, zog Jacke und Schuhe an und setzte ihren Rucksack auf. Als sie sich aufrichtete und gehen wollte, durchzuckte sie plötzlich ein eiskalter Schauder. Elaine stieß irgendwo einen markerschütternden Schrei aus. Sie musste von der Detonation aufgewacht und aus dem Schlafzimmer im ersten Stock gekommen sein, während Shania ihre Sachen zusammengerafft hatte.

Shanias Ersatzmutter hatte sich bebend vor Schreck auf der untersten Stufe der Treppe in den ersten Stock aufgebaut. Ihre Position gewährte einen letzten, freien Blick auf die weit geöffnete Arbeitszimmertür. Auf Mikes Leiche dahinter. Elaine blickte von hier aus fassungslos auf Shania.

Einem Reflex folgend ging Shania auf Elaine zu und umarmte sie kurz, etwas Blut aus ihrem Haar blieb bei dieser Berührung an Elaines Hals hängen. Shania wurde jetzt erst bewusst, wie bizarr und unwirklich die Lage war. Sie spürte, wie Elaines Finger sich in ihre Oberarme krallten. „Warum?", presste Mikes Witwe schluchzend hervor. „Er hätte dich bestimmt eines Tages gehen lassen!"

Shania riss sich los.

„Er hat sich selbst getötet, Elaine. Ich weiß nicht, warum und ich will es auch nicht wissen. Ich dachte, er bringt mich um, viel hat nicht gefehlt. Ich weiß, wie sehr du ihn geliebt hast. Verdient hat er es nicht. Aber um deinetwillen tut es mir tatsächlich leid."

Jetzt erblickte Shania ihre Stiefschwester kreidebleich oben auf der Treppe. Sie rannte noch einmal hinauf und drückte Caithleen liebevoll an sich. Auch auf Caithleens weißem Nachthemd blieben traurig-blutige Spuren zurück.

„Ich liebe dich, Caithleen. Es tut mir alles so leid, aber ich muss jetzt gehen. Ihr... ihr schafft das schon!"

Dann riss sie sich endlich los und rannte entschlossen zur Tür.

„Du verlässt uns jetzt auch noch?" Elaine schrie fast mit zittriger Stimme.

„Ich gehöre hier nicht her! Ich kann und will nicht mehr unter diesem Dach leben! Ich will endlich zurück zu meiner eigenen Familie!"

Nun liefen auch Shania heiße Tränen über die Wangen. Sie holte tief Luft und ergänzte etwas gefasster, in leise beschwörendem Ton: „Wir wissen doch alle: Würde ich nicht gehen, würden mich Mikes Kollegen sofort holen!"

Caithleen hatte zu Elaine aufgeschlossen und erblickte den Leichnam ihres Vaters. Mit einem Schrei des Entsetzens warf sie sich auf die Brust des Toten. Elaine ging wie in Trance zu ihrer Tochter und zog das wimmernde Mädchen in ihre Arme. Sie presste das Gesicht ihrer Tochter gegen ihre Brust. Dann blickte sie Shania fest in die Augen.

„Ich hab' das alles nie gewollt. Ich habe dir nie wehtun wollen. Aber wie hätte ich denn ... Ich habe Mike so geliebt! All die Jahre. Ich war nie stark genug, um, um ...", Elaine atmete tief durch und unterdrückte ein neuerliches Aufschluchzen. „Ich hätte auch gar nicht gewusst, wie ich dir und deiner Familie hätte helfen können, Shania. Mike hätte sofort gemerkt, wenn ich versucht hätte, ihn zu hintergehen."

Arm in Arm, zitternd und wie in Trance boten Mutter und Tochter ein Bild tiefster Gebrochenheit, das sich für immer in Shanias Erinnerung einbrannte. Sie wusste jedoch, dass nichts von alldem ihre Schuld war.

Sie zwang sich, den Blick endlich abzuwenden. Er blieb zunächst etwas fahrig an der Kommode hängen, auf der immer noch einige Schmuckstücke lagen, mit denen sich Caithleen gestern noch vergnügt hatte. Es waren wertvolle Stücke, doch Elaine hatte Caithleen immer wieder damit spielen lassen.

Shania hatte stets vermutet, es läge daran, dass diese Stücke zwar Geschenke von Mike gewesen waren, aus denen jedoch sehr wenig Liebe zur Beschenkten sprach. Unzählige Male hatte Shania im Wohnzimmer gesessen und so getan, als ob sie nicht genau mitbekäme, wie wütend und verletzt Elaine in ihrer Ehe gewesen war. Es war immer nach dem gleichen Muster abgelaufen. Mike kam nicht zur gewohnten Zeit nach Hause, sondern rief an, dass er Überstunden machen müsse. Elaine kochte vor Wut. Mikes Affäre mit Tracy war ein offenes Geheimnis gewesen, sowohl für Shania als auch für Elaine.

Mehr als einmal hatte Shania gesehen, wie Elaine nach solchen Telefonaten eines der wunderschönen Schmuckstücke, die Mike ihr von jeder Dienstreise mitbrachte, wutentbrannt an die Wand geworfen hatte.

Elaines und Shanias Blicke trafen sich. Elaines Nicken war eine kaum merkliche Kopfbewegung. Als Shania einen vorsichtigen Schritt in Richtung der Kommode machte, murmelte Elaine: „Du wirst sie brauchen können. Hier haben sie keine Bedeutung mehr."

So sehr Shania auch wusste, dass Elaine recht hatte, so schändlich kam sie sich doch vor, als sie einige der Schmuckstücke in ihren Rucksack packte. Caithleens liebste Stücke, mit denen sie gern gespielt hatte, ließ Shania liegen. Das Mädchen würde noch genug unter dem Tod des Vaters, den sie vergöttert hatte, leiden und Erinnerungsstücke an ‚gute Zeiten' brauchen. Caithleen war wahrscheinlich die einzige weibliche Person in Mikes unstetem Leben gewesen, die ausschließlich seine charismatische, einnehmende Seite kennengelernt hatte.

Shania verließ das Haus mit Tränen in den Augen. Im Gehen drehte sie sich für einen letzten Augenblick um. „Ich habe euch zwei sehr lieb gewonnen. Passt auf euch auf!"

Bitte verlass' mich nicht

Der erste Weg führte Shania zu Liam. Liam schlief im Erdgeschoss bei geöffnetem Fenster. Es war ein Leichtes, dort unbemerkt einzusteigen. Er war immer so herrlich arglos. Er mochte glauben, seine Welt sei durch die vielen Umzüge seiner Mutter schon so oft auf den Kopf gestellt worden und er sei immer wieder aus seiner vertrauten Umgebung herausgerissen worden. Aber innerlich musste Shania stets über diesen oberflächlichen Eindruck schmunzeln. Denn zum Glück hatte ihr Freund nie am eigenen Leib erfahren müssen, was eine böswillige Entwurzelung, die nicht nur einen Ort, sondern gleich eine ganze Familie, den eigenen Namen und die persönliche Vergangenheit zu Schall und Rauch werden ließ, mit einem Menschen machte.

Einen Moment stand Shania einfach nur unschlüssig im Raum. Ihr Blick glitt über die sich im Dunkel schemenhaft abzeichnenden Umrisse der Möbel von Liams Jugendzimmer. So viele schöne Stunden hatten sie hier gemeinsam verbracht. Auf dem breiten Jugendbett geschmust, am Schreibtisch gemeinsam Hausaufgaben gemacht oder auf dem Sofa Popcorn vertilgt und Filme gesehen.

Dieser Raum war wie eine Zuflucht gewesen. Sie spürte wieder den Stich, den es ihr jedes Mal versetzt hatte, wenn ihr Freund sie mit ihrem Tarnnamen ‚Viola' angesprochen hatte. Sie hatte ihm nicht einmal ihren wahren Namen sagen dürfen. Shania war mit ihrer großen Liebe an einem sicheren und geborgenen Ort gewesen, an dem ihr Begriffe wie ‚Entführung' und ‚Trennungsschmerz' immer völlig irreal vorgekommen waren.

Es war schön, den friedlich schlafenden Freund zu beobachten. So viele Erinnerungen teilten sie. Er war das einzig Gute an ihrer Entführung gewesen. Jetzt sollte sie ihn plötzlich und für immer aufgeben! Es wunderte sie, dass ihr gerade in diesem Moment eine Erinnerung durch den Kopf schoss, die sie vergessen geglaubt hatte. Ihre Mutter hatte früher gerne Lieder einer deutschen Rockband gehört, die ‚Silbermond' hieß. Die Glanzzeiten dieser Band lagen schon eine Weile zurück, doch ihre Texte hatten Shania selbst als Kind schon berührt.

Vieles aus dieser Musik, ihre tiefe Bedeutung, wurde ihr erst in Momenten wie diesem wirklich klar. Wort für Wort erinnerte sie sich an einen alten Titel, „Ich wünsch dir was". Eine Melodie, in der es wie jetzt bei ihr darum ging, dass die gemeinsame Zeit zweier sehr vertrauter Menschen ein jähes Ende findet.

Anders als in ihrem Leben wussten die Liebenden im Song, dass die gemeinsame Zeit dem Ende zustrebte. Wie gerne würde Shania ihn sanft wecken, wie im Song ehrlich mit ihm reden und noch ein allerletztes Mal gemeinsam mit ihm auf dem Dach sitzen. Wohlwissend, dass diese Situation, die so alltäglich anmutete, von der man angenommen hatte, dass man sie für den Rest des Lebens immer wieder gemeinsam erleben würde, nicht wiederkehren würde.

Aber was wäre dann? Was sollten sie tun? Ein letztes Mal genießen, als gäbe es kein Morgen? Einander noch mehr denn je genießen, weil es das letzte Mal war? Trübsal blasen und die letzten gemeinsamen Momente vom Trennungsschmerz überschatten lassen? Zulassen, dass die letzte gemeinsame Erinnerung eine schmerzliche sein würde? Es würde das Unvermeidliche nur hinauszögern. Selbst wenn sie gewollt hätte, sie hätte nicht die Zeit gehabt. Vielleicht waren Mikes Tod und ihre Flucht schon bekannt geworden. Vielleicht begannen sie in diesem Moment schon, nach ihr zu suchen. Es würde nicht lange dauern, bis man bei ihrem Freund nach ihr forschen würde.

Sie fürchtete ohnehin, dass er sie nicht einfach ziehen lassen würde. Ein kurzer Abschied und eine sehr verkürzte Version der Wahrheit würden reichen müssen. Nur eines war ihr wichtig: Er sollte wenigstens ihren richtigen Vornamen kennen. Wenn er um die verlorene Freundin trauerte, so wie sie um ihre erste große Liebe trauern würde, dann sollte er um Shania Rodgers trauern, nicht um das Phantasiewesen Viola Meyer. ‚Viola', das Produkt einer großen Geheimaktion und der kranken Psyche des ihr so verhassten Mike Meyer. Mike war tot. Viola Meyer war mit ihm gestorben, das schwor sich Shania in diesem Moment.

Ihre Mutter hatte ihr früher erzählt, dass sie „Ich wünsch dir was" früher oft gehört hatte, als sie Jeff in die USA begleitete und Bianca zurücklassen musste. Nicht wissend seinerzeit, dass sie ein paar Jahre später wieder gemeinsam in Deutschland leben würden. Dass Bianca inzwischen wegen eines Autounfalls verstorben war, konnte Shania nicht ahnen. Die Geschichte mit dem selbstfahrenden Auto war lange nach ihrer Entführung passiert.

Auch Shania und Liam würde nun nur noch bleiben, sich das Allerbeste zu wünschen und zu hoffen, dass sie ebenso viel Glück haben mochten wie Shanias Mutter und ihre beste Freundin – dass sie sich früher oder später wiederfinden würden.

Shania atmete ein letztes Mal tief den Duft des Raumes ein. Es roch nach Liam, nach der Himbeerduftkerze, die sie ihm letzte Woche erst geschenkt hatte. Das Licht, das sie erst gestern beim Fernsehen gemeinsam angezündet hatten. Offensichtlich hatte er sie heute bei einem Gedanken an sie auch wieder brennen lassen.

„Liam, Liam, wach auf! Ich muss gehen!" Sie rüttelte ihren schlafenden Geliebten.

„Was?" Liam fuhr aus tiefstem Schlaf hoch und starrte sie verwirrt an. „Guten Morgen, Schatz! Was machst du hier? Seit wann lässt dich dein Wachhund von Vater nachts raus?".

Shania sah im Halbdunkel, wie ihr Liebster sich verschlafen auf seine Unterarme stützte. Eine Welle von Zärtlichkeit und Abschiedsschmerz durchflutete sie. Seine Stimme klang müde, ein auf liebenswerte Art leicht amüsierter Beiklang schwang mit. Selbst bei fast vollständiger Dunkelheit konnte sie die Umrisse seines Gesichtes, das sie so sehr liebte, und sein verschmitztes Grinsen erkennen. Sie spürte einen dicken Kloß im Hals. Sie wollte Liam nicht verlieren. Ernste Zweifel beschlichen sie. Doch sie hatte keine andere Wahl.

Liam riss sie abrupt aus ihren schmerzvollen Gedanken.

„Was heißt das, Viola? Wann? Wohin? Wie lange? Was ist los mit dir? Wo kommst du her? Du riechst irgendwie ... seltsam!"

Er war rasch aufgestanden, hatte sie in den Arm genommen, strich ihr über die Wange, spürte das klebrig-geronnene Blut an seinen Fingern. Er konnte im Dunkeln nicht erkennen, um was es sich wirklich handelte.

„Was ist das, Schatz?"

Shania küsste ihn innig. Dann nahm sie all ihren Mut zusammen und versuchte, so knapp wie möglich zusammenzufassen, was er so dringend wissen sollte. Sie wollte nicht einfach so, ohne ein Wort, aus seinem Leben verschwinden. Einmal mehr in dieser Nacht kämpfte sie mit den Tränen und atmete tief ein.

„Mein wahrer Name ist Shania. ‚Viola' ist nur ein Deckname, den man mir bei meiner Entführung vor Jahren gab. Mike ist nicht mein Vater, er ist nur ein Widerling – und zwar ein toter Widerling! Sie werden mich bald jagen wie ein Tier. Aber das alles ist jetzt weder wichtig noch habe ich die Zeit, es dir zu erklären. Es ist eine verdammt lange Geschichte, Liam, und du musst sie mir glauben. Die Hintergründe verstehe ich selbst nicht so ganz. Ich weiß nur, dass sie mit der Arbeit meines wahren Vaters an selbstfahrenden Autos zu tun haben. Es ist eine geheime und sehr gefährliche Arbeit. Ich muss dringend zu meiner echten Familie, Liam. Wir alle, meine Familie und ich, müssen jetzt, nach Mikes Tod, dringend untertauchen. Ich wollte dir unbedingt noch ‚Adieu' sagen. Ich hoffe und bete, dass ich dich eines Tages wiedersehen kann. Sobald ich kann und es für uns beide sicher ist, werde ich mich bei dir melden. Versprochen."

Shania stockte, sie sah ihn nur an. Ihr atemloses Geständnis hatte sie vollkommen erschöpft.

„Was? Nein! Bist du verrückt? Erklär' mir das! Du kannst doch nicht mitten in der Nacht hier auftauchen und mir sagen, dass du plötzlich aus meinem Leben verschwindest! Ich begleite dich natürlich. Und was hat das zu bedeuten mit dem falschen Namen? Warum in aller Welt sollte Mike tot sein?"

Liam begann, sich im Halbdunkel hastig anzukleiden. Shania fiel ihm beschwörend ins Wort.

„Lass das, Liam! Zu zweit sind wir leichter zu finden und du hast gerade mal so etwas wie ein normales Leben hier. Ich weiß, wie sehr du es hasst, dass deine Mum alle paar Jahre irgendwo neu anfängt. Mit mir hättest du ein noch schlimmeres Los gezogen, ich werde mich vielleicht den Rest meines Lebens verstecken müssen! Hier hat deine Mum jetzt endlich einen Job und einen festen Freund und sie scheint beides zu lieben. Das sind für dich gute Aussichten!"

„Du bist mein Leben hier!"

„Lass mich einfach gehen, bitte!"

Bevor die Tränen sie erneut übermannten, küsste sie Liam ein letztes Mal leidenschaftlich, riss sich abrupt los und kletterte so leise aus dem Fenster, wie sie gekommen war.

„Viola! Verlass' mich nicht!" Als sie ihn zutiefst verstört rufen hörte, hatte sie das Gefühl, ihr Herz müsse bersten. Während sie um ihr Leben rannte und zwischen den Schatten der friedlichen

Siedlung verschwand, brandete in ihrer Erinnerung der Fetzen eines Songs der Lieblings-CD ihrer Mutter auf: „Letzte Bahn". Der Takt ein Trost auf jedem ihrer schnellen Schritte, auch dann noch, als Liams verzweifelte Stimme längst im Asphalt der Straße verklungen war.

Nichts würde je wieder so sein, wie es gewesen war. Sie musste vergessen, wie gut es sich anfühlte, wenn Liam sie küsste. Denn so sehr sie sich auch wünschen mochte, ihn bei sich zu haben, so wenig er selbst es in diesem Moment auch glauben mochte: Für ihn würde das Leben besser sein ohne sie, wenn er seinen Liebeskummer erst einmal überwunden hatte. Dessen war sie sich sicher. Ebenso sicher, wie sie wusste, dass sie ihn für immer vermissen würde. Doch sie liebte ihn genug, um sein Wohl an die oberste Stelle zu stellen. Es wäre keine Option gewesen, ihn zu bitten, sie zu begleiten. Nicht in diesen lebensgefährlichen Stunden.

Liam starrte seiner Liebsten eine gefühlte Ewigkeit in die Dunkelheit nach. Vielleicht war das ihre Art, Schluss zu machen. Er musste sich erst mal sortieren. Morgen würde er vielleicht Licht in die ganze Angelegenheit bringen können. Er würde zu den Meyers gehen. Er würde bestimmt erfahren, was es mit dem angeblichen Tod von Mike auf sich hatte.

Wie in Trance tappte er durch die Dunkelheit zum Badezimmer, wo er sich das Zeug von den Händen waschen wollte, was auch immer er da am Hals seiner Liebsten ertastet hatte. Er würde sich wieder auskleiden, noch etwas schlafen. Mechanisch schaltete er die Lampe an. Als das Licht aufflackerte, fiel ihm das klebrig-geronnene Blut auf dem Schalter auf. Sein Blick wanderte auf seine Hände, sie waren blutverschmiert! Plötzlich begriff er, dass seine Freundin wirklich in Not war.

Nun war ihm alles egal. Er würde auf keinen Fall bis zum Morgen warten. Er musste sie einfach begleiten! Er stieg aus dem Fenster, um in die Richtung zu rennen, in die sie gelaufen war. Er lief und lief, so schnell er konnte. Doch sie war längst fort, es waren zu viele mögliche Querstraßen, die sie genommen haben konnte. In Liam brach eine Welt zusammen. Er hatte zu lange gezögert. Shania war ein für alle Mal aus seinem Leben verschwunden.

Die Dunkelheit dieser Nacht, die seine Liebste in höchster Not verschlungen hatte, schien ihm plötzlich noch hell gemessen an der, die sich über sein Leben legen würde ohne sie. Zu hell auch für die Art von Dunkelheit, die ihr Leben offensichtlich zu beherrschen schien. Was um alles in der Welt war nur los?

Was hatte dieses Mädchen, der erste Mensch – von seiner Mutter einmal abgesehen – der ihm wirklich viel bedeutete, ohne seine blasseste Ahnung nur durchmachen müssen? Wovor hatte sie solche Angst? Was konnte er nur tun? Sicher, sie war immer schon ein stiller und zurückhaltender Mensch gewesen, geheimnisvoll irgendwie. Er konnte nicht leugnen, dass gerade das – neben ihrer Schönheit, ihrem sanften Wesen, der Ruhe und Stärke, die sie ausstrahlte – eine der Facetten gewesen war, die ihn immer fasziniert hatten. Er hatte das nur als Farben ihrer Persönlichkeit gesehen, geprägt durch eine schmerzvolle Kindheit und ein nur mütterlicherseits liebevolles Heim bei den Adoptiveltern. Niemals hätte er vermutet, dass auf dem Mädchen, dem sein Herz gehörte, so tiefe Geheimnisse lasteten.

Liam trottete entmutigt zum Haus zurück. Wohin war sie nur gelaufen? Zum Flughafen vielleicht? Doch selbst wenn, dort würde er sie kaum finden können. Sein Herz krampfte sich ein ums andere Mal zusammen. Er konnte nur beten, dass sie sich wirklich bei ihm melden würde. Doch wann würde das sein?

Am Horizont zeichneten sich erste Lichtschimmer ab, sie kündeten vom nahenden Sonnenaufgang. Er musste seine Mutter wecken. Sie würde sicher wissen, was zu tun war. Das wussten Mütter doch immer.

Ausreise

Mit ihrem Pass würde sie nicht weit kommen, so viel war Shania klar. Demnach führte ihr nächster Weg zu Beverly, ihrer besten Freundin. Mit Unbehagen stellte sie fest, dass die Sonne bereits aufging. Sie hatte keine Sekunde mehr zu verlieren.

Bei Beverly einzusteigen, wäre unter normalen Umständen weitaus schwieriger gewesen als vor Kurzem bei Liam, denn Beverly selbst schlief zwar auch immer bei geöffnetem Fenster, hatte ihr Zimmer jedoch im ersten Stock. Keines der Fenster im Erdgeschoss war über Nacht geöffnet. In diesem Moment war Shania unglaublich dankbar, dass sie so gute Freundinnen waren. Dass sie einander so manches Geheimnis anvertraut hatten – abgesehen von jenen, die Shanias wahre Identität betrafen.

Beverlys Eltern versuchten, ihr Mädchen vor allem Bösen zu beschützen, insbesondere vor Dingen wie verfrühter, ungeplanter Schwangerschaft. So musste Beverlys Freund Justin stets nach dem Abendessen gehen, was er auch tat. Was Beverlys Eltern nicht wussten, war, dass er mindestens dreimal in der Woche nach offiziellem Verlassen des Hauses wiederkam. Sobald ihre Eltern die Lichter ausgeschaltet hatten, holte er sich den Zweitschlüssel für das Gästehaus, den Beverly heimlich hatte anfertigen lassen, aus einem Versteck. Dann ging er im Gästehaus ins Obergeschoss und kletterte von dort aus über die Dächer direkt in Bevs Zimmer. Auf die gleiche Weise verließ er seine Freundin dann auch regelmäßig vor Sonnenaufgang. Zum Glück war Justin aktuell mit seinem Footballteam verreist. So schlich Shania an diesem Abend auf demselben Weg unbemerkt in Bevs Zimmer. Sie hielt der Freundin vorsichtshalber den Mund zu, während sie sie unsanft weckte. Was gut war, denn Bev entfuhr unvermittelt ein Schrei. Shania fehlte die Zeit für umständliche Erklärungen, gehetzt redete sie auf die vollkommen perplexe Freundin ein.

„Du musst mir jetzt zuhören, Bev, es ist lebenswichtig für mich! Mein Name ist weder ‚Viola', noch bin ich die Tochter von Elaine und Mike oder die Schwester von Caithleen. Ich heiße Shania Rodgers und wurde als Kind von Mike und Tracy entführt. Ich erkläre dir den Rest später, ich muss dringend fliehen! Mike ist tot, er hat sich heute Nacht erschossen. Ich muss unbedingt nach Deutschland. Gib mir bitte schnell deinen Pass! Du kannst ihn in ein paar Tagen als gestohlen melden, ich muss so schnell wie möglich das Land verlassen und niemand wird ‚Viola Meyer' ausreisen lassen. Du hast doch immer geschworen, dass du meine beste Freundin bist, Bev. Also: Bist du es auch jetzt?"

„Ja, ja, aber…" Bev versuchte krampfhaft, zu sich zu kommen, die Situation schien ihr vollkommen unwirklich. Ihre Freundin blickte sie jetzt mit kalten Augen an, so hatte sie Shania noch nie erlebt. Bev sah nichts als reine Entschlossenheit. Sie würde keine weiteren Erklärungen bekommen, das war vollkommen klar. Die Blutspuren an Shanias Händen und in ihrem Gesicht machten ihr Angst. Kannte sie ihre beste Freundin überhaupt?

Sie rappelte sich auf und überlegte fieberhaft, was zu tun war. Denn natürlich musste sie ihrer Freundin helfen, die vor ihr stand wie ein gehetztes Tier. Plötzlich kam ihr eine Idee, sie war auf einmal vollkommen klar.

„Wir machen das anders, Shania!"

Es war seltsam, die vertraute Freundin plötzlich nicht mehr beim gewohnten Namen nennen zu können, doch selbst für dieses Gefühl war jetzt keine Zeit.

„Ich hab' eine Idee. Wenn wirklich jemand hinter dir her ist, sind Liam und ich die ersten Adressen, die deine Verfolger abklappern werden. Damit sind unsere Pässe wertlos und viel zu verdächtig. Ich glaube aber nicht, dass jemand an Mums Freundin Cindy denken wird. Cindy hat sich ein paar Tage Auszeit von ihrem stressigen Job genommen und sich bei uns im Gästehaus einquartiert. Sie ist auf der Durchreise von Kolumbien und auf dem Weg nach Deutschland. Im Augenblick ist sie mit Mum für ein paar Tage in ein Wellnesshotel in der Nähe verreist. Im Gegensatz zu mir sieht sie dir wenigstens ähnlich. Ich besorge dir schnell ihren Pass, ich habe ihn mitsamt Flugticket gestern noch nebenan liegen sehen. Ihr Ticket kannst du bestimmt umbuchen, sie hat mir gestern vor der Abfahrt noch gesagt, dass sie noch nicht weiß, wann genau sie aufbrechen wird. Bevor von dem Diebstahl irgendwer etwas bemerkt, vergehen garantiert ein paar Tage. Mach dich schnell drüben frisch, du brauchst definitiv eine Dusche. Und zieh etwas von Cindy an, damit dich niemand erkennt!"

„Hey, du bist nicht nur eine Freundin, sondern auch eine richtige Kleinkriminelle!" Shania musste trotz ihrer angespannten Nerven jetzt leise lachen. „Sagen wir lieber: Ich bin ein richtiger Krimi-Fan."

Kurze Zeit später war aus Shania Rodgers, die Bev bis dato für ‚Viola Meyer' gehalten hatte, die Geschäftsfrau ‚Cindy Logan' geworden, die im Businesskostüm einer ihr unbekannten Frau in aller Eile das Haus verließ.

‚Cindy' hatte Glück. Das Ticket ließ sich problemlos umbuchen, der nächste Flieger nach Frankfurt ging noch am Vormittag. Shania verspürte nichts als Erleichterung, als der Flieger endlich abhob. Sie hatte den Anfang geschafft.

Erinnerungen

„Ich habe jemanden kennengelernt!" Elaine kam an diesem Abend mit glühenden Wangen und einem strahlenden Lächeln nach Hause und stürmte mit den guten Neuigkeiten direkt in das chaotische Zimmer ihrer Mitbewohnerin Madeleine. 2006 war ihr erstes Jahr an der Miami University. Elaine kam, anders als Madeleine, aus einfachen Verhältnissen. Ihr Stipendium gab ihr zum ersten Mal die Hoffnung auf ein besseres Leben.

Ihr erster Monat in Miami war toll gewesen, denn in Madeleine hatte sie sofort eine Freundin gefunden und den Unterricht fand sie einfach nur inspirierend. Mit der Bekanntschaft heute Abend schien ihr Glück nun endlich perfekt.

„Du musst mir alles erzählen, jedes Detail! Du musst mich ihm unbedingt vorstellen, wir machen ein Doppeldate, du, er, William und ich! Wie heißt er überhaupt?"

Madeleine war mindestens so aufgeregt wie ihre heftig verliebte Freundin. Elaine zögerte: „Na ja, ich weiß nicht, ob du ihn magst. Mike ist viel älter als wir beide. Aber er ist so charmant! So süß und eloquent! Wenn ich in seine Augen sehe, könnte ich mich glatt darin verlieren!"

Madeleine runzelte plötzlich etwas weniger begeistert die Stirn: „Pass bitte auf dich auf, Elaine. Zu sehr zu lieben ist nicht so gut, man sollte sich selbst nie verlieren. Das ist kein Mann wert."

Es sah zunächst nicht so aus, als sollte Madeleine recht behalten. Nach nur drei Monaten machte Mike seiner Elaine einen Antrag und nach nicht einmal einem halben Jahr waren die beiden verheiratet. Das Paar wirkte sehr verliebt, jedenfalls soweit Madeleine das nach den wenigen Treffen mit den beiden beurteilen konnte. Denn der über zwanzig Jahre ältere Partner ihrer Mitbewohnerin vermied tunlichst die Zusammenkünfte mit den Freundinnen seiner Frau. Elaine besuchte ihn in aller Regel in seinem Haus, er kam nur ungern zu ihr.

Die Hochzeit des Paares war so auch erst die dritte Gelegenheit für Madeleine, den Liebsten ihrer Freundin etwas näher kennenzulernen. Wohl auch die letzte Möglichkeit, denn Elaine würde nach der Hochzeit zu ihm ziehen, das stand bereits fest. Der einzige Wermutstropfen für Elaine war, dass Mike oft auf Geschäftsreise war. Sie himmelte ihn an und war willens, über seine häufigen Abwesenheiten genauso hinwegzusehen wie über ihren deutlichen Altersunterschied.

Für Madeleine blieb Mike ein großes Fragezeichen. Elaine hatte sich deutlich von ihrer engen Freundschaft entfernt, sie sprach auch nicht über Mikes Beruf, und wenn Madeleine danach fragte, erwiderte Elaine nur, dass er nicht wollte, dass sie über sein Privatleben sprach.

Madeleine blutete das Herz, als sie Wochen später feststellte, dass Elaine bei ihren sporadischen Treffen von Monat zu Monat bedrückter wirkte. „Sag mir doch, was mit dir los ist", beharrte sie immer wieder, aber jedes Mal endete die Konversation frustrierend schnell. Elaine pflegte dann immer mit einem gequält wirkenden Lächeln direkt in das Gesicht ihrer ehemaligen Mitbewohnerin zu blicken und zu versichern: „Es ist nichts." Ihre Augen glänzten dabei dunkel und verbargen ein Meer ungeweinter Tränen. Madeleine machte sich darüber oft große Sorgen.

Elaine war immerhin clever und so dauerte es nicht lange, bis sie herausfand, dass Mike sie betrog. Sie roch das fremde Parfüm, sie sah die Knutschflecken und Lippenstiftspuren. Als er einmal seine ‚Kollegin' Tracy zum Abendessen mit nach Hause brachte, war die sexuelle Spannung zwischen den beiden im Raum fast mit Händen zu greifen. Während sie den Hauptgang abräumte, entschuldigte sich Mike formvollendet mit der Ankündigung, er würde Tracy das Haus zeigen. Es würde eine Hausführung mit Tiefgang werden, Elaine war sich dessen bewusst.

Als sich die Minuten der Abwesenheit ihres Mannes und seiner Kollegin qualvoll zu dehnen begannen, folgte Elaine ihnen leise nach oben und traute ihren Augen nicht, als sie erkannte, wie wenig Mühe sie sich gaben, ihre Affäre geheim zu halten. Die einen Spalt weit geöffnete Schlafzimmertür gab den Blick frei auf Mike und Tracy, vertieft in Liebesspiele im Ehebett. Elaine schossen die Tränen in die Augen. Sie hatte es geahnt, aber nicht wahrhaben wollen. Alles in ihr hatte sich dagegen gewehrt. Doch jetzt konnte sie es nicht mehr ignorieren, der Beweis wälzte sich schließlich gerade in ihrem eigenen Bett. Es war keine Wahrscheinlichkeit mehr. Es war eine schreckliche Tatsache.

Starr vor Entsetzen war sie in die Küche zurückgekehrt und hatte mechanisch die Spülmaschine eingeräumt. Ein krampfhafter Versuch, sich möglichst rasch wieder zu fassen. Sie wollte sich nicht die Blöße geben, in das Schlafzimmer zu stürzen und den beiden die Meinung zu sagen. Erniedrigend schien ihr das, es war etwas, das sie mit ihrem Ehemann später allein und in aller Deutlichkeit klären würde.

Irgendwie hatte sie es geschafft, vor Wut schäumend, das Dessert aufzutragen, als die beiden von der ‚Hausführung' zurückkehrten. Es kostete Elaine ihre ganze Beherrschung, den Nachtisch schweigsam durchzustehen. Sowohl Mike als auch Tracy schienen die angespannte Atmosphäre zu spüren, und die ‚Kollegin' verabschiedete sich kurz nach dem Dessert.

Kaum war die Tür ins Schloss gefallen, hatte Elaine Mike eine gewaltige Szene gemacht. Sie kannte sich selbst in diesem Moment nicht wieder. Sanftmütig, wie sie sonst immer war, hätte sie niemals erwartet, dass sie ihrem Ehemann eines Tages das Geschirr vor die Füße werfen und ihn anschreien würde. Die Flüche und Schimpfworte, die sie ihm an den Kopf warf, wären ihr unter normalen Umständen niemals über die Lippen gekommen.

Mike stand einfach nur stumm da. Er ließ sie ihre Wut herausbrüllen, bis sie irgendwann ein Ende fand. Sie stutzte und war nicht sicher, was sie jetzt erwartete. Sie rechnete mit allem, mit seiner Wut, mit Reue, sogar mit Zerknirschung. Aber ganz bestimmt hatte sie nicht mit einer solchen Kälte gerechnet.

„Bist du endlich fertig? Elaine, ich werde keine Zeit oder Kraft auf deine Eifersüchteleien verwenden. Ich liebe dich und möchte, dass du die Mutter meiner Kinder wirst. Du wirst, wenn du willst, immer die Frau an meiner Seite bleiben. Doch das mit Tracy und mir wird sich nicht ändern. Ich habe es dir zuliebe versucht, doch ich kann und will nicht auf sie verzichten."

Noch bevor Elaine erneut aufbrausen konnte in ihrem ohnmächtigen Zorn, ging er einen Schritt auf sie zu und packte ihre Handgelenke schmerzhaft fest.

„Es reicht, Elaine! Ich will keinen Ton mehr davon hören! Wenn es dir nicht passt, dann pack' deine Sachen und verschwinde. Wir sind schneller geschieden, als du es dir vorstellen kannst. Du bist ersetzbar. Ich biete dir hier ein Leben, wie du es dir noch vor einem Jahr nicht einmal zu erträumen gewagt hättest. Entweder du zahlst den Preis und lebst mit meiner Beziehung zu Tracy oder du gehst. Aber eines lass dir gesagt sein: Du wirst mich nie wieder so anschreien wie heute. Und jetzt zieh dich aus!"

Elaine hatte Mike nur ungläubig angesehen. Wie konnte er glauben, dass sie ihn jetzt wollen würde? Wut glitzerte gefährlich in Mikes Augen. Er ließ ihre schmerzenden Handgelenke endlich los, aber nur, um ihr ein paar Ohrfeigen zu verpassen, wie sie sie noch nie im Leben bekommen hatte. Schock und Schmerz ließen sie förmlich erstarren, doch schon hatte er sie wie eine Puppe auf beide Arme genommen und nach oben getragen. Er warf sie ruppig auf eben jenes Bett, in dem er noch vor Kurzem – leidenschaftlicher als je mit ihr – mit Tracy beschäftigt gewesen war. Noch während Wut und Schmerz in ihr tobten, überkam sie plötzlich ein seltsames, nie gekanntes Gefühl.

Sie wollte auf einmal so intensiv und lustvoll mit ihm vereint sein wie er mit seiner Geliebten. Sie schliefen zwar ab und an miteinander, aber es war doch mehr die als eheliche Pflicht ausgeführte Missionars-Nummer, die der leidenschaftslosen Zeugung von Nachwuchs diente. Was sie heimlich zwischen Tracy und ihm beobachtet hatte, war anrüchig und intensiv, wie sie es mit ihm nicht kannte.

Während Elaine noch mit ihren brodelnden Gefühlen kämpfte, hatte Mike kurzerhand ihre Kleider zerrissen, sie auf den Bauch gedreht und war brutal wie nie zuvor in sie eingedrungen. Es war zwar schmerzhaft, aber es war auch so heiß wie niemals zuvor. Es war sehr schnell vorbei, und wäre es nicht von solcher Erotik gewesen, hätte sich Elaine danach nur noch benutzt gefühlt.

„Das war die reinste Vergewaltigung, Elaine! Du hast gewimmert wie ein Baby, das man von der Mutter wegreißt. Wenn ich das mit Tracy mache, dann brüllt sie vor Lust. Du bist eben einfach eine nette, brave Ehefrau."

Er blickte abschätzig grinsend auf sie herab. „Du hast alles, was ich mir von einer Ehefrau wünsche. Aber du kannst mir niemals geben, was ich im Bett wirklich brauche. Deshalb brauche ich Tracy. Ich brauche eine Hure im Bett und eine Ehefrau und Mutter meiner Kinder an meiner Seite. Du wirst damit leben müssen!"

Damit ging er. Elaine heulte die ganze Nacht. Sie vermutete, dass er bei Tracy war, und hatte wie immer recht.

Von diesem Abend an war die Rollenverteilung im Hause Meyer geklärt. Mike sagte an, was zu tun war, Elaine folgte ihm ohne Widerworte. Sie liebte Mike viel zu sehr, um einfach gehen zu können. Er hatte eindrucksvoll demonstriert, dass er keinerlei Widerworte dulden würde, niemals. Das weitläufige, modern eingerichtete Haus kam Elaine plötzlich wie ein goldener Käfig vor.

Mit der Zeit fand sich Elaine mit dem Leben an Mikes Seite ab. Wenn ihr die Dinge über den Kopf wuchsen, weinte sie sich bei Madeleine aus, die kopfschüttelnd und besorgt dazu riet, Mike sofort zu verlassen. Doch gegen Elaines vehementes „Das verstehst du nicht, ich liebe ihn doch!" kam sie nicht im Geringsten an.

Schließlich meldete sich Elaine kaum noch bei ihrer ehemals besten Freundin. Sie war die Diskussionen um ihre Ehe leid. Es gab so viele Dinge, über die Mike ihr ohnehin verboten hatte zu sprechen und es war ihr irgendwann einfach zu anstrengend, ein ums andere Mal Madeleines berechtigt hartnäckige Fragen zu umschiffen.

Elaine kapselte sich immer weiter ab und lebte für die Rolle der perfekten Hausfrau und Studentin. Sie hoffte, möglichst bald schwanger zu werden. Ein Kind würde das Kräfteverhältnis sicher verschieben, darauf legte sie es letztendlich an. Es war das Einzige, was Tracy ihm niemals schenken durfte in seinem gefühlskalten Plan.

2008 zog Mike mit Elaine wegen eines neuen Auftrags nach Massachusetts in die Nähe der Harvard University. Er hatte arrangiert, dass sie ihr Studium dort weiterführen konnte. Dort angekommen, verlangte er plötzlich ohne weitere Erklärungen von ihr, sich als eine Frau namens ‚Diana' auszugeben und Jeff, seinem neuen Kollegen, schöne Augen zu machen.

Wieder war es so, dass sie das Gefühl hatte, innerlich zu zerbrechen; keine Wahl zu haben und mitmachen zu müssen.

Es kostete sie Überwindung, Mikes Anweisungen zu folgen, aber letztlich war es gar nicht so schlecht.

Jeff war ein aufrichtiger, junger Mann. Er war geduldig, liebevoll und voller Pläne und Ideale. Mit ihm Zeit zu verbringen, fühlte sich oft an wie das normale Leben in einer Partnerschaft, von der sie immer geträumt hatte. So manches Mal hatte sie sich gewünscht, sie könnte sich einfach in ihn verlieben und mit ihm durchbrennen. Doch sie liebte nur Mike, der sie nach jedem Treffen mit Jeff peinlich genau darüber befragte, was sie über Jeffs Pläne und seine Arbeit in Erfahrung hatte bringen können. Inwiefern sie ihn beeinflusst hätte, so, wie er es von ihr forderte.

Sie tröstete sich in schwachen Momenten damit, dass er sie womöglich nicht nur aus beruflichen Gründen so genau befragte, sondern auch aus einer gewissen Eifersucht heraus. Sie hoffte noch immer inständig, dass Tracy ein Ausrutscher, eine Art Sucht ihres Mannes war. Etwas, das sie eine Zeit lang würde ertragen müssen; eine Eskapade, die irgendwann vergehen würde, weil er sie doch irgendwie liebte.

Als Jeff seine ‚Diana' schließlich in einer Krise verließ, bekam Elaine einen Riesenkrach mit Mike. Als er ihr vorwarf, sie könne nicht einmal so einen einfachen Auftrag erledigen, dass Tracy das hätte besser erledigen können, war das noch schmerzhafter als die Ohrfeigen, mit denen er sie zuletzt bedacht hatte. Elaine war sich insgeheim selber sicher, Tracy hätte bestimmt keine Probleme damit gehabt, Jeff ins Bett zu kriegen und ihn sexuell an sich zu binden. Darin hatte sie ja schon bei ihrem Mann große Erfolge verzeichnen können. Aber Tracy war für einen solchen Auftrag nun einmal nicht in Frage gekommen. Elaine argwöhnte, dass das nicht nur mit Altersgründen zu tun hatte, denn Tracy war zwar jünger als Mike, aber immer noch deutlich älter als Elaine oder Jeff.

Vielmehr schien es Elaine, dass Mike das dringende Bedürfnis nach exklusiven Nutzungsrechten an Tracy hatte; und zwar deutlich spürbarer, als er das bei seiner eigenen Ehefrau wichtig fand.

Kaum hatte Elaine ihren Verdacht Mike gegenüber laut ausgesprochen, da bereute sie es schon zutiefst. Sie hätte sich nie träumen lassen, dass Mike sie in besinnungsloser Wut derart grün und blau schlagen würde. Sorgsam schien er darauf bedacht, ihr Gesicht vor seinen Schlägen zu verschonen. Niemand sollte sehen, was er seiner Frau hinter verschlossenen Türen seelisch und körperlich antat.

Elaine wusste nur zu gut, was ihre Strafe wäre, würde sie die Fassade nicht wahren. Sie hatte nach ihrem Empfinden keine Wahl, was ihre Seelenpein betraf. Solange sie ihn zu sehr liebte, um ihn endlich verlassen zu können, musste sie mit diesen Qualen leben. Sie konnte sich nur selbst den Gefallen tun, einfach nicht über Tracy nachzudenken und die Bilder aus ihrem Kopf zu verbannen. Was die körperlichen Qualen betraf, hatte sie allerdings die Wahl. Mike war zwar jähzornig, grausam und ein verdammter Narzisst, aber immer nur, wenn er seinen Willen nicht bekam. Solange sie tat, was er sagte, sie ihm sein Essen kochte, nicht widersprach, keinen Zynismus an den Tag legte und sich vor allem aus der Tracy-Geschichte heraushielt, konnte sie darauf zählen, dass Mike ihr wie ein leidlich guter Ehemann entgegentrat. Finanziell versorgte er sie bestens, er hielt ihr in der Öffentlichkeit den Wagenschlag auf und ab und an brachte er sogar Blumen oder Schmuck mit nach Hause.

Obwohl Mike sie oft sehr schlecht behandelte, kam sie nicht von ihm los, so sehr sie es sich oftmals wünschte. Sie hoffte verzweifelt darauf, dass er irgendwann vielleicht treuer oder etwas milder werden würde. Die teuren Geschenke, die er ihr manchmal mit von seinen Geschäftsreisen brachte, trösteten sie nicht darüber hinweg, dass er damit lediglich sein Gewissen beruhigte. Beide wussten nur zu genau, für welche Zwecke er die Reisen mehr als offensichtlich zu nutzen pflegte.

Als sie wenige Jahre später endlich mit Caithleen schwanger wurde, hörte er immerhin auf, sie wegen jeder Kleinigkeit zu schlagen. Elaine genoss die neue, durch ihre Mutterschaft gesteigerte Lebensqualität und verfiel Mike immer mehr. Sie war sehr erfolgreich darin, sich einzureden, dass er sich vielleicht ein wenig geändert habe. Dass er sie vielleicht nicht einmal mehr wirklich betrügen würde. Dass er sie eines Tages vielleicht sogar genauso lieben könnte, wie sie ihn für immer liebte.

Gejagt

Während Shania längst den Flieger nach Deutschland bestiegen hatte, kniete Elaine noch immer fassungslos und verstört neben dem Leichnam ihres Mannes. Sie hatte ihr halbes Leben lang alles für diesen Mistkerl gegeben und jetzt hatte er sie und ihre Tochter im Stich gelassen. Doch selbst in diesem Moment fiel es ihr schwer, sich nicht völlig in ihrem Entsetzen zu verlieren. Sie schaffte es bis zum Mittag nicht, sich von dem Leichnam zu lösen und die Polizei zu verständigen.

Elaine hatte die bitterlich weinende Caithleen in ihr Zimmer geschickt und kniete wie erstarrt neben Mikes Leichnam. Sie war nicht in der Lage gewesen, sich zu fassen und nach oben zu gehen, um nach ihrer Tochter zu sehen – geschweige denn, die notwendigen Maßnahmen in dieser Situation zu ergreifen. Sicher war das alles weit mehr, als ein Mädchen in ihrem zarten Alter ertragen oder gar verstehen konnte. Elaine wusste das und konnte trotzdem nichts für ihre Tochter tun. Es brach ihr fast das Herz zu sehen, dass Caithleen wie in Trance ihrem harschen Befehl Folge leistete. Der donnernde Schuss, der Schrei ihrer Mutter, Shanias überstürzter Aufbruch, all das Blut und Elaine selbst, die sich wie eine Wahnsinnige verhielt – ihre Tochter stand mindestens ebenso unter Schock wie sie selbst. Caithleen hätte dringend Beistand gebraucht in diesen Stunden.

Ihr war klar, dass sie die CIA-Notfallnummer anzurufen hatte, die ihr Mike vor Jahren mit ernstem Gesicht in ihr Handy eingespeichert hatte. Wort für Wort erinnerte sie sich an seinen strengen Hinweis, dass – sollte jemals etwas Schlimmes passieren – sie immer nur diese Nummer zu wählen hatte und niemals den offiziellen Notruf. Wenn es um ihre Agenten und deren

Familien ging, koordinierte die CIA jedwede Rettungsaktion im Alleingang, um sicherzustellen, dass nicht versehentlich streng vertrauliche Vorgänge an die Öffentlichkeit gelangten.

Noch immer fühlte sich Elaine wie gelähmt. Ihre letzte Unterhaltung mit Shania verfolgte sie inmitten der Trümmer, in denen sie kauerte. Solange die CIA nichts wusste, gewann das Mädchen vielleicht einen wichtigen Vorsprung. Den hatte es weiß Gott verdient.

Elaine bereute schon jetzt zutiefst, dass sie sich durch ihre billigende Haltung an Shania und der ganzen Familie Rodgers schuldig gemacht hatte. Sie vermochte sich gar nicht vorzustellen, wie sie sich fühlen würde, würde jemand ihre Caithleen entführen. Wie mochte es da nur Jeff gehen? Shanias Vater hatte seine Tochter bekanntlich abgöttisch geliebt.

Auch wenn sie selbst Mike wohl kaum hätte aufhalten können – dass sie es nicht einmal versucht hatte, kam ihr plötzlich wie ein Verbrechen vor. Eines, das sie nicht ungeschehen machen konnte, so sehr sie es in diesem Moment auch wollte.

Sie konnte nicht ewig neben der Leiche ihres Mannes ausharren. Doch etwas Besseres fiel ihr in ihrer Erstarrung nicht ein.

Den ganzen Morgen über hatte Mikes Handy immer wieder ins Leere geklingelt. Um die Mittagszeit begann auch das Haustelefon wieder und wieder zu läuten. Elaine hörte es zwar, war aber außerstande, darauf zu reagieren. Sie wollte nie wieder auf irgendetwas reagieren.

Als es nach kurzer Pause wieder zu klingeln begann, hörte Elaine plötzlich, wie Caithleen den Hörer abnahm. Mike hatte der ganzen Familie immer wieder eingetrichtert, dass nur Elaine dazu berechtigt war, an seiner statt Gespräche entgegenzunehmen, sollte er ernsthaft verhindert sein. Elaine hatte das immer für Unsinn gehalten, für dienstliche Angelegenheiten hatte Mike ohnehin sein Handy, das er nie aus den Augen ließ. Doch wegen solcher Dinge hätte sie niemals mit ihrem Mann diskutiert und etwaige Ohrfeigen riskiert. Elaine lauschte angespannt.

„Hallo?"

Sie hörte oben ihre Tochter mit seltsam brüchiger Stimme, der Tonfall versetzte ihr einen neuen Stich ins Herz. Sie musste sich jetzt endlich zusammenreißen. Caithleen schluchzte am Hörer auf. „Mein Papa ist tot!", echote der einzige Satz, den sie zu sprechen vermochte. Offensichtlich war das Gespräch damit ohne weitere Nachfragen beendet, ihre Tochter rannte jetzt schluchzend zurück in ihr Zimmer.

Niemand außer Mikes Kollegen hätte das ohne Rückfragen hingenommen. Elaine lief es eiskalt den Rücken herunter. Die ruhigen Minuten waren gezählt. Sie fasste noch einmal die kalt-starren Hände ihres Mannes und flüsterte ein stummes Gebet für seine Seele.

Es waren keine zehn Minuten vergangen, da klingelte es Sturm an der Haustür. Niemand war in der Lage, das Nötige zu tun und die Tür zu öffnen. Es war Elaine, als sähe sie sich noch immer von oben. Caithleen kam eben in Zeitlupe die Treppe herunter, als plötzlich die Tür eingetreten wurde.

Es waren Kollegen von Mike, die kurzerhand das Haus aufgebrochen und sie grob zur Seite gezerrt hatten. Polizei und ein Bestatter waren irgendwann gekommen, man hatte ihr endlos Fragen gestellt. Sie hatte mechanisch geantwortet, ohne die Inhalte wirklich wahrzunehmen. Nach ein paar Stunden war sie vollkommen erschöpft gewesen, sie begann plötzlich, hysterisch zu schreien. Niemand konnte sie beruhigen, bis ein Arzt mit ein paar Spritzen für ein Vakuum künstlicher Ruhe sorgte, in dem sie langsam verstummte. Caithleen wurde bei einer fürsorglichen Freundin untergebracht.

Kurz vor Abschluss der genaueren Analyse des Tatorts, Stunden später, kamen Bill und Gillian nach. Beide hatten eine längere Anreise und trafen fast zeitgleich am Tatort ein. Die bisherigen Arbeiten hatten Agenten übernommen, die zwar in Mikes Umgebung stationiert waren, die aber von der streng geheimen ‚Akte Rodgers' keine Kenntnis hatten.

Tracy hatte man auf direktem Wege nicht erreichen können. Es war deshalb klar, dass die CIA schnell vor Ort sein musste, wenn auch mit einem nicht unmittelbar in den Fall involvierten, regionalen Team, um zu verhindern, dass die verstörte Tochter die Nachricht vom Tod ihres Vaters weiter verbreitete. Sicherheitshalber hatte Gillian schon vor ihrer Ankunft einen Teil des Teams angewiesen, umgehend zu Tracys Haus aufzubrechen, was auch geschehen war. Das erste Update durch die Kollegen war höchst alarmierend. Einige Teile von Mikes Ausrüstung fehlten. Gillian und Bill sahen sich nicht zum ersten Mal erschrocken an. Beiden schoss die Frage durch den Kopf, wo um Himmels willen Shania und Tracy waren.

Bill holte seinen Laptop, während Gillian einen eingehenden Anruf erledigte. Kaum hatte sie aufgelegt, stand Bill ungewohnt aufgewühlt an ihrer Seite.

„Verdammt, ich habe den Social Rating Chip von Shania geprüft. Sie ist irgendwo in Deutschland unterwegs, in der Nähe von Stuttgart. Ich nehme an, sie ist auf dem Weg zu ihren Eltern. Wir müssen sie einfangen, bevor uns alles aus den Händen gleitet!"

Gillian drehte sich unwirsch um: „Denken Sie etwa, das wüsste ich nicht? Gerade habe ich Nachricht erhalten, dass Agent Tracy Kandrick ebenfalls unauffindbar ist! Man hat in ihrer Wohnung nur noch ihr Handy und ihren Chip gefunden. Warum in aller Welt wurde Mike nicht sauberer beobachtet? Die letzten Berichte, die ich über ihn bekommen habe, deuteten doch bereits an, dass Mike sich Tracys Loyalität nicht mehr sicher war. Das ist doch bekannt, seit wir den Befehl auf ‚Beseitigung nach Projektabschluss' lauten ließen, Bill!" Gillians Stimme überschlug sich jetzt fast.

„Warum wurde hier nicht verstärkt überwacht? Wie kann es sein, dass ich jetzt im Blut von Mike Meyer stehe, der sich – warum auch immer – den Kopf weggepustet hat? Warum muss ich jetzt erfahren, dass Tracy verschwunden ist? Dass das Rodgers-Gör bereits bis nach Deutschland gekommen ist? Das wird Konsequenzen haben! Finden Sie das verdammte Mädchen! Es ist nichts als ein verfluchter, entlaufener Teenager! Ich bin fassungslos! Machen Sie sich an die Arbeit und stehen Sie hier nicht herum wie ein elendiger Nichtsnutz!"

Shania setzte zur gleichen Zeit alles daran, nicht gefunden zu werden. Sie hatte, auch um Cindys Pass nicht noch einmal verwenden zu müssen, den Fernbus von Frankfurt nach Stuttgart genommen und war gerade am Haus ihrer Eltern angekommen. Sie schlich sich vorsichtig an. Noch nie in ihrem Leben hatte sie sich so müde und allein gefühlt. Selbst das viele Geld, der Schmuck und die Waffe in ihrer Tasche schützten sie nicht vor ihrer Heidenangst. Sie war nur froh, dass ihre Mum und ihr Dad sie bald im Arm halten würden. Sie würden wissen, was zu tun war. Beim Gedanken an ihre Eltern strömten ihr die Tränen über die Wangen und sie merkte es nicht einmal.

Sie betrat das Haus vorsichtig über die Verandatür, die zu ihrer Überraschung offen stand, und lehnte die Tür hinter sich an. Sie zuckte zusammen, als die Tür dabei quietschte. Das Haus war verlassen und verwüstet. Überall standen Schubladen und Schränke offen. Shania erkannte auf den ersten Blick, dass einige Gegenstände zu fehlen schienen. Noch ehe sie sich orientieren konnte, hörte sie es aus naher Entfernung klingeln. Sekunden später klingelte es erneut und sie hörte fremde Stimmen von ungebetenen Gästen aus der sich langsam öffnenden Haustür.

„Die spinnen doch in Miami! So ein Unfug, ich überprüfe die Rodgers alle paar Tage persönlich! Die Leute leben hier ganz normal. Wenn sie nicht öffnen, werden sie gerade im Garten sein und uns nicht hören. Jedenfalls dürfte es ein Kinderspiel sein, sich die Kleine zu schnappen, bevor die hier Wiedervereinigung feiern. Ich kann erkennen, dass alle Handys der Rodgers schön brav zu Hause sind. Sobald die Herrschaften aus den USA es geschafft haben, mir die Daten von Shanias Chip zu überspielen, werde ich in der Nähe des Hauseingangs warten, bis das Mädchen hier einmarschiert. So einfach ist das!"

„Du unterschätzt die Kleine. Sie ist immerhin unseren Kollegen in den USA entwischt. Wo du gerade ‚Social Rating Chip' sagst: Handyortung ist ja schön und gut, aber wann hast du zuletzt die Position der Chips dieser Familie überprüft? Hier im Garten ist nämlich schon mal niemand. Im ganzen Haus ist es auch still!"

Shania presste sich zitternd unter das Sofa, die Männer kehrten ins Wohnzimmer zurück. Dieser Social Rating Chip! Daran hatte sie nicht gedacht! Sie musste das Ding unbedingt loswerden.

„Fuck! Schau dir diesen Mist an! Die Vögelchen sind ausgeflogen, hier auf dem Tisch liegen ihre Handys schön beieinander. Siehst du die Blutspuren und Hautstücke hier? Nicht zu glauben, die haben sich selbst die Chips aus dem Leib geschnitten! Die sind tatsächlich untergetaucht! Die Kollegen in den USA haben also doch keine unnötige Panik gemacht."

„Die Frage ist allerdings, wo die Chips jetzt sind! Wenn nicht die Opfer fehlen würden und es zeitlich kein viel zu großer Zufall wäre – parallel zu Tracys Verschwinden – würde ich denken, die Familie wäre Ziel eines Identitäts-Diebstahls geworden."

„Vielleicht sollte es genau diesen Eindruck erwecken! Die Täuschung mit den Einbruchsspuren hier war gut genug, um etwaige Ermittlungen einer normalen Polizei eine ganze Weile in die falsche Richtung zu lenken."

„Es könnte interessant sein, die Chips zu orten und die aktuellen Besitzer zu verhören."

„Denkst du, die haben ihr Töchterchen vorher gefunden?"

„No way, sie ist laut Infos aus den USA heute erst in Frankfurt gelandet. Sie kann es kaum schon bis hierher geschafft haben. Also hatten sie keine Zeit, gemeinsam unterzutauchen. Es dauert mal wieder endlos, bis die mir endlich die Trackingdaten für den Chip von dem Fratz überspielen! Auf jeden Fall müssen wir Meldung machen. Was sagtest du noch gleich? Mike hat sich umgebracht? Tracy ist verschwunden und Gillian tobt vor Wut? Willst du nicht zufällig Gillian anrufen und ihr auch noch sagen, dass die feine Familie Rodgers sogar ohne ihre Tochter komplett verschwunden ist?"

„Das machst du schön selbst, mein Lieber, schließlich hast du deinen Überwachungsauftrag selbst vermasselt!".

Der andere brauste jetzt auf. „Du hättest mich jederzeit um Hilfe rufen können, ich hätte doch zur Verfügung gestanden! Ein brisanter Fall ist das hier, den man nicht unterschätzen darf, auch wenn er sich schon ein Weilchen hinzieht. Geduld ist eine Tugend, verstehst du? Du hast es selbst vermasselt, Mann! Willkommen demnächst zurück in Langley zum Abhördienst oder in irgendeiner Hinterwäldler-Gemeinde auf Streife!"

„Du weißt genau, dass sich hier jahrelang absolut nichts Nennenswertes getan hat. Wie um alles in der Welt hätte ich bitte ahnen sollen, dass diese Tracy gerade jetzt in den USA Fahnenflucht begeht und hier gleich alles mit auf den Kopf stellt, noch bevor man ihre Desertion überhaupt entdeckt?", rechtfertigte sich der Zurechtgewiesene. „Nun, es ist müßig, darüber zu streiten.", fuhr er resigniert fort, „Ich schaue mich noch mal im Obergeschoss um und bringe das Telefonat mit Gillian hinter mich. Checkst du den Keller und später den

Garten auf irgendwelche Hinweise? Vielleicht finden wir ja noch irgendwas Hilfreiches."

Als Shania die Schritte der Männer auf den Stufen ins Obergeschoss und in den Keller verklingen hörte, rollte sie sich schnell und lautlos unter der Couch hervor. Vorsichtig richtete sie sich auf und lauschte für einen kleinen Moment. Beide Männer schienen fürs Erste in den anderen Stockwerken beschäftigt. Auf leisen Sohlen schlich sie sich zurück zur noch immer angelehnten Verandatür. Ganz langsam schob sie sie auf und erstarrte, als sie leise quietschte. Keine Schritte aus einem der anderen Geschosse. Zum Glück. Kaum war die Tür weit genug geöffnet, dass Shania hindurch schlüpfen konnte, schlich sie durch den Garten, wand sich durch eine etwas zu locker bepflanzte Stelle in der Hecke, die ihr aus ihrer Kindheit noch gut bekannt war, und kroch in die Gasse hinter dem Haus. Von dort aus begann sie zu rennen. Sie stoppte erst wieder, als sie ihr Ziel in der Nähe ihrer ehemaligen Grundschule erreicht hatte.

In einer Apotheke kaufte sie sich Desinfektionsmittel und ein kleines Skalpell. Der Chip musste sofort verschwinden. Auf der Toilette eines halbwegs gepflegten Cafés unterwegs reichte das Licht aus, um den Chip etwas schmerzhaft, doch für immer im Müll zu entsorgen.

„So, jetzt wünsche ich viel Spaß bei der Suche nach mir!", Shania grinste schief. Es tat weh, doch sie fühlte sich zum zweiten Mal wie befreit.

Sie brauchte jetzt unbedingt einen neuen Look und begab sich in die weniger betuchten Viertel Stuttgarts. Der Morgen brachte die tägliche Hektik über die Großstadt. Das Einfachste war, einen Frisör zu finden, der ihre langen Haare zu einem Kurzhaarschnitt formte und sie schwarz färbte. In einem Gothic Shop fand sie Klamotten, in denen sie düster, fast gefährlich und vor allem vollkommen anders aussah. Anders als Shania, anders als die brave Viola, anders als die Geschäftsfrau Cindy. Einen gefälschten Pass zu erwerben, gestaltete sich als weitaus langwieriger und gefährlicher als das neue Design ihrer Erscheinung. Doch irgendwann besaß sie aus einer dunklen Ecke der Stadt endlich für viel Geld ein Papier, das sie als ‚Cora Palm' auswies. Völlig erschöpft checkte sie in eine billige Absteige ein, um am hellen Tage endlich ein paar Stunden Schlaf zu finden.

Als sie am folgenden Morgen in der Dämmerung erwachte, durchfuhr sie mit unerwarteter Heftigkeit ein Schreck. Wohin sollte sie jetzt gehen? Da saß sie nun mitten in Stuttgart. Allein. Ihr Freund war in Miami. Sie wusste nicht, was aus Caithleen und Elaine werden würde, ihre Eltern waren abgetaucht. Aber wohin? Selbst in der Gefangenschaft von Mikes Familie hatte sich Shania nie so allein gefühlt wie in diesem Moment. Würde sie jemals wieder ein normales Leben führen können? Was, wenn man sie fand?

Sie würde sich auf jeden Fall weiter verstecken. Aber was dann? Wovon würde sie leben, wenn ihr das Geld ausging? Der falsche Pass hatte sie schon zwei ihrer Schmuckstücke gekostet. Shania fühlte eine Art Krampf in ihrem Bauch, sie rannte ins Bad, wo sie sich heftig übergab. Danach sank sie erschöpft auf das Bett und erlaubte sich, wie aus Sturzbächen zu weinen.

So lag sie zusammengerollt und immer noch schluchzend auf dem Bett, als das Zimmermädchen hereinkam. Erst jetzt begriff sie, dass es kein normaler Tag war, der vor ihr lag. Es war ihr fünfzehnter Geburtstag und sie war vollkommen allein.

Alte Bekannte

Mathilde war eine stämmige, herzensgute Frau und eine pragmatische Problemlöserin. Sie hatte an diesem Vormittag schon mehrfach an Zimmer Nummer neun geklopft und nie eine Antwort gehört, mal abgesehen von einem Schluchzen. Jetzt, beim dritten Anlauf, entschied sie sich, das Zimmer dennoch zu betreten, es half ja alles nichts. Ihre Schicht war bald um und sie musste das letzte Zimmer auf ihrem Putzplan noch reinigen.

Das Zimmermädchen öffnete die Tür beherzt mit ihrem Generalschlüssel.

„Na, junge Dame, so schlimm kann es doch nicht sein, dass Sie den ganzen Tag heulen müssen. Draußen ist schönstes Wetter, nun aber mal raus aus den Federn!" Sie gab sich betont fröhlich. „Soll ich Ihr Zimmer richten oder möchten Sie heute keinen Zimmerservice?"

Als sich das weinende Mädchen zu ihr umdrehte, fuhr Mathilde der Schreck bis ins Mark. Man hatte ihr erzählt, dass in der Neun gestern Mittag eine kleine, kratzbürstige Satanistin eingezogen sei. Eine Cora Palm, gerade achtzehn geworden, vermutlich eine Stricherin. Sie solle deren Zimmer bloß ordentlich sauber halten. Aber das Mädchen, dem sie hier ins Gesicht sah, war bei Weitem nicht volljährig – und vor allem hieß es ganz bestimmt nicht ‚Cora Palm'.

Mathilde hielt sich mit Gelegenheitsjobs über Wasser, die Stelle als Zimmermädchen in dieser Absteige im Herzen Stuttgarts war nur einer davon. Sie arbeitete schon seit vielen Jahren als Kindermädchen und hatte vor längerer Zeit auch ab und an bei den Rodgers ausgeholfen. Es war ihr, als fiele sie beim Blick in das Gesicht des Mädchens zurück in die eigene Vergangenheit.

Mathilde vergaß keine Gesichter. Vor ihr saß eindeutig Shania Rodgers, älter und durch Haarschnitt und Haarfarbe kräftig verunstaltet, aber sie war immer noch das zarte, verletzliche Kind, das sie gut kannte. Noch immer war sie ein Abbild ihrer Mutter.

Sie war, daran erinnerte sie sich jetzt genau, für einige Tage nach dem tragischen Verschwinden des kleinen Sohnes als Babysitterin für Shania und Chiara bestellt worden. Man hatte vergessen, ihr abzusagen. Nach dem Drama um Lee war ihr die Familie besonders ans Herz gewachsen. Lisa so völlig gebrochen an der Tür eine Entschuldigung wegen der versäumten Absage stammeln zu hören, hatte sie tief im Herzen berührt. Sie war noch ein paar Mal zur Familie Rodgers gekommen und hatte gelegentlich sogar ohne Bezahlung ihre Hilfe im Haushalt angeboten, bis Lisa wieder am Alltag teilnehmen konnte. Allein der dankbare Blick der Mutter, gepaart mit Chiaras engelsgleichem Lächeln, waren ihr schon Lohn genug gewesen, obwohl sie doch selbst zeit ihres Lebens von der Hand in den Mund lebte.

„Na, da laust mich ja der Affe, du bist doch die kleine Rodgers! Du bist doch damals entführt worden, oder? Wie in aller Welt bist du hierhergekommen? Was tust du hier und wie siehst du denn nur aus?"

Mathilde starrte auf das vollkommen verdutzte Mädchen, Shania rang schluchzend um Fassung.

„Schau mich nicht an wie ein Auto, gib deinem alten Kindermädchen mal einen Kuss!" Mathilde kam näher und setzte ein breites Grinsen auf. Plötzlich dämmerte es Shania, sie konnte sich nur zu gut an die geliebte Nanny erinnern. Sie fiel ihr schluchzend in die Arme.

Mathilde nahm sich viel Zeit, die ganze Geschichte der Kleinen anzuhören. Sie hatte noch ein paar Stunden, bis ihr nächster

Putz-Job begann. Am Ende gab sie Shania ihre Adresse, einen Haustürschlüssel und drückte sie noch einmal tröstend an sich. Auch sie nahm sich vor, ihren Social Rating Chip so schnell wie möglich zu entfernen. Sie hatte keine Vorstellung davon gehabt, welcher Missbrauch damit getrieben werden konnte. Sie hatte ganz naiv auf die Menschen vertraut.

Als sie am Abend heimkam, beauftragte sie umgehend einen Freund hoch im Norden, Liam von einem öffentlichen Telefon aus anzurufen und ihm auszurichten, Shania ginge es gut. Selbst wenn Liam abgehört würde, könnte man in der Nachverfolgung so nur auf ein anonymes Telefon von weit her stoßen. Fast erheiterte sie ihr detektivisches Geschick, sie kam sich plötzlich vor wie in einem Krimi. Klar, ewig konnte Shania nicht bei ihr bleiben, aber für ein paar Tage wäre es bestimmt sicher für sie in ihrer Wohnung.

Wirklich befreit wirkte Shania erst, als Mathildes Freund aus dem Norden sich zurückmeldete mit der Nachricht: „Geht klar, dein Macker weiß, dass es dir gut geht. Hat zwar einen Haufen Fragen gestellt, die ich natürlich nicht beantworten konnte, aber er weiß jetzt, was er wissen soll."

Shania war klar, dass sie schnell weiterziehen musste. Doch sie war froh um den Energieschub, den ihr die Begegnung mit einer vertrauten Person und das Wissen, Liam ein Lebenszeichen übermittelt zu haben, gegeben hatte.

Mathilde getroffen zu haben, erwies sich noch in einer anderen Hinsicht als eine Art Hauptgewinn für Shania. Als sie sich nach ein paar Tagen der Erholung bei ihr verabschiedete, war es Mathilde, die Shania auf die entscheidende Idee brachte.

„Ich wünsch' dir alles Gute, meine Kleine." Sie drückte Shania liebevoll an sich. „Du wirst deine Eltern schon finden. Sonst bleibt dir nur, dir ein eigenes Leben aufzubauen, bis es sicher genug ist, zurückzugehen zu deinem Liam. Ewig werden sie nicht nach deinem Vater suchen. Irgendwann haben sie das, was auch immer sie damit bezwecken, auch selbst geschafft und dann bist du aus dem Schneider. Ich habe deinen Dad immer bewundert. Was er so alles entwickelt hat! Trotz seiner Erfolge ist er immer am Boden geblieben. Irgendwie war er sogar ein ganz gewöhnlicher Typ. Ich erinnere mich noch, dass selbst er oft für mehrere Stunden am Tag Online-Spiele und so einen Kokolores gespielt hat. Ich habe damals immer gedacht, er sei doch eigentlich viel zu clever für so eine Zeitverschwendung. Hoffentlich hat er dir das nicht vererbt!" Mathilde musste lachen über diese kleine Erinnerung, Shanias Vater schien ihr auf einmal wieder so nah.

Stunden später wurde Shania plötzlich klar, dass das, was sie vorschnell als Small Talk ihrer alten Nanny bei der Verabschiedung abgetan hatte, vielleicht sogar der Schlüssel war, um ihre Eltern endlich wiederzufinden. Schnell fuhr sie mit dem ICE nach München und kaufte sich unter Cindys Identität ein Tablet und eine Prepaid-Simkarte. Danach brach sie schleunigst nach Nürnberg auf, wo sie sich erneut eine billige Unterkunft suchte.

Wie von Geisterhand geführt, folgte sie ihrer Idee und loggte sich beim Online-Spiel ‚Car Wars' ein, das sie mit ihrem Dad und Romeo vor ihrer Entführung immer so gern über Netzwerk gespielt hatte. ‚Car Warrior Princess 69' war nach über vier Jahren zum ersten Mal wieder online, sogar ihr alter Account funktionierte noch! Sie spürte, wie ihr Herz heftig zu klopfen begann. Sie hatte immer nur mit ihrem Dad online gespielt. Es war damals aus einem Spaß heraus entstanden, alle in ihrer Klasse hatten es gespielt und ihr Dad hatte ihr eigentlich beweisen wollen, was für eine idiotische Zeitverschwendung das ganze Spiel war. Das Ende vom Lied war damals gewesen, dass sie beide vollkommen angefixt waren und selbst Romeo noch damit angesteckt hatten. Fieberhaft suchte sie nach ‚Car Warrior King 96' und fand ihn schneller als erwartet. Erwartungsgemäß war er nicht online, sie starrte enttäuscht auf den Bildschirm, als rechnete sie damit, dass ihr Dad persönlich auf dem Display erschien.

Shania hatte seit dem Abschiedsgespräch mit Mathilde den winzigen Funken Hoffnung gehabt, dass ihr Vater ihren Account vielleicht beobachten würde. Andererseits: Wie sollte er wissen, dass sie jetzt endlich entkommen war? Was, wenn sie ihm einfach eine Mail an seine alte Privatadresse schriebe? Doch ganz sicher war er nicht so leichtsinnig, sie noch immer zu verwenden, zumal er sich versteckt halten musste. Sie verwarf den Gedanken und fiel wieder zurück in ihre Hoffnungslosigkeit. Shit, es hatte sich für einen Moment so verdammt gut angefühlt, so, als würde es klappen!

‚Car Warrior Princess 69' Aktivitäten blieben nicht unbemerkt. Denn auch Tracy war immer noch bestens vernetzt. Zum einen, weil sie den Rodgers versprochen hatte, Shania zurückzubringen, aber vor allem, weil Tracy wissen wollte, inwieweit Details ihrer Flucht inzwischen aufgeflogen waren.

Tracy vertraute fast niemandem mehr, aber ihrem Freund Sam Mirage schon. Sam war Hacker. Mit ihm war sie seit ihrer gemeinsamen Kindheit befreundet, ihm hatte sie seit ihrem Entschluss, zur CIA zu gehen, einfach alles über ihre Arbeit erzählt. Sie war sich immer sicher gewesen, dass ihn niemand überwachte. Sie hatte ihn aus allem herausgehalten, hatte Mike auch niemals von ihm erzählt.

Als sie damals auf Pentecost angekommen waren, hatte sie kein Handy und keine Karten unter den verschiedensten Identitäten länger als zwei Wochen benutzt. Nur Sam war über diese Dinge immer auf dem neuesten Stand. Sam, das waren ihre Augen und Ohren. Von ihm wusste sie, dass Mike sich erschossen hatte und dass die CIA das Haus auf den Kopf gestellt hatte. Sie wusste alles über die durchgedrehte Elaine und dass Shania davongelaufen war.

Jetzt rief Sam sie aufgeregt an: „Die kleine ‚Car Warrior Princess 69' ist online! Soll ich den Account von ihrem Dad nutzen und ihr eine Nachricht schreiben?"

„Ja, das ist eine gute Idee, Sam. Vielleicht sucht sie den Kontakt! Ich glaube nicht, dass die CIA dahintersteckt. Seit dem Tag, an dem wir Shania entführt hatten, hat Mike diesem toten Spiel-Account doch keine Bedeutung mehr beigemessen. Ich glaube nicht einmal, dass es darüber Reports gibt. Schreib etwas, das nur sie korrekt beantworten kann, Sam! Frag sie, was ihr Vater sie immer gefragt hat, bevor sie morgens zur Schule gegangen ist. Es war die Frage: ‚Gehst du heute in die Schule, weil Mum und ich es von dir wollen?'. Nur sie kann die Antwort kennen – mal abgesehen von Mike und mir nach den Jahren der Observation."

Shania hielt die Luft an, als sich urplötzlich der Status von ‚Car Warrior King 96' auf ‚online' schaltete. Sie hatte sich gerade ausloggen wollen. Fassungslos starrte sie auf den kleinen Satz, der da auf dem Bildschirm stand. Das konnte doch nur ihr Dad sein, oder?

„Gehst du heute in die Schule, weil Mum und ich es von dir wollen?"

Die Erinnerung an ihr gemeinsames morgendliches Familienritual trieb ihr die Tränen in die Augen. Was konnte schon dabei sein, wenn sie jetzt antwortete? So, wie sie es früher jeden Morgen getan hatte? Selbst wenn es eine Falle war – sie konnte die SIM-Karte jederzeit vernichten und weiterziehen. Sie zögerte kurz und antwortete dann, wie sie ihrem Dad jeden Morgen

geantwortet hatte: „Nein, weil ich klüger werden will als du!"
Es dauerte nur einige bebende Sekunden, bis sie am Bildschirm las: „Ich muss dich finden! Bitte sei morgen um 22 Uhr am Schließfach 17, Frankfurter Hauptbahnhof."
„Bist du das, Dad?"
„Fast. Ich bin jemand, dem deine Eltern und du sehr wichtig sind. Jemand, der wusste, dass deine Eltern in großer Gefahr sind, und der sich darum gekümmert hat, sie aus der Schusslinie zu holen. Mehr kann ich hier nicht sagen."
„Woher weiß ich, dass das keine Falle ist?"
„Gar nicht. Ich weiß nur, dass deine Eltern dich lieben und vermissen. Ich weiß, wo sie sind, und auch, wo ihr alle zusammen in Sicherheit leben könnt."
Shania liefen die Tränen über die Wangen. Sie konnte nicht aufhören zu schluchzen. Sie wollte das alles so gerne glauben! Sie wollte hoffen, dass schon morgen Abend ihre Welt wieder in Ordnung kommen würde. Doch sie erinnerte sich nur zu gut an die vielen Dinge, die Mike gesagt hatte, wenn sie ihn und Tracy bei ihren Einsatzbesprechungen belauscht hatte. Einer seiner Lieblingssprüche war gewesen: „Wenn es zu einfach ist, dann hat es meist einen Haken."
Sie musste sich etwas überlegen. Sie wollte unbedingt zusagen, sie durfte doch die Chance, ihre Eltern zu finden, nicht einfach verpassen!
„Ich werde da sein. Sag meinen Eltern, dass ich sie liebe."
Dann loggte sie sich zitternd aus. Je weniger sie online war, desto besser. Für den Fall, dass ihre Aktivitäten doch verfolgt worden waren, entschloss sie sich, ihre Spuren schnell zu verwischen. Sie verließ sofort das Zimmer und kurz darauf die Stadt. Sie reiste noch am selben Abend nach Hanau, wo sie sich erneut eine Absteige zum Schlafen suchte. Sie war unglaublich müde, ihr Bauch krampfte sich ständig zusammen, ihr war ein-

fach nur übel. Irgendwann fiel sie in einen tiefen, traumlosen Schlaf. Eines war ihr noch vor dem Einschlafen klar: Sie würde es nicht riskieren, persönlich zu diesem Schließfach zu gehen. Sie würde auf Umwegen jemanden beauftragen, das Fach zur gegebenen Zeit zu leeren. Was immer er darin fand, müsste er in eine markante Tasche stecken und in einem Mülleimer am Bahnhofsvorplatz entsorgen. Ein weiterer Bote würde es sichern und an einem neuen Ort für sie verstecken. Das sollte verwirrend genug sein, um etwaige Beobachter und Verfolger abzulenken. Sie lehnte sich halbwegs zufrieden in ihre Kissen zurück. Etwas später würde sie sich die Tasche dann endlich krallen.

Die Aktivitäten von ‚Car Warrior Princess 69' wurden nicht nur von Sam bemerkt. Gillian klappte ihren Laptop zu, nachdem sich Shania wieder ausgeloggt hatte, und schmunzelte zufrieden. Ein paar Telefonate mit ihrem deutschen Team später war klar: Morgen Abend gegen 22.00 Uhr würde ein bestimmtes Schließfach am Frankfurter Hauptbahnhof unter bester Bewachung stehen.

Gillian hatte sich noch einmal die letzten Protokolle von Mike durchgesehen und sich besonders auf seine Randnotizen konzentriert, die bisher nie große Beachtung gefunden hatten. Seit sie den Hinweis auf dieses Online-Spiel gefunden hatte, hatte sie es aus einem Gefühl heraus von ihren Technikern so einrichten lassen, dass die Accounts von Vater und Tochter unter ständiger Beobachtung standen. Die Hochphase dieses Spiels war längst vorbei, die ersten Tage schien die Spur im Sand zu verlaufen. Es war allerdings nur eine der Spuren, die sie konsequent verfolgte, ohne dass es sie großartig Zeit oder Geld kostete – man wusste schließlich nie.

Kurz darauf stellte sich bereits heraus, dass der kleine Aufwand sich gelohnt hatte. Obwohl sie wusste, dass sie oft den richtigen Riecher hatte, hatte nicht einmal sie selbst mit so einem schnellen Erfolg gerechnet.

Bill war schon am Vortag eiligst nach Deutschland gereist, um ein Such-Team aufzustellen. Ted und Jeronimo hatten über Nacht ihren Marschbefehl nach Frankfurt erhalten. Schon seit elf Uhr morgens lagen sie in der Nähe der Schließfächer auf der Lauer und beobachteten alles akribisch.

Bisher war Schließfach 17 nicht befüllt worden, doch es war mit unbekanntem Inhalt verschlossen. Aufbrechen, so interessant das mit Blick auf mögliche Hinweise war, konnte vorerst keine Lösung sein, das wäre zu auffällig gewesen. Kurz vor zehn wurde es deshalb umso spannender. Ein verwahrlost wirkender Penner schlenderte vorbei und öffnete das Fach pünktlich. Er schien etwas hineinzulegen, ließ den Schlüssel stecken, die Tür angelehnt. Die drei verständigten sich über ihre Technik, der kein Detail entging. Sie waren sich einig: Es war viel zu kurz vor dem entscheidenden Termin. Das Risiko, den wichtigsten Moment zu vereiteln, war einfach zu hoch.

Um Punkt fünf nach zehn kam eine weitere verlotterte, männliche Gestalt zum Schließfach. Der Kerl schien etwas herauszuholen und in seinem Mantel verschwinden zu lassen, genau konnten sie es nicht erkennen. Sie hatten ihre Kamera definitiv schlecht positioniert, die Nervosität stieg.

Der Herumtreiber ging wieder, auch er ließ das Schließfach offen. Jeronimo war neu bei der CIA und war aus verschiedenen Gründen versessen darauf, sich als fähiger Agent zu beweisen.

„Ted, du folgst dem Penner jetzt zur Übergabe und schnappst dir diesen verfluchten Teenager! Noch mal entwischt sie uns nicht, das wäre zu peinlich! Wir haben die Trackingdaten von ihrem Social Rating Chip gefunden. Er liegt auf einer Müllhalde herum. Damals, als unsere Kollegen am Rodgers-Haus waren, hat er immerhin noch Vitalzeichen und Geodaten geliefert. Die verfluchte Göre war mit unseren Leuten im gleichen Haus und die Jungs haben sie entwischen lassen! Jetzt bloß keine verdammten Fehler mehr, Gillian bringt uns alle höchstpersönlich um! Jeronimo, du folgst Ted mit etwas Abstand, falls er den Penner aus den Augen verliert. Wir halten alle Funkkontakt, verstanden? Ich werde schauen, ob noch was im Schließfach ist, und danach die Umgebung checken. Los, worauf wartet ihr Pfeifen denn, der Penner entwischt euch gerade!"

Ted war dem Kerl gefolgt, Jeronimo war seinem Freund mit etwas Abstand hinterhergelaufen, ohne beide auch nur eine Sekunde aus den Augen zu verlieren. Jeronimo war sich nicht ganz sicher, ihm war, als griffe der Penner beiläufig in seine Manteltasche. Gerade als der verlotterte Kerl zwischen einer Gruppe Passanten hindurch an einem Mülleimer vorbeilief, gab er spontan und ohne weitere Meldung an seine Kollegen die Verfolgung auf. Ted war dem Kerl schließlich auf den Fersen, er konzentrierte sich erst einmal auf den Mülleimer.

Und siehe da: Kaum zwei Minuten später kam ein anderer Penner auf den Mülleimer zugelaufen und angelte eine grüne Plastiktüte heraus. Er ließ sie unauffällig in seiner Jackentasche verschwinden. Jeronimo folgte dem zweiten Landstreicher mit etwas Abstand. Er wagte immer noch nicht, Ted oder Bill über Funk Bescheid zu sagen und taktierte. Lag er falsch, wollte er den anderen sagen, er habe Ted aus den Augen verloren. Schließlich wollte er sich nicht gleich mit sinnlosen Alleingängen unbeliebt machen. Vor allem wollte er nicht riskieren, dass auf seine Initiative hin alle einer falschen Fährte folgten und die möglicherweise richtige Spur aus den Augen verloren.

Lag er allerdings richtig, wäre das sein erster großer Triumph. Ted würde stolz auf ihn sein. Ted war seine große Liebe, er war zehn Jahre älter als er. Er hatte ihm geholfen, den CIA-Posten zu ergattern, damit sie beide zusammen arbeiten konnten. Der Job war für seinen scharfen Verstand die Erfüllung eines Kindertraums. Er wollte sich des Jobs und Teds unbedingt als würdig erweisen.

Alles lief nach Plan. Shania beobachtete vom Dach eines benachbarten Hauses, wie einer ihrer Verbündeten die Tüte im Mülleimer hinter dem Hauptbahnhof entsorgte. Sie war sich sicher, dass der unauffälligen Existenz, die einfach perfekt in diese Gegend passte, niemand gefolgt war.

Sie sollte sich irren.

Jeronimo spürte förmlich, dass er ganz nah dran war an dem Mädchen. Er vergrößerte den Abstand zu der Verdachtsperson und wurde vorsichtiger in seiner Beschattung. Schließlich hielt er so viel Abstand, dass er seinen Feldstecher benutzen musste, um den Penner genau beobachten zu können. Sie waren inzwischen in einem der fragwürdigen Viertel hinter dem Bahnhof angekommen, niemand war auf der Straße unterwegs. Mit einem Mal blieb der Penner an einem Abfalleimer stehen und warf die Tüte aus seiner Tasche hinein. Dann verschwand er eilig hinter ein paar Fahrzeugen im Dunkel der Nacht. Jeronimo vibrierte – jetzt würde er sich Shania krallen! Da kam auch schon ein junges Mädchen im schwarzen Gothic-Outfit um die Ecke. Sie beugte sich langsam über den Mülleimer, Jeronimo schlich sich eilig an sie heran.

Als Shania sich über den Mülleimer beugte und die Tüte herausfischte, wurde sie plötzlich hart am Arm gepackt und herumgewirbelt.

„So, das Fräulein Rodgers!" Eine polternd-hämische Stimme unmittelbar an ihrem Ohr, sie erschrak fast zu Tode. „… vorsichtig, aber nicht vorsichtig genug!"

Shania überlegte nicht lange. Sie zog die entsicherte Waffe mit aufgestecktem Schalldämpfer aus ihrer Tasche und schoss dem Agenten wie im Reflex direkt ins Herz. Shania hatte Mike noch vor Kurzem belauscht und ihn zu Tracy sagen hören, dass sie beide auf den gemeinsamen Verfolgungsjagden bestimmt niemals in ihrer Karriere einen Verbrecher überwältigt hätten, wenn sie so dumm gewesen wären, mit dem Einsatz ihrer Waffen zu zögern. Als sie sich heute Abend sicherheitshalber bewaffnet hatte, hatte Shania sich fest vorgenommen, im Zweifel nicht zu zögern. Sie hatte die Waffe schon vorher entsichert, als hätte sie das hier geahnt.

Der Mann sank ohne einen weiteren Laut mit weit aufgerissenen Augen vor ihr zusammen. Shania erstarrte. Sie hatte in ihrem jungen Leben weit mehr erlebt, als es einem Teenager guttat. Aber das hier war eine andere Nummer, sie hatte den Mann wirklich getötet. Als sie Blut über die Straße laufen sah, spürte sie plötzlich wieder heftige Krämpfe im Unterleib und erbrach sich an Ort und Stelle. Ihr schwindelte, für einen Moment verlor sie den Halt.

Der Mann sah so jung aus. Sie hatte mit ihren Händen ein Leben zerstört, das kaum begonnen hatte. Er war vielleicht Mitte zwanzig. Was war nur aus ihr geworden? Sie riss sich zusammen und rannte los – ihr eigenes Leben war in höchster Gefahr. Shania verschwand wie ein Schatten in der Dunkelheit.

Im Frankfurter Rotlichtmilieu war schnell eine unauffällige Unterkunft gefunden. Sie hatte sich bereits tagsüber eine schrille Perücke und ein den umliegenden Bordellen angemessenes Outfit zugelegt. Bis zur Unkenntlichkeit verkleidet würde sie Frankfurt morgen früh verlassen. Um die Leiche des Agenten brauchte sie sich nicht zu sorgen. Von Mike wusste sie, dass die CIA solche Spuren umgehend und diskret beseitigte, um der Aufmerksamkeit der örtlichen Behörden zu entgehen. Der Typ war sicher nicht allein unterwegs gewesen. Shania war sich jetzt sicher, dass ihr niemand mehr gefolgt war. Shit, das war verdammt knapp gewesen! Es war naiv zu glauben, dass der Onlinespiel-Chat sicher wäre. Vielleicht war alles eine Falle gewesen, sie musste in Zukunft noch vorsichtiger sein.

Jetzt war es endlich an der Zeit, den Inhalt der Tüte in ihrem Versteck zu untersuchen. Ein Briefumschlag mit einem Zettel lag darin: „Liebe Shania! Glückwunsch, wenn du es geschafft hast, diesen Zettel zu lesen! Entweder hattest du ein Riesenglück und unsere kleine Online-Konversation wurde nicht mitgelesen, oder du warst sehr, sehr vorsichtig.

Du wirst verstehen, dass ich dir hier aus Sicherheitsgründen nicht den Aufenthaltsort deiner Eltern schreiben kann. Verbrenne diesen Zettel, wenn du ihn gelesen hast. Fliege weiter nach Sidney, sobald es irgendwie geht. Die Schließfachnummer von heute hast du sicher nicht vergessen, du musst an deren Ende noch deine Lieblingszahl hinzufügen. Damit findest du das Schließfach am Flughafen. Du findest dort den nächsten Hinweis. Das Schließfach öffnet sich mit einer Zahlenkombination – es sind die Ziffern deines Geburtstages."

Sidney! Shania steckte den Zettel sofort in Brand. Für den Flug würde ihr Geld sicher noch reichen, wenn sie den ganzen Schmuck versetzte. Hoffentlich war der Weg von dort dann nicht mehr so weit! Sie fühlte sich hundeelend und erschöpft und war es jetzt schon leid, ständig auf der Flucht zu sein. Irgendwann würde ihr das Geld ausgehen. Sie wollte nie wieder töten müssen. Sie hatte Angst. Und zum ersten Mal war sie sich nicht mehr sicher, ob sie überhaupt das Richtige tat.

Sie hatte immer geglaubt, dass sie sich nie mehr gut fühlen könnte, solange sie ihre Familie nicht wiedergefunden hätte.

Aber ihre Träume drehten sich schon lange nicht mehr nur um Jeff oder Lisa und Chiara. Es war fast immer Liam, den sie mehr als alles andere vermisste.

Sie war mit ihren vierzehn Jahren bei allem, was sie schon hatte erleben müssen, längst kein Kind mehr. Sie war früh zur Frau geworden – zu früh, das spürte sie oft, insbesondere, wenn sie mit Gleichaltrigen zu tun hatte, deren Geschwätz über ihre Sorgen und Nöte – Liebeskummer hier, Frisurprobleme dort – ihr nachgerade beleidigend trivial erschienen.

Sie schob ihre trüben Gedanken weg. Sie war nicht so weit gekommen, um jetzt und hier umzukehren. In den USA bei Liam wäre sie ohnehin nicht sicher. Sie würde ihn und sich selbst nur unnötig in Gefahr bringen.

Sie musste ihre Eltern einfach finden – Punkt. Dann könnte sie endlich wieder Kind sein, wenigstens für eine Weile. Mum und Dad würden schon wissen, was zu tun war und wie sie später auch Liam finden konnte. Es würde bestimmt alles wieder gut werden. Kurz durchfuhr sie ein Schauder von Angst. Wenn ihnen nur nichts zugestoßen war! Lieber Gott, bitte! Dann überkam sie tiefste Müdigkeit, der Schlaf übermannte sie. Im Traum lag sie unter blauem Himmel neben Liam auf der Schulwiese. Verliebt und selbstvergessen wie so oft im letzten Sommer.

***

„Ted, Jeronimo, im Schließfach liegt nichts mehr und hier im Bahnhofsgebäude kann ich die Kleine auch nicht finden! Wie ist der Status bei euch?" Bills gehetzte Stimme dröhnte aus den Geräten.

„Ich bin dem Penner durch halb Frankfurt gefolgt, ich möchte endlich mal wissen, wo die Übergabe stattfinden soll! Ich glaube, die haben uns gründlich verarscht! Jetzt ist der Penner auch noch ein Bier trinken gegangen!"

„Hast du den Typen immer genau beobachtet? Hat er noch nirgends irgendwas Auffälliges deponiert?"

„Ich bin doch kein verfluchter Idiot, Bill! Frag doch Jeronimo, der muss ja irgendwo hinter mir sein und wird auch alles beobachtet haben."

„Jeronimo, kannst du bestätigen? Jeronimo? Verdammt, melde dich, oder hau wenigstens zweimal aufs Mikro, falls du gerade nicht reden kannst! Jeronimo …?"

Bill stockte, ein furchtbarer Verdacht stieg in ihm auf.

„Ted, da ist was passiert! Moment, ich tracke seinen Chip. Er muss hinter dem Bahnhof sein, keine Vitalzeichen! Los, wir treffen uns dort, hoffentlich kommen wir nicht zu spät!"

„Geht klar." Ted brach die Stimme, das Herz schlug ihm bis zum Hals. Oh Gott, oh bitte nein, nicht Jeronimo!

Sie rannten wie von Sinnen und fanden den jungen Agenten tot, mit weit aufgerissenen Augen, in einer Blutlache auf dem Asphalt.

‚Verdammt, die Kleine fackelt nicht lange', dachte Bill. Er blickte sich nervös um.

„An die Arbeit, Ted, wir müssen schnell alles sauber machen, bevor hier jemand Alarm schlägt. Gillian wird uns das Fell über die Ohren ziehen, wir haben dieses Biest schon wieder verpasst und sie hat jetzt sogar einen von uns auf dem Gewissen. Diese Göre ist schlau und skrupellos. Vier Jahre bei Mike haben ihren Charakter gründlich verdorben."

Ted entgegnete mit vor Wut bebenden Lippen und zusammengekniffenen Augen: „Wir suchen kein Mädchen mehr. Wir suchen eine gefährliche Verbrecherin! Wenn ich sie finden sollte, werde ich ihr persönlich den Hals umdrehen. Zu schade, dass wir sie als Druckmittel brauchen und sie unbeschadet zu

Gillian bringen sollen."

In Gedanken fügte er hinzu: ‚... und gnade ihr Gott, wenn wir sie eines Tages nicht mehr brauchen!'

Entwischt

Shania schreckte mitten in der Nacht hoch. Die Sonne war noch nicht aufgegangen. War es besser, jetzt schon aufzubrechen? Vielleicht waren ihre Verfolger, falls es neben dem Mann, den sie erschossen hatte, noch weitere gab, ihr auch jetzt viel näher, als ihr lieb war. Der Gedanke ließ sie frösteln.

Am helllichten Tag hatte sie bestimmt bessere Chancen, in der Menschenmenge zu verschwinden. War ihr Outfit als Stricherin nachts vielleicht glaubwürdiger? Verdammt, war ihre Verkleidung überhaupt gut genug? Würde man nicht ohnehin annehmen, dass sie im Nachtleben untergetaucht war?

Egal, sie wollte nicht eine Minute länger hier bleiben. Vielleicht krempelten ihre Verfolger schon längst das Frankfurter Nachtleben um. Es war zu gefährlich hier. Shania schlich sich aus dem Zimmer. Der Nachtportier schlief tief und fest. Shania würde ihr Geld noch brauchen. Sie ging, ohne ihn zu wecken und die Zeche zu zahlen. Tief in ihrem Inneren sagte eine Stimme, dass ihre Eltern sie so nicht erzogen hatten. Doch eine andere und deutlich lautere sagte ihr, dass dies nun mal eine Ausnahmesituation war. Ihre Eltern hatten ihr schließlich auch nicht beigebracht, Leute kaltblütig zu erschießen – und doch hatte sie keine Wahl gehabt. Ihr Gedankenkarussell ließ ihr die Tränen herunterlaufen und sie verschmierte ihr Make-up.

Sie war noch nicht weit entfernt vom Hotel, als ihr eine Nonne zielsicher entgegensteuerte und sie beherzt am Arm festhielt: „Junge Dame, bleiben Sie doch einmal stehen. Sie haben sich bestimmt nicht freiwillig für diesen Weg entschieden, sonst würden Sie doch nicht weinen. Kommen Sie mit, ich und meine Schwestern können Ihnen sicher helfen, wir führen Sie auf den rechten Weg zurück."

„Danke nein", murmelte Shania verbittert, „für den Moment will ich nur zum Bahnhof und den Weg kenne ich selbst."

Die Nonne ließ ihren Arm nicht los und hielt im Laufschritt Shanias Tempo. Sie ließ sich nicht provozieren und antwortete mit gütiger Stimme: „Es gibt immer eine Alternative. Was immer du getan hast und was immer dir widerfahren ist, kann nicht so schlimm sein, als dass es sich nicht klären ließe. Wir könnten dich ganz bestimmt zu deinen Eltern zurückbringen."

„Nichts lieber als das", erwiderte Shania schroff und folgte der fremden Frau, einer plötzlichen Eingebung folgend, in die falsche Richtung. Ihr war eine Idee gekommen.

Sie hob im Windschatten der Dienerin Gottes einen losen Pflasterstein auf, während sie hinter der eifrig argumentierenden Nonne durch die nächtlich verlassenen und fragwürdigsten Viertel Frankfurts lief.

Als sie an einer dunklen Hofeinfahrt vorbeikamen und weit und breit niemand zu sehen war, holte Shania aus – das war ihre Chance! Sie traf wie in Trance den Kopf der Nonne und fing die lautlos in sich zusammensackende Frau geschickt auf. Ein rascher Blick nach links und rechts, niemand da. Sie zog den bleiernen Körper in den düsteren Hinterhof und begann in rasender Eile, ihn zu entkleiden. Shania tauschte ihre Kleider mit denen der jungen Nonne. Sie nahm der fremden Frau hastig den Geldbeutel ab und durchsuchte fieberhaft ihren Habit. Ein Reisepass tauchte aus den Tiefen des dunklen Stoffes auf. Eine neue Identität und eine Verkleidung, unter der ganz sicher niemand Shania Rodgers vermuten würde! Ab sofort und bis auf Weiteres hieß sie „Nadine Keller".

Blieb nur noch die Frage, wie sie die echte Nadine Keller davon abhalten würde, den Pass als gestohlen zu melden, bevor sie ihn in Sidney wieder losgeworden war. Ihr Blick fiel auf einen alten Schuppen in dem verlassenen Hinterhof. Sie entriegelte ihn mit einem Handgriff und sah mit Erleichterung, dass hier in den nächsten Tagen mit Sicherheit niemand nach dem Rechten schauen würde. Die Staubschicht überall zeugte davon, dass es ein selten aufgesuchter Ort war.

Unter der Last war ihr wieder der Schmerz, der sie schon eine Weile verfolgte, in den Bauch gefahren. Sie schob es auf ihr schlechtes Gewissen. Mit einem gemurmelten „Gott vergib mir" schleifte Shania die bis zur Unkenntlichkeit verkleidete Nonne zu dem Schuppen und warf sie auf einen Haufen alter Müllsäcke.

Sicher würde es eine Weile dauern, bis die Ordensfrau aufwachte und ihren Weg aus dem verriegelten Holzgefängnis fand. Hören würde sie hier vorerst niemand. Ihr Weg zur Polizei war also noch weit, das Ganze würde nicht unbedingt sofort bei der CIA auffallen. Eine im Sozialdienst dieses Stadtteils tätige Nonne würde doch bestimmt ab und an auch mal überfallen, oder? Shania schob den rostigen Metallriegel des Schuppens hastig zu. Sie rannte zur nächsten größeren Straße und nahm ein Taxi zum Flughafen.

Sie hatte Glück und ergatterte noch ein Last-Minute-Ticket. Ihr Flug nach Sidney mit Zwischenstopp in Singapur wurde bereits zum Boarding aufgerufen.

Es war ein unruhiger Flug. Shania gelang es nur mit Mühe, ein wenig zu schlafen. Beim Wechsel der Maschine in Singapur begab sie sich rasch auf die Toilette. Wieder einmal fühlte sie sich hundeelend. Sie war froh, dass sie sich bei den heftigeren Turbulenzen nicht schon in der Luft hatte übergeben müssen, ihre Brüste spannten und schmerzten schon seit Stunden. Shania hob ihr T-Shirt über ihren sich deutlich abzeichnenden Brüsten an. Sie musste schwach grinsen beim Gedanken, dass es Liam sicher gefallen hätte, dass ihr Waschbrettbauch aus unerfindlichen Gründen auf einmal nicht mehr bis zum Hals reichte. So hatte er ihren eher knabenhaften Körperbau immer liebevoll witzelnd umschrieben – sie hatte Schmetterlinge im Bauch beim Gedanken an ihren Geliebten.

Sie trat aus der Kabine, um sich ein wenig frisch zu machen. Im Waschraum fiel ihr Blick auf eine leise weinende Frau, umhüllt von einer wallenden Burka. Shania beobachtete sie kurz, dann hatte sie plötzlich eine Idee. Sie erkundigte sich freundlich auf Englisch, warum sie weinte. Die junge Frau zeigte sich zugänglich und erzählte, dass sie auf dem Weg nach Hause, nach Krabi in Thailand, war. Sie war eine erfolgreiche Architektin, die hier in Singapur für ein paar Jahre die Luft des freien Lebens geschnuppert und genossen hatte. Nun hatte ihre Familie sie ohne Möglichkeit des Einspruchs zurückbeordert, denn man hatte in der Heimat ihren künftigen Ehemann ausgewählt. Zum ersten Mal seit zehn Jahren trug sie an diesem Tag wieder die Burka und sie hasste erkennbar die Vorstellung, eine hörige Ehefrau in ihrer Heimat zu werden.

Ihre Eltern hatten für ihre schon in Kindertagen sehr kluge Tochter eine bessere Ausbildung und eine gute berufliche Zukunft gewollt. Jetzt aber, viele Jahre später, vermissten sie ihr erwachsenes Kind und fielen in ihr altes Muster zurück – Tradition und Glaube hatten sie eingeholt.

Die junge Frau hasste den Gedanken, dass das Studium und ihre Karriere ohne Burka in Singapur völlig umsonst gewesen sein sollten. Doch sie spürte die Aussichtslosigkeit ihrer prekären Lage: Die Eltern hatten ihre Tochter bereits versprochen, die Ehre der ganzen Familie stand auf dem Spiel.

Shania tröstete die verzweifelte junge Frau – nicht ohne Hintergedanken.

„Und wenn du einfach verschwindest?", schlug sie unvermittelt vor.

Die junge Frau starrte sie mit tränenverschmiertem Gesicht an. Shania hielt ihr ihren Pass unter die Nase und redete auf sie ein: „Nimm meinen Pass und diesen Habit, darin wird dich niemand erkennen. Ich werde deinen Ausweis und die Burka nehmen. Reise mit deinem Freund an einen sicheren Ort und fangt beide neu an. Neuer Name, neues Leben, neues Glück. Dein Pass verschwindet dann in Sydney und schon hat sich deine Spur verloren. Du musst dich sofort entscheiden. Beeil dich, ich fliege in Kürze weiter. Mein Anschlussflug wartet nicht."

Die junge Frau nickte mechanisch – überrumpelt und verzweifelt, so dass sie nicht weiter nach den Umständen fragte. Shania tat es leid, dass die junge Frau möglicherweise durch Recherchen der CIA in große Schwierigkeiten geraten würde. Die große Eile half ihr, diese Gedanken rasch wegzuwischen. Sie musste jetzt an sich und ihre eigene Familie denken.

Ihre Reise würde als ‚Mehdi Bayramoguli' weitergehen, und damit war sich Shania fast sicher, alle Spuren verwischt zu haben. Sie fühlte sich plötzlich ungewohnt frei. Hoffentlich irrte sie sich nicht wieder! Sie entschloss sich, ab sofort noch vorsichtiger zu agieren. Sie würde die Burka auf jeden Fall nutzen, denn so verschwand sie in der Masse der bis zur Unkenntlichkeit verschleierten Frauen. Den Pass der jungen Frau allerdings würde sie auf Umwegen entsorgen, um eine weitere falsche Spur zu legen.

In einer der dunkelsten Ecken des gigantischen Flughafenviertels besorgte sie sich einen neuen Pass. Sicher war sicher, allerdings schmolzen ihre Barvorräte jetzt endgültig dahin. ‚Ebru Yilmaz' verbarg sich nun hinter der Burka, das sollte reichen, um sie bis nach Sydney zu schützen. Selbst wenn die CIA, was unwahrscheinlich war, auf Ebrus Spur kommen sollte, dann wohl nur mit so viel Verzögerung, dass ihr Vorsprung immens wäre.

Mit einer moralisch nicht ganz tragfähigen Erleichterung bestieg Shania alias ‚Ebru' die Maschine in Richtung Australien. Der erste Teil ihrer Flucht war beinahe geschafft. Was würde sie in Sydney erwarten?

***

Shania sollte recht behalten. Die CIA hatte sie komplett aus den Augen verloren. Die diskrete Beseitigung von Agent Jeronimos Leiche hatte mehr Zeit gekostet, als allen lieb war. Man hatte nicht im Blick behalten, wohin das Mädchen verschwunden war. Man hatte noch nicht einmal das Stundenhotel ausfindig machen können, in das sie sich verkrochen gehabt hatte.

Allerdings war die wahre Nonne, Nadine Keller, relativ schnell wieder zu Bewusstsein gekommen und hatte noch am selben Tag unter Aufgebot aller Kräfte einen Weg aus dem Hinterhof-Schuppen gefunden. Verletzt taumelte sie zur belebten Bahnhofsstraße und brach auf dem Gehsteig entkräftet zusammen. Passanten riefen rasch die Rettung und man brachte sie ins Krankenhaus. Erst am Folgetag konnte sie vernommen werden und erzählte der Polizei ihre abenteuerliche Geschichte.

Schon drei Tage nach Shanias Abreise aus Frankfurt stieß Bill bei seinen akribischen Ermittlungen auf einen Teil der wahren Geschichte. Er und sein Team verfolgten die Spur der falschen ‚Nadine Keller'. Ein Flug nach Sidney war gebucht worden. Dann jedoch war die Verdächtige offensichtlich doch noch zwei Tage in Singapur geblieben und war schließlich in Begleitung nach Kuba ausgereist.

Bill knirschte vor Wut mit den Zähnen. Kuba lieferte nicht an die USA aus. Er übergab den Fall an die amerikanischen Kollegen, die über ihre Kontaktpersonen auf Kuba nur eine

‚Nadine Keller' fanden, die Shania in keinster Weise ähnelte. Er hatte sich offensichtlich geirrt. Wahrscheinlich hatte jemand aus anderen Gründen diese Nadine Keller überfallen und ihre Identität gewinnbringend verkauft.

Bill hasste den Gedanken, aber er wusste, dass er viel zu spät dran war, um die Spur von diesem Teenager-Miststück noch einmal aufzunehmen. Es half alles nichts: Er gestand Gillian seine Schande und nahm das Los in Kauf, für einen Schreibtischjob in die USA zurückbeordert zu werden. Er konnte froh sein, dass man ihn nicht zum Police Officer in irgendeiner abgelegenen Gemeinde degradiert hatte.

Auch Gillian hielt ‚Nadine Keller' nicht gerade für eine heiße Spur. Die Nonne hatte glaubwürdig versichert, von einer verhärmten und offensichtlich drogensüchtigen Prostituierten niedergeschlagen worden zu sein, die ihrem Aussehen nach schon eine Weile in der Szene unterwegs gewesen sein musste. Man hatte ihr Bilder von Shania gezeigt und sie war sich sicher, dass das anständige, rothaarige Mädchen auf den Bildern nicht die Person war, von der sie beraubt worden war. Sackgasse – und Gillian hasste Sackgassen.

Die CIA-Chefin wollte die Suche nach Shania so leicht nicht aufgeben. Allerdings fiel ihr momentan nichts Kluges mehr ein. Wo auf dem Globus sollte sie damit neu beginnen? Selbst wenn sich Bill doch irrte und Shania nach Sydney gereist war, war sie mittlerweile sicher nicht mehr dort. Die CIA hatte noch nicht herausgefunden, wer die vermeintliche Frau Keller auf Kuba wirklich war. ‚Frau Keller' indes erwies sich als nicht sonderlich auskunftsfreudig. Sie beharrte darauf, dass die Frau, von der sie den offensichtlich gestohlenen Pass hatte, kein Mädchen, sondern eine abgebrühte Verbrecherin gewesen sei. Zudem sei sie ganz sicher kein Kind gewesen. Die Frau, von der sie die Nonnenkutte bekommen hatte, war auch von ihrer Statur her eine ausgewachsene Frau gewesen.

Gillian wusste jetzt immerhin, dass Shania, falls sie doch mit dieser ‚Nadine Keller'-Geschichte zu tun hatte, nun als eine Frau namens ‚Bayramoguli' reiste. Die Dame hatte ein Ticket nach Thailand gehabt, aber der Flug war nicht genutzt worden. ‚Frau Bayramoguli' mochte in Singapur geblieben sein oder sich ein anderes Ticket gekauft haben. Wie auch immer, Gillian kam in ihren Ermittlungen jetzt nicht weiter.

Bevor sie überlegen konnte, erhielt sie von ihren Leuten schon die Nachricht, dass der Pass auf den Namen ‚Bayramoguli' von einem Postboten in einem deutschen Briefkasten gefunden und zur Polizei gebracht worden war. Wieder eine Sackgasse, dieser verfluchte Teenager führte sie geschickt an der Nase herum! Gillian glaubte nicht, dass Shania zurück nach Deutschland gekommen war. Sie musste den Pass jemandem gegeben haben, der ihn nach Deutschland geschickt hatte, um eine falsche Spur zu legen.

Allmählich und im Stillen wuchs Gillians Respekt vor diesem jungen Mädchen. Sie war körperlich stark, schnell und skrupellos, hatte den wachen Verstand ihres Vaters und die Schönheit ihrer Mutter. Sie hatte offensichtlich einen enorm starken Willen.

Gillian erinnerte sich ungern, wie derb Mike vor allem Elaine, aber auch Shania zuweilen behandelt hatte. In Ordnung hatte sie das nie gefunden, doch er war einfach zu gut gewesen in seinem Job, als dass sie ihn mit Eingriffen in sein Privatleben hatte verärgern wollen.

Immerhin war Elaine wohl nie ernsthaft körperlich verletzt worden, Mike wusste einfach zu genau, wie man schmerzhaft schlug, ohne dauerhaften Schaden und Spuren zu hinterlassen. Elaine war nie eine starke Persönlichkeit gewesen, sie war an ihrer Liebe zu Mike zerbrochen.

Shania war aus anderem Holz geschnitzt. Obwohl sie zum

Zeitpunkt ihrer Entführung erst zehn Jahre alt und sehr behütet aufgewachsen war, war sie immer nur oberflächlich folgsam gewesen. Sie hatte ausgeharrt und sich das Leben nicht unnötig schwer gemacht, bis die passende Gelegenheit gekommen war. Doch ihr Ziel hatte sie augenscheinlich nie aus den Augen verloren.

Sie war eine echte Amazone und hatte viel Potenzial – unter anderen Umständen fast ein Fall für die eigenen Reihen. Shania hatte sich, wenn auch unfreiwillig, die Skrupellosigkeit von Mike akribisch abgeschaut. Sie war wie eine künstlich geschaffene Kriegerin – eine perfekte Kombination aus den Werten und der Schönheit der Mutter, dem Verstand des Vaters und der Durchsetzungskraft des unerwünschten Stiefvaters. Ein erstaunliches junges Mädchen. Es würde interessant sein zu beobachten, was einmal aus ihr werden würde. Völlig egal, ob sie ihre Eltern finden würde oder nicht. Sie würde ihren Weg machen, davon war Gillian restlos überzeugt.

Vanuatu – Ohne unser Kind

Wenngleich niemand von ihnen in der Aufregung nach der Flucht Augen für die Schönheit der Südseeinsel hatte, ging es Jeff, Lisa, Chiara, Romeo und Richard immerhin gut, auf Vanuatus Insel Pentecost. Doch sie vermissten Shania schmerzlicher denn je. Je besser sie sich einlebten, desto mehr spürten sie die innere Leere und den Schmerz. Sie hatten zwei ihrer Kinder verloren und waren hier untergetaucht.

Tracy hatte ihnen versprochen, die Familie Rodgers wieder zusammenzuführen. Doch bisher gab es keinen Indikator dafür, dass bereits irgendetwas in die Wege geleitet worden wäre. Tracy hatte ihnen zu Beginn ihrer Flucht einmal gesagt, dass es Shania bei Mike halbwegs gut ginge. Dass das Mädchen ihm als Druckmittel viel zu wichtig sei, als dass man befürchten müsse, dass sie dort Schaden nehmen würde. Doch sie war nicht da, wo ein Kind hingehört – bei ihren Eltern. Insbesondere Lisa machte es in der ungewohnten Ruhe auf der Insel schier verrückt, dass Tracy oft stundenlang ohne Nachricht verschwand und offensichtlich in irgendeiner Form aktiv war, ohne dass sie jemandem von ihren Aktivitäten berichtete.

Eines Abends verlor Lisa die Geduld und berief eine gemeinsame Krisensitzung ein. „Mir ist es inzwischen völlig egal, ob die CIA mich erwischt oder nicht. Ich will zu meinem Kind! Mein Kind gehört nicht in die Hände dieses Mike Meyer, Tracy!"

„Ich heiße Cassandra!" Tracy fiel ihr harsch ins Wort „Laetizia, ich warne dich! Wenn wir hier nicht gefunden werden wollen, dann dürfen in der Öffentlichkeit niemals unsere wahren Namen fallen! Wenn wir das in unseren eigenen vier Wänden nicht üben, dann wird das früher oder später auch draußen passieren. Mit gravierenden Folgen für uns alle!"

„Gut. ‚Cassandra' also, wenn du darauf bestehst. Mir ist das alles völlig egal, ich will mein Kind endlich zurück – und zwar sofort. Wenn du mir nicht bald sagst, was du zu unternehmen gedenkst, damit sie zu uns kommt, dann werde ich persönlich in die USA fliegen und sie bei Mike Meyer abholen!"

„Nicht, Schatz, beruhige dich!" Lisas Mann beugte sich zu seiner aufgebrachten Frau hinüber. „Du weißt, dass das niemandem helfen würde, wir würden nur auch noch uns verlieren. Mike und die CIA würden uns kriegen, bevor du Shania auch nur gesehen hättest."

„Damit hast du völlig recht, Seth. Mike würdest du, Laetizia, vergeblich suchen, denn er ist tot. Er hat sich erschossen, als er von meinem Verrat erfahren hat. Ich habe meine Kontakte außerhalb der CIA. Es gibt hervorragende Hacker, die mich über alles auf dem Laufenden halten. Eure Kleine ist nicht mehr in den USA. Sie ist heute gesund in Sidney gelandet und hat dort in einem Schließfach Geld und ihren Pass auf den Namen ‚Steffy Miles' abgeholt. Shania hat Anweisungen erhalten, was sie tun muss, um zu erfahren, wohin die Reise weitergeht. Wir lassen jetzt etwas Zeit verstreichen, erst muss klar sein, ob ihr wirklich niemand auf den Fersen ist."

Tracy holte tief Luft. Es war viel passiert in den letzten Tagen. „Wenn meine Kontaktmänner der Meinung sind, dass es sicher für die Kleine ist, dann – und erst dann – wird sie hergebracht werden. Und nun hör auf, dich wie ein kleines, ungeduldiges und undankbares Kind zu benehmen. Ich habe eine ganze Menge für euch getan und ihr seid vor allem damit beschäftigt, euch zu bemitleiden, statt froh zu sein, dass ihr – dank meiner Hilfe – noch lebt! Manchmal frage ich mich, ob es falsch war. Ich dachte, ich tue, was richtig ist. Hätte ich gewusst, wie undankbar ihr sein werdet, hätte ich vielleicht einfach weiter für die CIA gearbeitet, den Sex mit Mike genossen, auf euch gepfiffen und zugesehen, wie Elaine, dir besser bekannt, als deine Ex ‚Diana', eure Tochter aufzieht. Vergiss nicht, ich kann auch einfach meine Leute bitten, abzubrechen. Dann kann ich verschwinden und ihr könnt zusehen, ob ihr es schafft, hier allein zu überleben. Eure Kleine kann dann weiter durch Sidney irren und denken und hoffen, dass sie irgendwann ein Zeichen findet, wohin ihre Reise weitergeht. Dann werdet ihr einander niemals finden. Ich habe euer Gejammer mehr als satt!"

Lisa stürzte in Tränen aufgelöst ins Schlafzimmer. Jeff folgte ihr auf dem Fuß und Chiara rannte schluchzend hinterher. ‚Paolo' alias Romeo bedachte Tracy mit einem tadelnden Blick und ging auf die Veranda, um sich eine Zigarette anzuzünden.

Tracy folgte ihm, er sah sie lange an. „War das wirklich nötig, Cassandra? In dem Ton? Ich weiß, du bist nie Mutter geworden, aber kannst du nicht wenigstens versuchen zu verstehen, wie hart es für Laetizia sein muss? Sie hat ihren Sohn begraben und ihre Tochter wurde ihr fortgenommen. Durch eure Ränkespielchen habe auch ich alles verloren: meine Tochter und meine Frau. Ich weiß, wie verdammt weh das tut. Würde sie nicht ihren Mann und ihre Tochter über alles lieben, wäre das Leben für sie völlig wertlos und sie würde es sicher eher heute als morgen beenden. Ich selbst habe oft mit dem Gedanken gespielt.

Ich weiß wirklich zu schätzen, was du bis jetzt für uns getan hast. Lisa und Jeff geht es genauso. Ich weiß auch, dass du nicht so einen schweren Schaden anrichten wolltest. Doch es gibt auch Tage, da kann ich in dir nur die CIA sehen und dich dafür hassen. Hab' etwas Geduld mit uns. Hey, du bist doch die Psychologin! Verhalte dich bitte jetzt nicht wie eine Zicke!"

„Bitte, Paolo! Das mit Lee, das waren wir nicht! Es hat auch wirklich niemand vorhersehen können, dass das mit Maria passieren würde! Auch nicht, dass ihr Bruder Lee töten würde! Und Bianca – nun, ihre Zeit war gekommen. Du weißt, dass sie einen bösartigen Gehirntumor hatte. Sie wäre qualvoll gestorben. Wahrscheinlich hat ihr der Unfall viel Leid erspart. Aber Lara! Lara war ein schlimmer Fehler, das musst du mir glauben! Es gibt keinen Tag, an dem es mir nicht unendlich leidtut. Das mit Lara war nicht das, was wir angeordnet hatten. Mike hatte Bill beauftragt, sie zu kidnappen, um Druck auf dich auszuüben. Er wollte, dass du Jeff wieder zurück an die Arbeit treibst. Dann sollte sie wieder nach Hause geschickt werden. Bill wurde krank. Er hat jemanden, mit dem wir nur sporadisch zusammengearbeitet haben, beauftragt. Ein Mann fürs Grobe.

Das mit der Entführung hat nicht geklappt, eure Kleine hat sich gewehrt, sie hat getreten und gebissen. Dieser Widerling hat sie vor Wut einfach abgeknallt. Selbst der abgebrühte Mike war schwer getroffen, als Bill uns berichtete, dass sein Handlanger das Mädchen einfach getötet hatte. Ich weiß, es ändert am Ergebnis nichts. Deine Tochter ist immer noch tot, aber nun weißt du wenigstens, dass wir das nicht einfach kaltblütig angeordnet haben.

Wir bei der CIA töten Verräter, wenn es unvermeidbar ist. Aber wir töten nicht, wenn es nicht auch zu vermeiden wäre. Kinder zu töten, ist immer zu vermeiden, auch wenn es vielleicht nicht immer gelingt. Ich hätte so etwas niemals angeordnet und ich wünschte, ihr könntet mir eines Tages verzeihen."

Nach einer kleinen Pause, in der ihr eine einzelne Träne über die Wange rollte und eine einsame Spur ihrer Wimperntusche nach sich zog, fügte sie fast tonlos hinzu: „Ich wünschte, ich könnte mir das jemals selbst verzeihen."

„Du hast recht, Cassandra – es ändert leider gar nichts! Jeder von uns hat sein Päckchen zu tragen. Und jeder von uns muss mit der Schuld, die er auf seine Schultern geladen hat, leben lernen", erwiderte Romeo mit einer Spur unversöhnlicher Bitterkeit in der Stimme.

Tracy zuckte zusammen. Ihre Mundwinkel vibrierten, als

ob sie etwas sagen wollte. Letztlich aber blieb sie schweigend sitzen, während Romeo die Veranda tonlos verließ.

Erst als sie allein war, stützte sie den Kopf in beide Hände und schluchzte lange Zeit hemmungslos. Irgendwann beruhigte sie sich, wischte sich die Tränen ab und lehnte sich schließlich nachdenklich zurück.

Romeo hatte natürlich recht. Sie hatte ihre Fehler längst schon eingesehen und sie tat Buße, indem sie den Opfern jetzt half. Doch ein leichteres Leben war es nicht, in das sie die Familie geführt hatte. Noch immer war die Familie, oder vielmehr das, was davon noch übrig war, nicht wieder vereint.

Sie hatte im Geheimen operiert, so, wie sie es gewohnt war, sie konnte es einfach nicht anders. Lisa hatte nicht wissen können, dass sie alles unternahm, was irgend möglich war, damit das Wiedersehen mit Shania irgendwann vor der Tür stand. Sie hatte dieses Ereignis als große Überraschung geplant, doch jetzt war die Bombe anders als erwartet geplatzt.

Sie hatte sich das Ganze wahrscheinlich zu einfach vorgestellt. Zwar hatte sie natürlich bedacht, dass sie sehr aufpassen musste, um die CIA abzuhängen. Sie hatte auch bedacht, dass es nicht ganz einfach werden würde, die Rodgers zum Aufbruch zu bewegen, zumal sie ihr anfänglich nicht vertrauten.

Doch hatte sie nie über das ‚Danach' nachgedacht. Sie war irgendwie davon ausgegangen, dass sie ihr altes Ich, mit dem sie moralisch schon lange nicht mehr zurechtkam, wie eine aus der Mode gekommene Jacke würde wechseln können. Sie hatte fest daran geglaubt, einfach nur etwas Gutes tun zu müssen, damit diese gute Tat einer Familienrettung sie reinwaschen würde von der Schuld, die sie sich über viele Jahre aufgeladen hatte. Sie hatte insgeheim sogar gehofft, die Familie Rodgers würde zu ihr als Retterin aufschauen.

Doch die Rodgers waren sich der akuten Lebensgefahr, in der sie geschwebt hatten, gar nicht bewusst gewesen. Die Liebe der Eltern zur verlorenen Tochter, die Sorge um ihr Wohlergehen, überschattete einfach alles, was sie vielleicht sogar an Dankbarkeit Tracy gegenüber empfanden. Allerdings würden sie auch nie vergessen, wie sehr sie auch von ihr manipuliert und benutzt worden waren. Dass sie alle erst durch Menschen wie sie, Tracy, überhaupt in diese ganze Geschichte hineingerutscht waren.

Tracy hatte auch unterschätzt, dass sie für ihr eigenes Seelenheil nicht nur die Vergebung der Rodgers brauchte, sondern dass sie sich vor allem selbst vergeben musste – was sich als die bisher schwerste Aufgabe erwiesen hatte. Sie konnte sich nicht damit belügen, dass diese ‚gute Tat' alles vom Tisch wischen würde, was sie verbrochen hatte, aus teilweise niederen Motiven heraus.

Sie würde hoffentlich zur Ruhe kommen, wenn sie ihr Ziel erreicht hatte – wenn Shania und vielleicht auch noch deren Freund Liam hier sicher eingetroffen waren.

Vielleicht könnte sie sich hier ehrenamtlich für die Armen einsetzen? Sie hatte keine Vorstellung davon, was sie tun musste, um sich selbst irgendwann vergeben zu können. Sie ahnte auch, dass sie sich nicht ewig hier zusammen mit den Verfolgten würde verkriechen können. Die Zivilbevölkerung auf Vanuatu hatte bei einer Arbeitslosenquote von etwa 80 Prozent wahrlich andere Probleme, als eine Psychologin aufzusuchen. Eine geradezu exotische Vorstellung! Wenn es hier Probleme gab, regelten sie diese traditionell mit einem Besuch bei den Dorfältesten und Weisen, und ganz bestimmt nicht mit Hilfe einer zugereisten amerikanischen Seelenklempnerin mit dunkler Vergangenheit.

Außerdem wusste sie über sich selbst, dass sie die Arbeit mit Patienten extrem langweilte. Sie wusste auch nach der kurzen Zeit hier, dass sie beileibe keine Feldarbeiterin war. Lisa konnte sich gut mit der Farm anfreunden. Jeff konnte es auch, er programmierte darüber hinaus für die Nachbarn ab und an eine App oder ein kleines Programm, um deren Tagesgeschäft zu erleichtern.

Richard schrieb mittlerweile Artikel für die Zeitung oder Pressemeldungen für Unternehmen. Chiara war noch ein Kind und ging wie alle anderen auf der Insel zur Schule. Sie liebte ihre Schuluniform – etwas, das in einem Heer von fremdartig-dunkelhäutigen Mitschülern eine kleine Gemeinsamkeit schaffte. Romeo war dabei, über eine Anstellung als Lehrer zu verhandeln, und betätigte sich nebenbei als Touristenführer. Sie spürte deutlich, sie selbst würde sich hier verlieren. Sie hatte auch ihre eigenen Gefühle dabei deutlich unterschätzt.

Sie hatte nie darüber nachgedacht, wie Mike reagieren würde, wenn sie desertierte. Sie hatte damals einfach keine andere Möglichkeit gesehen und konnte nicht eine Sekunde über die möglichen Konsequenzen nachdenken. Sie war zutiefst geschockt gewesen, als sie erfahren hatte, dass er sicherschossen hatte. Als sie es erfahren hatte, war es ihr völlig unfassbar erschienen. Der starke, unbeugsame, abgebrühte, vor Selbstbewusstsein strotzende Mike sollte mit einer solchen Verzweiflungstat sein Leben beendet haben, die doch eigentlich eher von schwachen Persönlichkeiten als Notausgang aus einer gescheiterten Existenz gewählt wurde.

Wenn sie jetzt darüber nachdachte, ergab das alles sehr wohl Sinn. Mike wäre die ganze Sache als schweres Versagen im wichtigsten Auftrag seines Berufslebens ausgelegt worden. Es hätte ein mickriger Bürojob auf ihn gewartet, eine schwere Demütigung. Das wäre nicht mehr Mike gewesen, dabei wäre er eingegangen. Er hatte die Konsequenzen gezogen, vor allem auch ohne die Beziehung mit ihr und mit einer Frau an seiner Seite, die er nicht liebte. Das hatte bei seiner Entscheidung sicher eine große Rolle gespielt. Denn da waren viele starke

Gefühle gewesen. Sie waren nur einfach beide nicht die Menschen gewesen, die sich das hatten eingestehen können. Tracy spürte, wie sehr sie das heute und hier zu bedauern begann.

Mike hatte sich in den sicheren Hafen der Ehe - mit einer anderen als Mutter seiner Tochter - gerettet, mit einer Frau, die er zwar formen, die er aber nicht achten und begehren, geschweige denn aufrichtig lieben konnte. Tracy selbst hatte sich für ein Leben als Single entschieden. Jetzt, wo sie in Sicherheit war, übermannte sie ihre Trauer wie ein Tsunami aus dem Off. All die Möglichkeiten, die sie vergeben hatten! Wie wunderbar hätte ihr gemeinsames Leben aussehen können! Tracy hätte es auch in diesem einsamen Moment nie zugegeben, aber es ging ihr alles andere als gut. Sie fühlte sich so leer wie jemand, der seine große Liebe begraben hatte. Sie brauchte und wollte auch jetzt keinen seelischen Beistand. Seelenklempner war sie schließlich selbst.

Nachts weinte sie stumm. Um den einzigen Mann, der sie je fasziniert hatte. Um den einzigen Mann, den sie je in ihr Bett gelassen hatte. Um ihre verlorene große Liebe. Um das Happy End, das sie sich mit ihm heimlich gewünscht hatte und das nicht hatte sein sollen. Vielleicht plante das Schicksal auch einfach nicht für jeden ein solches Happy End. Für sie würde es jedenfalls keines mehr geben. Sie glaubte nicht, dass sie sich noch einmal würde verlieben können. Neben der Erinnerung an die mehr als schillernde Persönlichkeit von Mike würde doch jeder andere verblassen.

Miami

„Mum, ich verstehe das alles nicht. Sie ist von heute auf morgen verschwunden. Erst ging niemand an ihr Handy und nun ist ihr Akku leer – es springt immer nur die Mailbox an. Sie hat es bestimmt zurückgelassen, damit man sie nicht so schnell finden kann!"
Clarice raufte sich die Haare. Es tat ihr so leid, ihren Sohn dermaßen verstört und traurig zu sehen. Er hatte den ersten großen Liebeskummer seines Lebens, eine scheußliche Sache. Er hatte ihr irgendwelche unzusammenhängenden Bruchstücke einer völlig absurden Geschichte hingeworfen und tigerte seit zwei Tagen wie ein Irrer durch das Haus. Es war gar nicht daran zu denken, ihn dazu zu bringen, zur Schule zu gehen.
„Vielleicht war es ihre Art, mit dir Schluss zu machen? Ich meine, ihr seid doch noch furchtbar jung. Dir brauche ich doch am wenigsten erzählen, wie vieler Versuche es bei mir bedurft hat, bis ich meine große Liebe gefunden habe. Es ist bestimmt nicht leicht, mit einem netten Kerl wie dir wegen eines banalen Ortswechsels Schluss zu machen. Manchmal ist es wahrscheinlich leichter, mit einer aufregenden Geschichte zu gehen. Dann erübrigt es sich auch, ‚Entschuldigung, ich habe mich geirrt, ich bin jetzt nicht mehr verrückt nach dir, da müssen wohl die Hormone mit mir durchgegangen sein'! zu sagen."
„Mum, ich bitte dich! So ist sie nicht, du musst nicht immer von dir auf andere Menschen schließen. Sie war völlig aufgelöst, als sie ging! Sie hat gesagt, sie hieße gar nicht Viola. Sie sei auch nicht Mikes Tochter und Mike wäre tot. Sie hatte sogar Blut an den Fingern und am Hals! Mum, sie hat nach Blut und Tod gestunken, ich hatte das Gefühl, sie hatte sich vor Angst wirklich in die Hosen gemacht!"

Liam redete weiter wirres Zeug wie ein Wasserfall. Clarice konnte sich keinen Reim darauf machen.

„Das klingt alles etwas verrückt, fast wie in einem Thriller!", sagte sie immer wieder.

„Mum, wenn du mir nicht glaubst, können wir ja zu den Meyers fahren, dann werden wir ja sehen, ob sie noch da ist. Wenn nicht, können wir bestimmt Caithleen oder Elaine fragen, ob sie tatsächlich von jetzt auf gleich verschwunden ist – oder ob sie geplant hat, irgendwohin zu gehen", erwiderte Liam wütend. Diesen Vorschlag hatte er in den letzten beiden Tagen schon mehrfach gemacht. Clarice hatte es ihm wieder und wieder ausgeredet. Sie wollte Viola die Peinlichkeit ersparen, Liam einen weniger kreativen, dafür aber echten Korb geben zu müssen. Vor allem aber wollte sie ihrem Sohn die Erkenntnis ersparen, dass seine erste große Liebe, an die er fest geglaubt hatte, zumindest zum Ende hin, offensichtlich nur noch eine Lüge gewesen war. Denn wenngleich Clarice immer einen guten Eindruck von dem Mädchen gehabt und sich für ihren Sohn von ganzem Herzen gefreut hatte: Diese Geschichte kam ihr doch sehr suspekt vor. Langsam gingen ihr allerdings die Argumente aus. Vielleicht würde ihr Sohn nie zur Ruhe kommen, wenn er nicht mit eigenen Augen sah, dass es sich bei der ganzen Fantasterei um nicht mehr als das Ende einer Beziehung unter Teenagern handelte. Und eines stand fest: Noch eine Nacht, in der er sie alle zwei Stunden weckte, nur um ihr erneut Fetzen dieser unglaublichen Geschichte hinzuwerfen, würde sie an ihre Belastungsgrenze bringen. Schon heute war sie völlig fertig gewesen und war froh, sich für diesen Tag im Büro krank gemeldet zu haben.

„Okay, mein Schatz. Ich glaube zwar, dass du dort nur unnötig weiter verletzt wirst, aber vielleicht gibt es dir ja auch Frieden, wenn du mehr weißt. Vielleicht verstehe ich dann ja auch endlich, was dort vorgefallen ist und was die ganze Geschichte für eine Bedeutung hat."

Schnurstracks gingen Mutter und Sohn zum Wagen und standen schon bald vor der Haustür der Meyers. Caithleen öffnete den beiden die Tür. Sie warf sich sofort in Liams Arme, brach in Tränen aus und sprach überstürzt wie ein Wasserfall: „Liam! Ein Glück, dass du da bist! Mama ist nicht ansprechbar. Daddy ist tot und Viola ist weg! Ich traue mich kaum, meine Mutter allein zu lassen, eigentlich lebe ich vorübergehend bei Freunden von uns. Die letzten zwei Tage waren so schlimm. Erst hat Mum nicht aufgehört, vollkommen hysterisch zu sein. Diese fremden Leute sind gekommen und gegangen, wie sie wollten. Männer mit Anzügen, Polizisten, es sind so viele! Sie haben meinen toten Daddy mitgenommen und jetzt sitzt Mama einfach nur am Tisch und starrt vor sich hin. Sie ist völlig apathisch! Als ihr geklingelt habt, hatte ich schon Angst, es wären wieder diese komischen Typen. Alle haben dieselben Fragen gestellt, die ich gar nicht beantworten konnte. Sie haben hier alles auf den Kopf gestellt. Seht nur, wie es hier aussieht! Sie haben alle Schubladen durchwühlt und wollten vor allem wissen, wo Viola ist. Sie waren so grob zu mir und Mum. Ich weiß doch wirklich nicht, wo sie ist, und ich vermisse sie so! Ich bin völlig fertig. Könnt ihr mal nach Mummy sehen?".

Während Liam das zarte, noch immer bebende Mädchen sichtlich schockiert im Arm hielt, war Clarice ins Wohnzimmer gelaufen, wo Elaine verheult, mit tiefen Augenringen und noch immer wie schockstarr auf der Couch saß. Offensichtlich war zumindest der Teil der Geschichte über Mikes Tod und jener, dass Viola Hals über Kopf davongelaufen war, nicht erfunden. Clarice musste und wollte den beiden unbedingt helfen. Zum Glück hatte Liam so stur darauf beharrt, sich endlich vor Ort von Violas Geschichte zu überzeugen.

Elaine sagte zwar kein Wort, sie ließ sich aber in Begleitung ihrer Tochter wortlos zum Auto führen. Die vier fuhren zu Clarice und Liam nach Hause. Clarice sorgte dafür, dass die beiden etwas zu essen und zu trinken bekamen, und bestand darauf, dass auch Elaine wenigstens eine Kleinigkeit zu sich nahm. Danach schickte sie beide unter die Dusche und gleich darauf ins warme Bett.

Am nächsten Morgen schließlich brach Elaine endlich ihr eisernes Schweigen, denn Liam hörte nicht auf, sie mit all den Fragen zu löchern, die Caithleen nicht beantworten konnte. Clarice hatte ihn zwar mehrmals gebeten, ihr Zeit zu lassen, aber Liam war nicht zu bremsen. Inzwischen vermisste er Viola nicht nur, sondern er machte sich ernsthaft Sorgen um seine Liebste. Und wenn es um sie ging, kannte er kein Pardon mit Elaine, deren Verhalten er ohnehin nicht verstehen konnte.

Liam war nach gefühlten einhundert Umzügen mit seiner Mutter ein ebensolcher Pragmatiker wie seine geliebte Shania. Was brachte es schon, sich in Schweigen zu hüllen, wenn einem eine Situation nicht gefiel – davon wurde es meist auch nicht besser. Und leider wurde Mike davon auch nicht wieder lebendig.

Elaine stand die tiefe Zuneigung zu Mike noch immer ins Gesicht geschrieben, Liam hatte das von Anfang an nicht verstanden. Dieser emotionale Krüppel hatte weder Elaine noch seine Viola je sonderlich gut behandelt. Die Einzige, die er stets auf Händen getragen hatte, war seine ‚Prinzessin' Caithleen. Liam fand es zwar bedauerlich, dass Mike tot war, aber er konnte nicht behaupten, dass ihn die Trauer in diesem Fall übermannte.

„Oh Gott Liam, du hast keine Ahnung, in was du da hineingeraten bist! Je mehr ich dir davon erzähle, umso gefährlicher wird die Geschichte für uns alle. Wenn Viola gesagt hat, sie muss ihre wahre Familie finden, dann meint sie Jeff und Lisa

Rodgers in der Nähe von Stuttgart, denke ich. Sie heißt nicht ‚Viola', das ist wahr. Und sie ist auch nicht die Tochter einer verlorenen Existenz. Shania ist die Tochter eines sehr erfolgreichen, amerikanischen Software-Entwicklers. Wenn sie sagt, sie müsste gemeinsam mit ihrer Familie verschwinden, weil sie gejagt würden, so hat sie damit ganz sicher recht. Tu dir einen Gefallen, Junge: Vergiss dieses Mädchen. Die Rodgers werden es ohnehin nicht schaffen, ihre Feinde sind einfach zu mächtig. Auch wenn mein Mann tot ist, bleibt deine Freundin für die CIA eine wichtige Geisel. Merke dir eines: Man legt sich nicht ohne Folgen mit der CIA an! Das ist alles, was ich dazu sagen werde, es ist ohnehin schon viel zu viel. Wir werden mit Sicherheit bereits beobachtet, vielleicht auch abgehört."

Liam sah Elaine stumm vor Erstaunen an. Das bestätigte die Geschichte seiner Freundin in jeder Hinsicht. Wie konnte er sie unter diesen dramatischen Umständen je wiedersehen? Er musste einfach etwas tun. In diesem Moment klingelte sein Handy. Der unbekannte Teilnehmer am anderen Ende der Leitung meldete sich nicht mit Namen. Alles, was er sagte, war: „Deine kleine Freundin lässt dir ausrichten, es geht ihr gut und du sollst nicht nach ihr suchen, es ist zu gefährlich. Sie meldet sich wieder, sobald sie kann."

Liam versuchte, dem Mann Fragen zu stellen, aber der antwortete nur kurz angebunden, das brächte alles nichts. Er wisse nichts über diese Freundin, er solle diese Nachricht nur ausrichten. Liam wollte nicht aufhören zu fragen, bis der Mann am anderen Ende schließlich die Verbindung beendete.

Liam war am Boden zerstört. Die Rufnummer war unterdrückt. Er wusste kein bisschen mehr als zuvor. Er konnte nur hoffen, dass der Anruf wirklich in Shanias Auftrag getätigt worden war und es ihr tatsächlich gut ging. Auch Elaine konnte oder wollte zu dem Anruf nichts weiter sagen. Sie war dankbar für den Beistand der Freunde und brach nun mit Caithleen nach Hause auf. Sie versprach, alles zu tun, um ihr Leben und das von Caithleen wieder in den Griff zu bekommen. Vorsichtshalber lud Clarice die beiden für die kommenden Tage zum Mittagessen ein. Elaine wirkte so verwirrt und gebrochen, dass Clarice ihr noch nicht zutraute, das Ruder wieder so ganz selbstständig in die Hand zu nehmen.

Liam verzog sich in sein Zimmer. Wie nur würde er Shania – wie komisch und fremd dieser Name für ihn klang! – finden können? Er wollte nicht ohne sie leben. Er hatte sich das erste Mal in seinem Leben verliebt, und zwar ernsthaft. Ein Grinsen breitete sich auf seinen Lippen aus, als er daran dachte, wie es vom Händchenhalten zu ersten scheuen Küssen gekommen war. Wie beide sich bei jeder sich bietenden Gelegenheit getroffen hatten, damals. Aus scheuen Küssen war bald der erste Sex, das erste Mal geworden, die Sehnsucht beider danach war einfach zu groß gewesen. Anfangs waren sie ungeschickt, aber nachdem Shania nur einmal kurz vor Schmerz das Gesicht verzogen hatte, hatte es beiden sehr großen Spaß gemacht. Es war nicht bei dem einen Mal geblieben und die intensiven Begegnungen wurden immer schöner. Das Thema ‚Verhütung' hatten sie etwas auf die lange Bank geschoben, es schien ihnen in ihrer Verliebtheit noch nicht wirklich von Bedeutung. Shania hatte zwar einen Termin beim Frauenarzt gemacht, um sich die Pille verschreiben zu lassen. Doch noch bevor sie ihn hatte wahrnehmen können, war sie plötzlich und unverhofft abgereist.

Ihm würde schon noch etwas einfallen; spätestens bei ihrer nächsten Nachricht würde er sich nicht wieder so schnell abfertigen lassen. Am liebsten wäre er direkt in den nächsten Flieger nach Stuttgart gestiegen und hätte das Haus der Rodgers gesucht, aber nach Shanias und Elaines Erzählungen war da ohnehin niemand mehr. Nein, das war nicht sinnvoll. Er würde nur Zeit und Geld verlieren und für Shania nicht mehr erreichbar sein. Er rief sich selbst zur Ordnung. Geduld! Nachdenken! Er war sich mittlerweile sicher, dass Shania seine Nachrichten nicht lesen würde. Und er wusste, dass er damit unnötigerweise die Aufmerksamkeit von Shanias Verfolgern auf sich zog. Andererseits hatte er jedoch bei ihrer letzten Begegnung die nackte Angst in ihren Augen gesehen. Er erinnerte sich an den gleichen Ausdruck in Elaines Augen, als sie vermutete, dass man Shania und ihre Familie auf der Flucht ohnehin erwischen würde.

Wenn es wirklich so ernst war, wie es der Überzeugung der beiden nach schien, wusste „Wer-Auch-Immer" ohnehin, dass Liam Shanias Freund war, und man würde ihn bereits aufmerksam beobachten. So schrieb er ihr einfach eine E-Mail, in der er sich seine Gefühle von der Seele schrieb.

„Liebste Shania, ich liebe dich und ich muss dich unbedingt wiedersehen. Einmal, nur einmal im Leben begegnet man einer verwandten Seele, die einen auch ohne Worte versteht. Das zwischen uns kann noch nicht alles gewesen sein. Wir sind alle nur Schauspieler auf der Bühne des Lebens und in unserem Stück ist noch nicht einmal der erste Vorhang gefallen. Mein Zuhause ist da, wo du bist. Meine Mum ist taff, sie wird das verstehen und sie wird ohne mich klarkommen. Wenn du eine Gejagte bist, will ich auch ein Gejagter sein; ein Aufständischer, der die Jäger das Fürchten lehrt! Pass auf dich auf und lass' dich nicht erwischen. In tiefer Liebe, dein Liam."

Auf Tracys Geheiß überwachte Sam natürlich auch Shanias Inbox. Er erzählte Tracy von der E-Mail und sie war gerührt. Es war an der Zeit, eine weitere gute Tat folgen zu lassen. Diesmal würde es ganz bestimmt eine Überraschung sein. Aber erst einmal musste sie eine wichtige Sache zu Ende bringen.

Sidney

Shania beobachtete das Schließfach und dessen Umgebung schon eine ganze Weile aus einem der Flughafencafés. Niemand schien sich außer ihr dafür zu interessieren. Sie war sich nahezu sicher, dass ihr außer demjenigen, der sie hierher bestellt hatte, niemand mehr auf den Fersen war. Wer auch immer ihr geheimer Helfer gewesen sein mochte, er oder sie schien ebenfalls nicht hier zu sein. Dennoch hatten die Erfahrungen der letzten Tage sie Vorsicht und Geduld gelehrt.

So kam sie erst zwei Tage später wieder an den Flughafen und beobachtete aufmerksam, ob immer noch alles unauffällig war. Sie fühlte sich unter der Burka herrlich anonym. Als sie erneut den Eindruck hatte, dass die Luft rein war, sprach Shania ein Mädchen an, das ebenfalls allein unterwegs zu sein schien. Ihre Beobachtungsgabe sagte ihr, dass die Kleine in finanziellen Nöten sein musste, zumal sie immer wieder unauffällig ihr Kleingeld abgezählt hatte.

Das Mädchen sah ihrem früheren ‚Ich' als Viola recht ähnlich. Einmal angesprochen, ließ sich die junge Frau erwartungsgemäß schnell überreden, das Schließfach für Shania zu leeren und ihr den Inhalt zu bringen. Sie stellte keine weiteren Fragen, obwohl es seltsam anmuten musste, eine so einfache Angelegenheit für so viel Geld zu erledigen. Sie wollte Shania im Verlauf einer halben Stunde in einer bestimmten öffentlichen Toilette zur Übergabe treffen.

Shania hatte den Ort für die Übergabe mit Bedacht gewählt. Sie hatte gesehen, dass es dort einen offenen Putzraum mit einem Fenster zur Straße gab. Sollte das Mädchen mit Verfolgern kommen, konnte sie immerhin durch die kleine Luke abhauen.

Sie hoffte, dass das nicht nötig werden würde, denn sonst wäre der Kontakt zu ihrem unbekannten Helfer endgültig abgerissen.

Sie hatte dem Mädchen fünfzig Australische Dollar gegeben und versprach, ihr einen weiteren Hunderter bei der Übergabe auszuhändigen. Das Mädchen würde sie im Falle eines Falles nicht beschreiben können, das war ein großer Vorteil. Shania beobachtete in Ruhe und aus der Ferne, wie ihre dankbare Botin das Schließfach ordnungsgemäß leerte. Niemand interessierte sich dafür. Es klappte alles wie am Schnürchen.

Shania verzog sich in ein billiges Hotel und sichtete aufgeregt den Inhalt des nächsten braunen Kuverts. Es enthielt mehrere Tausend Australische Dollar. Ihr größtes Problem war damit erst einmal gelöst, denn sie hatte mit der Vorabzahlung für das Hotel ihr letztes Bargeld aufgebraucht und nur noch wenige Schmuckstücke zu versetzen. Sie fand darin auch einen Pass auf den Namen ‚Steffy Miles'. Bald würde sie ihre hilfreiche muslimische Kluft loswerden müssen, was sicher auch mit Blick auf mögliche Verdachtsmomente der CIA sinnvoll war.

Auf einem beigefügten Papier stand geschrieben: „Liebste Shania, ich liebe dich und ich muss dich wiedersehen. Einmal, nur einmal im Leben begegnet man einer verwandten Seele, die einen auch ohne Worte versteht. Das kann noch nicht alles gewesen sein ..."

Shania begann hemmungslos zu schluchzen. Liam! Hoffentlich würde sie ihn bald wiedersehen, sie kam fast um vor Sehnsucht nach ihm.

Auf einem zweiten Zettel stand zu lesen: „Wir müssen dich dringend aus der Schusslinie holen. Komm bitte am Freitag um 13 Uhr in die Fußgängerzone Martin Place, geh' in den ersten Klamottenladen auf der rechten Seite, wenn du aus dem Zentrum kommst. Die Schaufensterpuppe rechts vom Eingang wird einen Zettel in der Tasche haben, dort findest du Informationen darüber, wohin du als Nächstes fliegen musst. Findest du keinen Zettel, dann weißt du sicher, dass du noch immer verfolgt wirst. In diesem Fall halte dich umgehend versteckt, habe Geduld und komme jeden Freitag um 11 Uhr an den Hauptbahnhof. Wir werden dich dann irgendwo anders auflesen und dir dazu eine Information zuspielen. Vergiss nicht, vorsichtig zu bleiben! Du hast mächtige, schlaue, skrupellose und gut organisierte Verfolger. Selbst wenn du sie für den Moment abgehängt haben solltest – was wir alle sehr hoffen, denn es ist die unbedingte Voraussetzung dafür, dass wir dich sicher zu deinen Eltern bringen können – kannst du sie mit der kleinsten Unachtsamkeit sofort wieder auf deine Spur führen. Verbrenne diesen Zettel sofort. Die E-Mail von deinem Verehrer kannst du behalten.

,Oh Gott, bitte, lass es klappen mit der Schaufensterpuppe'! Shania bebte vor Aufregung und verbrannte den zweiten Zettel sofort. ,Ich weiß nicht, wie lange ich das alles hier noch aushalte'!

Die E-Mail von Liam behielt sie. Sie ging ihr unter die Haut. Zeit zu schlafen. Aber vorher hatte sie noch etwas anderes vor. Sie wollte alles tun, um zu gewährleisten, dass man ihr nicht auf die Schliche kam. Sie beschloss, die CIA zusätzlich noch etwas in die Irre zu führen.

Sie nutzte etwas von ihren neuen Geldvorräten, um eine Zufallsbekanntschaft in Gestalt einer jungen Touristin aus Deutschland am Flughafen zu bestechen. Sie bat sie, den Pass von Frau Bayramoguli nach ihrer bevorstehenden Rückkehr in Deutschland in einen dortigen Briefkasten zu werfen. Die Leute von der CIA durften gerne denken, sie wäre wieder zurück in Deutschland. Es sollte der Eindruck entstehen, sie sei dort noch immer auf der Suche nach ihren Eltern, die Deutschland ja vielleicht gar nicht verlassen hatten.

Auch einen Brief an Liam hatte sie der jungen Frau mitgegeben. Er war kurz und voller Liebe: „Mein Schatz, die Flucht ist nicht einfach und ich habe Angst. Doch immer wenn ich denke, es geht nicht mehr, schließe ich meine Augen und denke an dich oder ich lese deine Zeilen. Ich liebe dich. Eines Tages, wenn es sicher ist, komme ich zu dir zurück. Shania"

Die Tage bis Freitag zogen sich ins Unendliche, Shania schlief viel in ihrem Hotelzimmer. Sie war so unglaublich müde, ab und an war ihr morgens so übel, dass sie sich übergeben musste. Sie war sich sicher, dass sie die Belastungen der Flucht nicht mehr viel länger aushalten würde. Die ständige Angst, erwischt zu werden, brachte sie an ihre Grenzen. Was hatte sie alles tun müssen in den letzten Wochen – Dinge, über die sie in ihrer behüteten Kindheit bei ihren Eltern im Traum nie nachgedacht hatte. Wenn sie doch nur endlich ihre Eltern finden würde!

Am folgenden Freitag lief jedoch alles wie erhofft. Sie fand den Laden auf Anhieb, in der Hosentasche der Schaufensterpuppe steckte tatsächlich der angekündigte Zettel. Ein Stück Papier, auf dem nichts anderes stand als „Fidji – verbrenne mich!"

Shania machte sich sofort auf zum Hotel, holte ihr spärliches Gepäck und versuchte, sich dem Passfoto von Steffy Miles optisch so stark wie möglich anzunähern. Es war fast ein bisschen seltsam, die muslimische Vermummung abzulegen. Wieder in Jeans und T-Shirt, fühlte sie sich fast schutzlos und nackt.

Steffy war blond, so, wie sie es einst gewesen war, bevor man sie entführt hatte. Die größte Herausforderung war die, das schwarz gefärbte Haar wieder zu bleichen. Das Ergebnis war mit Hilfe eines guten Friseurs nach einer stundenlangen, juckenden Tortur immerhin tolerierbar. Zumindest sah sie wieder völlig anders aus als zuletzt.

Eigentlich hatte sie die Burka entsorgen wollen, dann aber nahm sie sie mit ins Gepäck. Wer wusste schon, wo ihre Reise sie noch hinführen würde und ob nicht eine Verhüllung, die sie jederzeit unkenntlich machen würde, vielleicht noch einmal gute Dienste täte.

Am Flughafen stellte sie fest, dass noch am selben Abend ein Flieger nach Fidji startete. Sie kaufte ein Ticket und ihr Abenteuer ging in großer Flughöhe weiter.

Fidji

Als Shania während des Anfluges auf Fidji aus dem Fenster blickte, hatte sie zum ersten Mal seit ihrem Aufbruch in Miami kein schlechtes Gefühl. Die Schönheit der Inselwelt überstrahlte ihre Ängste und ihre Einsamkeit. Genau genommen war das, was sie hier machte, eine kleine Weltreise. Wäre der Anlass ein anderer gewesen, hätte sie sich mehr als glücklich geschätzt, bereits als Teenager so einen Trip unternehmen zu können. Sie erinnerte sich noch gut, dass ihre Mutter immer von einer solchen Reise geträumt hatte. Doch zunächst war sie viel zu arm gewesen, dann hatte mit dem beruflichen Erfolg ihres Mannes die Zeit gefehlt und später war ihr die Mutterrolle wichtiger gewesen. Shanias Mutter dachte damals bei sich, dass wahrscheinlich kein vernunftbegabtes Elternpaar mit drei kleinen Kindern eine Weltreise unternehmen würde. Schließlich war Shania gerade eingeschult worden und derlei Hirngespinste hatten sich damit ohnehin erledigt. Dazu kamen Jeffs berufliche Herausforderungen, die ihm jegliche Lust auf Reisen oder ähnliche Vergnügungen genommen hatten.

All das hatte ihr ihre Mutter während ihres letzten gemeinsamen Urlaubs als vollständige Familie erzählt. In jenen letzten Tagen, bevor plötzlich alles anders gewesen war. Bevor man sie in der Schule plötzlich mit Verachtung und Spott wegen der angeblich ‚mordenden' Autos ihres Vaters verachtet hatte. In jenen noch glücklichen Tagen, bevor ihr Bruder Lee so grausam getötet worden war. Shanias Welt war damals Stück für Stück in die Brüche gegangen – bis hin zu dem schrecklichen Moment ihrer eigenen Entführung.

Ohne Bitterkeit hatte ihre Mutter ihr in diesen letzten Glücksmomenten von all den Orten auf der ganzen Welt, die sie selbst einmal sehen wollte, erzählt. Auch von Fidji, der traumhaft schönen Inselwelt, auf deren Boden Shania jetzt gerade ihren Fuß setzte. Sie hatte ihr von Kängurus in Australien, von aktiven Vulkanen auf Hawaii, von Nordlichtern, vom ewigen Eis in Grönland und vom Zuckerhut in Rio de Janeiro vorgeschwärmt.

Auf dem Balkon ihrer Kabine des Kreuzfahrtschiffs hatte sie ihre Tochter damals liebevoll in den Arm genommen, ihr über die Wange gestreichelt und gesagt: „Weißt du, mein Schatz, ich bin froh, dass ich das alles noch nicht gesehen habe. Denn in ein paar Jahren, wenn ihr alle wisst, wie euer Leben nach der Ausbildung weitergehen soll, gönnen wir uns zusammen ein Jahr Pause. Dann sehen wir diese Orte alle zusammen. Es liegt noch so viel vor uns!"

Gemeinsam hatte sie mit ihrer Mum verträumt in die Sterne gesehen, als ihr Vater zu ihnen hinaus in die laue Abendluft getreten war. Jeff hatte seine Frau und seine Älteste umarmt und freudig berichtet, dass die Kleinen nun endlich schliefen.

Das waren noch Zeiten gewesen. Shania hoffte inständig, dass sie und ihre Familie das alles eines Tages wirklich würden nachholen können. Leider ohne ihren Bruder. Mit Liam zusammen würden sie hoffentlich noch viele schöne Zeiten als Familie erleben. Es spielte für Shania überhaupt keine Rolle, ob sie später gemeinsam auf Reisen gehen würden oder nicht – Hauptsache, sie wären endlich wieder zusammen.

Das Lebensgefühl auf den Fidjis war wunderbar. Die bunte Kleidung, die fremdartigen Gesichter der Menschen hier, die gelassene und heitere Stimmung, die in der Luft lag. Schon am Flughafen hätte Shania fast vergessen können, dass sie eigentlich auf der Flucht war. Sie hatte keine Ahnung, wo und wann sie den nächsten Hinweis auf den Verbleib ihrer Familie finden würde, und sie hatte noch eine Menge Geld. Andererseits wusste sie nicht, wie lange es noch würde reichen müssen.

Genau genommen wusste sie nicht einmal, ob sie morgen oder in einer Woche noch hier wäre. Trotzdem war die Verlockung riesig, sich einfach ein Taxi zu einem beliebigen, schicken Hotel zu nehmen und unterwegs noch einen Bikini zu kaufen. Nur zwei oder drei unbeschwerte Tage in so einem traumhaften Resort, wie sie hier auf bunten Plakaten beworben wurden! Shania rief ihre Gedanken zur Ordnung. Unsinn, sie wollte schließlich ihre Eltern finden. Vor dem Flughafengebäude zog ein Straßenmusiker sie auf magische Weise in seinen Bann. Wie ein Blitz traf sie sein Lied, als habe der Mann mit seinem melodischen Song nur auf ihre Ankunft gewartet:

„Hallo, Leben, ich wünsch' mir was.
Ich wünsch' mir die Kraft, dass ich nicht nur wünsch', sondern mach'.
Die Dinge selbst in die Hand zu nehmen.
Wie ein Fels in der Brandung zu stehen.
Dabei nicht statisch zu sein, will ein Ja und kein Nein.
Will den Tag, will die Nacht, ich will Spaß, ich will sein.
Nach den Sternen greifen, mich erden und bleiben.
Die Erde bereisen, schreien und lernen zu schweigen.
Widersprüche, wo doch gar keine sind.
Längst schon erwachsen, doch bewahre ich das Kind.
In meiner Mitte Seele baumeln lassen, dem Leben vertrauen, leben und machen ..."

Das war doch nicht möglich! Diese Botschaft musste einfach ihr gelten! Sofort wusste sie den Song zuzuordnen, obwohl sie die letzten Jahre nicht einen Takt davon gehört hatte. Es war der Text des absoluten Lieblingsliedes ihrer Mutter – der deutsche Musiker ‚Sternentramper' hatte es auf seiner CD damals immer wieder für sie gesungen.

Ihre Mutter hatte den Sänger, René Weicherding, kurz nach der Umsiedlung ihrer Familie nach Deutschland bei einem seiner kleinen Konzerte kennengelernt. Sie hatte Shania erzählt, dass sie sofort begeistert gewesen war von dessen Wortkunst und dass sie ihn als unglaublich positiv und lebensbejahend empfunden hatte. Seitdem waren die beiden CDs des Musikers oft gehört worden und Lisa hatte noch lange den persönlichen Kontakt zu ihm bewahrt. Auf ihren Wohltätigkeitsveranstaltungen hatte sie ihm Auftritte ermöglicht und auch Jeff hatte bei Firmenveranstaltungen von FutureCars gelegentlich für ein Engagement des Künstlers gesorgt. Der ‚Sternentramper' war bald schon ein persönlicher Freund der Familie geworden. Shania konnte sich noch vage an ihn erinnern. Erst als der Musiker in Deutschland mehr und mehr Erfolg hatte und neben seinen Tourneen kaum noch Zeit fand, verlor sich der Kontakt allmählich.

Nicht nur, dass es für Shania mehr als befremdlich war, am anderen Ende der Welt im Jahr 2031 einen Straßenmusiker ältere deutsche Lieder singen zu hören. Dass es gerade dieses eine Lied war, das ihrer Familie so viel bedeutete, schien ihr mehr als merkwürdig. War das ein Zeichen? Ein versteckter Hinweis für sie?

Sie ging zögernd zu dem Straßenmusikanten hin, warf etwas Geld in seinen Hut und verweilte. Er begann ein neues Lied mit einem bewegenden Refrain:

„Warte nicht auf den perfekten Moment
Der perfekte Moment ist jetzt, perfekt ..."

Auch das war eines der älteren Lieder dieses Interpreten, das ihrem Vater immer besonders gut gefallen hatte. Shania schloss die Augen, wiegte sich im Takt und sang leise mit, während die meisten anderen Touristen den Musiker nur eines kurzen Blickes würdigten, um dann rasch ihren Transfers zuzustreben. Nur einige wenige legten etwas Geld in den Hut oder blieben sogar kurz stehen.

Mit einem Mal fühlte sich Shania beobachtet. Als sie ihre Augen öffnete, sah sie, dass der Musiker sie geradezu anstarrte, als versuche er, etwas in Erfahrung zu bringen. Sollte sie es wagen, sich ihm vorzustellen?

Mit diesem Gedanken endete bereits das Lied, der Musiker stimmte sogleich ein neues an. In diesem Moment waren alle Zweifel, die Shania noch gehabt haben mochte, ausradiert. Der Refrain klang allerdings furchtbar falsch in ihren Ohren:

„… bin voll Phantasie für Stef-fy, für Stef-fy"

Amelie! Die Frau im Refrain des Liedes hieß eigentlich Amelie! Shanias Erkenntnis, dass das Lied mit ihrem jetzigen Decknamen spielte, durchzuckte sie wie ein Blitzschlag. Sie starrte den Musiker an, der ihr ein kaum wahrnehmbares Nicken schenkte.

Als das Lied endete, warf Shania erneut Geld in den Hut des Musikers und bat ihn um ein Autogramm auf der Verpackung des USB-Sticks mit seiner Musik, die er zum Verkauf bot. Der Musiker grinste sie vielsagend an und fragte, ob ihr das Lied gefallen habe. Sie sah ihn durchdringend an, er erwiderte den Blick mit der gleichen Intensität. Dann bemerkte sie möglichst beiläufig: „Eine Freundin von mir heißt ‚Steffy'. Ich möchte das Autogramm und die Musik als Erinnerung für sie haben. Wenn ich es mir recht überlege, möchte ich auch einen Stick für mich kaufen. Bekomme ich auch ein Autogramm? Schreib' doch bitte ‚Für Viola' darauf!"

Shanias Herz schlug wie wild. Mit der Nennung ihres Decknamens aus der Gefangenschaft bei Mike hatte sie sich weit aus dem Fenster gelehnt. Er beschrieb lässig und ohne aufzuschauen die Hülle des Sticks und drückte ihn ihr in die Hand. „Viel Glück!", wünschte er wie selbstverständlich, ehe er wieder zu singen begann. Diesmal stimmte er mit Inbrunst einen gängigen Popsong an, der ihm sofort ein begeistertes Publikum bescherte.

Shania entfernte sich ein paar Schritte und prüfte in einer ruhigen Ecke die Beschriftung auf der Hülle des zweiten Datenträgers, den sie eben erstanden hatte. „Folge dem blauen Delfin, Shania!", stand da in gut lesbaren Lettern geschrieben. Ohne Zweifel, der Musiker zählte zu ihren Verbündeten, falls es so etwas überhaupt für sie gab. Aber was um alles in der Welt sollte es bedeuten, einem „blauen Delfin" zu folgen?

Angekommen?

Shania sollte nicht lange warten müssen, bis sich alles aufklärte. Sie begriff, dass sie noch lange nicht am Ziel ihrer endlos scheinenden Reise angekommen war. Einer der nahezu zahnlosen, etwas älteren Anbieter aus dem Tourismusgewerbe, ausgerüstet mit der üblichen Ausstattung an bunten Ausflugsmappen und dem Bauchladen mit einem Sammelsurium von Sonnenbrillen bis Modeschmuck, fiel ihr auf. Anders als seine Kollegen war er nicht aufgestanden, um die Touristen, die mit Shanias Maschine gekommen waren, anzusprechen und seine Waren oder Ausflüge feilzubieten. Selbst als wieder Ruhe einkehrte, die angekommenen Gäste sich verteilt hatten oder aber noch dem Straßenmusiker lauschten, bewog ihn nichts zu einer Änderung seines abwartenden Verhaltens. Er saß stoisch auf seinem Stuhl, für Shanias Begriffe fast bemüht desinteressiert – als ob er versuchen würde, jemanden verdeckt zu beobachten.

Ihr erster, beunruhigender Gedanke war: ‚So ein Mist! Dieser auffällige Sänger! Die CIA hat mich gefunden'!

Sie wollte schon losrennen, doch plötzlich sah sie, wie der Alte langsam eine Hand hob. Auf seiner Handinnenfläche war weithin sichtbar ein blauer Delfin abgebildet, vermutlich ein Tattoo.

Shania zögerte kurz, das Herz schlug ihr bis zum Hals. Was hatte sie schon zu verlieren? Wenn die CIA sie jetzt gefunden hatte, dann würde sie so oder so zugreifen. Sie konnte also dem Alten auch gleich in die Arme laufen. Im Falle einer Verfolgungsjagd mit möglichen Hintermännern hatte sie in der fremden Umgebung kaum eine Chance. Falls es allerdings tatsächlich wieder ihre Helfer waren, durfte sie die Gelegenheit, an weitere Informationen zu kommen, auf keinen Fall verstreichen lassen.

Im Geist ging sie blitzschnell mögliche Szenarien durch und entschied sich für einen Kontaktversuch. Rasch sah sie sich nach möglichen Fluchtwegen um, dann ging sie mit festem Schritt auf den Mann zu. Der klappte sogleich seinen Bauchladen zusammen, steckte ihn unter den Arm zu seiner Ausflugsmappe, drehte sich ohne ein Wort um und lief mit einem kurzen, auffordernden Blick davon. Shania beschloss, ihm unauffällig zu folgen.

Der Mann schien ihr einen Weg zu weisen, immer wieder drehte er sich flüchtig nach ihr um. Er lief voraus, bis sie schließlich ein Stückchen abseits zu einem alten Fahrzeug kamen. Er sprach kein Wort mit ihr und sah sich nach allen Seiten um, bevor er ihr schließlich signalisierte, in das Auto zu steigen. Shania schluckte und stieg zögernd ein. Schweigend fuhren sie eine Weile, bis der Wagen in eine schmale Ausfahrt zum Kreuzfahrthafen hin einbog. Der Mann deutete stumm auf eines der großen Schiffe. Als Shania ausgestiegen war, ließ er die verdutzte junge Frau ohne weiteren Kommentar stehen und brauste davon.

Ob sie hier einschiffen sollte? Sie hatte doch keine Bordkarte! Auf dem Weg über den Kai bemerkte sie plötzlich kleine, aufgesprühte blaue Delfine, die einen Weg zur Gangway des Schiffes markierten. Es war eindeutig: Man hatte sie hierherlocken wollen.

An der Gangway wurde sie von einem lächelnden Steward höflich nach ihrer Bordkarte gefragt. Rasch überlegte sie und setzte dann ihr unschuldigstes Lächeln auf: „Ich habe keine. Ich bin Steffy Miles. Ich soll hier zusteigen." Shania hörte das Echo ihrer eigenen Worte, sie kamen ihr lächerlich vor. Sie rechnete damit, abgewiesen zu werden.

„Ah, natürlich, Mrs. Miles, man hat mir Ihr Kommen angekündigt. Herzlich willkommen an Bord unserer wundervollen

BLUE DOLPHIN. Schade, dass Sie uns nur die wenigen Tage bis Vanuatu begleiten. Hier ist Ihre Bordkarte".
Er reichte ihr lächelnd das Reisepapier. Shania hätte am liebsten hysterisch aufgelacht. Jemand hatte das alles hier minutiös für sie geplant – und nun war sie auf einem echten Kreuzfahrtschiff! Wenn sie das doch nur mit Liam erleben könnte! Sie sah sich die Bordkarte genauer an: zwei lange Seetage auf diesem Schiff! Essen und in der Sonne liegen. Wow! Hoffentlich würde ihr die kurze Pause hier neue Kraft für den Rest ihrer Flucht geben. Ihre Angst war wie weggeblasen. Sie hoffte inständig, dass die Reise auf Vanuatu beendet sein würde. Eine Weile im Paradies sein – wer wollte das nicht? Vor allem wollte sie eines nicht: weitere Flugzeuge, Busse, Züge, Schiffe oder dergleichen mehr besteigen. Sie wollte endlich ankommen. Sie wollte nur noch ihre Eltern sehen. Sie hoffte, in nicht allzu ferner Zukunft auch Liam endlich wieder in ihre Arme schließen zu können.

Die zwei Tage verliefen unerwartet ruhig und taten ihrer mehr als angespannten Verfassung gut. Sie schaffte es sogar, zur Abendunterhaltung zu gehen. Es war das erste Mal seit langer Zeit, dass sie wieder richtig herzhaft lachen konnte.

Sie war am Ende sogar in der glücklichen Lage, wieder eine Touristin zu finden, die ihr ihre einstudierte Story glaubte: die Geschichte, dass ihr Freund Briefmarken aus aller Welt sammelte. Die Schwedin erklärte sich gegen ein kleines Entgelt bereit, eine Postkarte von Shania in ihr Heimatland mitzunehmen und sie dort frankiert an Liam zu versenden.

Verdammt zur Tatenlosigkeit

Was hatte Tracy gesagt? Shania sei bereits auf dem Weg und würde in Sidney herumirren? Ihr kleines Mädchen ganz alleine in einer solchen Großstadt, in einem fremden Land? Warum nicht gleich in Rios Favelas? Bestimmt hatte sie Angst und fühlte

sich einsam! Die Krönung nach allem was sie bereits in Mikes Gefangenschaft hatte ertragen müssen und worüber Lisa gar nicht erst nachdenken mochte. All das fühlte sich falsch an. Sie saß hier im Paradies auf Pentecost, legte die Hände in den Schoß, versteckte sich vor der CIA und ließ tatenlos zu, dass ihre Tochter sich durch die Weltgeschichte zu ihr durchschlagen musste. Lisa kam sich plötzlich schäbig vor.
Ihre Anspannung steigerte sich von Stunde zu Stunde und von Tag zu Tag, bis sie sich körperlich manifestierte. Lisa verkrampfte sich sogar nachts im Schlaf, wenn sie überhaupt welchen fand. Rücken und Nacken schmerzten höllisch.
Sie hatte Angst, mit Jeff darüber zu reden, weil sie nicht die Stimme der Vernunft hören wollte. Natürlich war niemandem damit gedient, wenn sie kopflos davonrannte, um ihre Tochter in einer Metropole zu suchen. Erstens war es unwahrscheinlich, dass zwei Menschen, die einander suchten, sich in einer Riesenstadt auch wirklich fanden. Besser war es, wenn wenigstens einer von ihnen nicht ständig den Standort wechselte. Ganz davon abgesehen, wäre niemandem geholfen, wenn sie sich erwischen ließ. Sie musste darüber hinaus Jeff und Tracy beipflichten, dass sie selbst sicherlich nur wenige persönliche Eigenschaften mitbrachte, die einem Menschen helfen würden, wenn er vor der CIA flüchten musste. Lisa musste daran denken, welch enormes Wissen Tracy bei ihrer gemeinsamen Flucht mobilisiert hatte. Sie selbst wäre nicht auf die Hälfte der Ideen gekommen. Also sah sie zu, immer beschäftigt zu sein. Das Haus putzen, Reitausflüge unternehmen, der Nachbarin irgendetwas helfen. Alles war gut, solange sie keine Zeit zum Nachdenken hatte.
Wie immer schlug Jeffs Herz im gleichen Takt wie das seiner geliebten Frau. Hätte sie ihm ihre Seelenqualen offenbart, hätte er ihr sagen können, dass er sich nur deshalb so intensiv in die

Farmarbeit stürzte, weil er sich ständig fühlte wie jemand, der als Vater auf der ganzen Linie versagt hatte. Weil er in diesen schweren Tagen einfach nicht in der Lage war, seiner Großen zu helfen und sie zu beschützen. Auch in seiner Rolle als Ehemann fühlte er sich wie ein Versager. Wenngleich Lisa es nicht aussprach, sah Jeff nur allzu deutlich, wie sehr ihr das Herz blutete. Er kannte sie viel zu gut, als dass sie ihre schlechte Verfassung hinter ihrer ruhelosen Geschäftigkeit hätte verbergen können. Bei jedem ihrer ungewohnt stürmischen Reitausflüge griff die kalte Klaue der Sorge um seine Frau nach ihm. Jedes Mal, wenn er sie hinter dem Haus boxen sah, wünschte er sich, dass er irgendetwas tun könnte, damit sie sich besser fühlte. Er war der Mann im Haus. Er hatte schließlich versprochen, sie glücklich zu machen.

Vor allem sollte er sich nicht verstecken wie ein Kleinkind und darauf warten, dass diese ehemalige CIA-Agentin ihre Tochter nach Hause brachte. Dass Lisa nicht mit ihm über ihre Gefühle sprach, deutete er als Zeichen ihrer Wut auf seine erzwungene Untätigkeit. Tief in seinem Herzen beschlich ihn manchmal die Angst, dass sie ihn deswegen eines Tages verlassen würde.

Jeff überlegte fieberhaft, wie er die verlorene Tochter endlich holen konnte. Doch ihm fiel nichts ein. Als er sich schließlich dazu durchrang, Tracy noch einmal darauf anzusprechen, sagte sie ihm tonlos, dass er ihr Zeit lassen müsse. Dass es eine weite Reise sei und sie das Mädchen nicht zu ihnen bringen könne, bevor nicht absolut sichergestellt sei, dass die Kleine ihre Verfolger abgeschüttelt habe. Eine tolle, gewitzte Tochter habe er, es würde nicht mehr lange dauern. Doch weder konnte noch wollte sie ihm einen konkreten Zeitpunkt nennen.

Noch etwas sagte Tracy ihm ganz offen und ehrlich. Sie gab zu, dass sie zwar tue, was sie könne, dass seine Tochter letztlich aber auf sich allein gestellt sei. Sie musste einräumen, dass sie nicht garantieren konnte, dass Shania nicht wieder von der CIA in Gewahrsam genommen werden würde, was auch immer das für ihre persönliche Sicherheit hieße. Auf seine bohrenden Nachfragen hin hatte sie sogar eingeräumt, es sei möglich, dass Shania verletzt oder gar getötet werden könne. Es schmerzte schier unerträglich, dem untätig gegenüberzustehen. Niemals zuvor hatte er sich weniger als Herr seines eigenen Schicksals gefühlt als in diesem Moment. Es gab keine Alternativen. Natürlich könnte er sich allein der CIA stellen – sein sicherer Tod. Den hätte er auf sich genommen, wenn es dem Rest seiner Familie in irgendeiner Form geholfen hätte. Tracy hatte ihm allerdings immer wieder glaubhaft versichert, dass der amerikanische Geheimdienst nicht ruhen würde, bis alle Mitwisser eliminiert worden wären.

Tracy beschwor ihn, auf ihre erprobten Fähigkeiten und die Umsicht seiner Tochter, die diese schon mehrfach unter Beweis gestellt habe, zu vertrauen. Sie bat ihn inständig, einfach weiterhin die Füße stillzuhalten. Jeff hatte schließlich genervt geantwortet, er und seine Frau würden nichts unternehmen, außer zu warten, zu hoffen und zu beten, auch wenn sie keine sonderlich religiösen Menschen waren.

Falls allerdings seine Älteste erneut der CIA in die Hände fallen würde, dann wären die Karten neu gemischt. Dann würde er persönlich handeln. Doch für den Moment war seine Aufgabe wohl tatsächlich pure Tatenlosigkeit. Es schien im Augenblick das zu sein, was seiner ältesten Tochter am meisten half. Seine innere Unruhe war grenzenlos und nur mit harter körperlicher Farmarbeit einigermaßen zu ertragen.

Stuttgart

Irgendwo auf der Welt gab es noch eine Person, die die Anspannung angesichts Shanias abenteuerlicher Flucht nicht mehr ausgehalten hatte. Allen Ratschlägen von Elaine zum Trotz war er abgehauen und mit seinen Ersparnissen auf direktem Wege nach Stuttgart geflogen.

Liam war zwar enttäuscht, doch kaum überrascht, als er das Haus der Rodgers in Stuttgart verlassen vorfand. Irgendwie hatte er an der idiotischen Hoffnung festgehalten, seine Liebste hier finden zu können.

Es schockierte ihn, das offensichtlich einst so schöne, wohl geordnete und zudem großzügige Haus in vollständigem Chaos nach einem Einbruch und vollständiger Durchsuchung vorzufinden.

Liam beschloss, eine Nacht zu bleiben. Es waren Fertiggerichte in Dosen im Haus, die noch nicht verdorben waren. Hier konnte er essen, trinken und schlafen, bevor er wieder nach Hause zurückkehrte. Er konnte vor allem mehr über seine Geliebte erfahren. Er stöberte ziellos in Fotoalben, nahm ein paar Aufnahmen von Shania und deren Familie, die er nie kennengelernt hatte, an sich und fand heraus, woher Jeff stammte. Er erfuhr nebenbei, dass Lisa aus einem Vorort von München kam, und beschloss spontan, ihre Eltern aufzusuchen. Vielleicht wussten sie mehr über Shanias Aufenthaltsort.

Bevor er vor Erschöpfung in einen tiefen, traumlosen Schlaf fiel, stellte er sich die Frau auf den Fotos vor, die seiner Freundin fast aufs Haar glich. Eine reifere Kopie gewissermaßen. Er stellte sich vor, wie diese - ihm fremde - Frau durch das schöne, lichtdurchflutete Haus ging. Wie sie lächelnd dem Mann, der Shanias Vater sein musste, einen Kaffee brachte und ihren drei lebhaften Kindern Muffins servierte. Er war sich ganz sicher, dass dieses Haus einst ein freundlicher, aufgeräumter Ort voller Kinderlachen gewesen war – dieses Strahlen war bis zum heutigen Tage zu spüren. Ein richtiges Nest voller Wärme und Liebe. Ganz so, wie er hoffte, mit Shania an seiner Seite eines Tages auch ein Zuhause und eine Zuflucht haben zu können.

Ob ihnen das je vergönnt sein würde?

München

Auch München sollte eine Enttäuschung werden.
Lisas Eltern hörten sich Liams Geschichte geduldig an und hießen ihn in der Familie willkommen. Sie erzählten ihm viel über die Familie Rodgers, von Shanias Geschwistern, Lees tragischem Tod, von der Romanze zwischen Lisa und Jeff. Sie waren offensichtlich froh, mit jemandem sprechen zu können, der noch bis vor kurzem eine enge Verbindung zu ihrer schmerzlich vermissten Enkelin gehabt hatte. Sie fragten ihn voller Sorge über Shanias letzte Jahre aus und rangen Liam das Versprechen ab, ihnen Bescheid zu geben, wenn er sie endlich wiedergefunden habe. Im Endeffekt war es zwar nett gewesen, ihre Großeltern kennengelernt zu haben. Doch mit Blick auf seine Suche nach Shania hatte es ihn kein Stück weitergebracht.

Es war wie verhext – es schien einfach keine einzige, zielführende Spur hin zu seiner Liebsten zu geben. Einerseits war er froh darüber, denn ihm wurde über die Zeit immer klarer, wie ernst die Lage war. Dass es lebenswichtig war für Shania, nicht gefunden zu werden. Sie hatte sicher nicht übertrieben. Wenn er sie problemlos hätte finden können, so wäre die CIA schon lange am Ziel.

In anderen, schmerzhaften Momenten jedoch war ihm das alles völlig egal. Ohne über die Konsequenzen nachzudenken, hatte er nur noch den alles überstrahlenden Wunsch, seine Freundin zu finden und sie endlich vor allem Bösen zu beschützen. Er ahnte, dass das etwas war, das im Moment nicht in seiner Macht lag.

Sein Geld reichte gerade noch für einen Rückflug. Aber dann? Was sollte er als Nächstes tun? Er konnte schließlich nicht tatenlos zusehen, wie Shania – wo auch immer in der Welt – in

Lebensgefahr schwebte. Seine Frustration schlug langsam um in pure Verzweiflung und drückte schwer wie eine Grabplatte auf seine Brust. Erst als die Dämmerung schon den Horizont verfärbte, fand er auf der Gästecouch in der kleinen Mietwohnung von Shanias Großeltern einen kurzen, unruhigen Schlaf.

Zurück in den USA

Seine Reise nach Deutschland hatte ihr Ziel verfehlt. Die Aufmerksamkeit der CIA hatte er damit allerdings auf sich gezogen, das wurde ihm schnell klar. Er war kaum durch die Passkontrolle zuhause in Miami gelangt, als ihn ein unfreundlicher, bulliger Typ ziemlich bestimmend ansprach: „Komm mit Jungchen – und keine Zicken!". Zwei Männer brachten Liam zu einem verdunkelten Wagen, es blieb ihm keine Chance, als mit einzusteigen.

Sie fuhren scheinbar ziellos über den Highway, verließen ihn dann aber in Richtung einer verlassenen Region. Es herrschte eisiges Schweigen. Das Fahrzeug rollte schließlich auf einen Waldweg und kam zum Stehen. Liam wurde unsanft aus dem Wagen gezerrt. Sein Herz bebte – so fühlte es sich also an, wenn die letzte Stunde geschlagen hatte. Mit brutaler Wucht wurde er in den Bauch geboxt, er fühlte, wie er unter Krämpfen zusammenbrach.

Einer der Männer ergriff schließlich das Wort: „Jungchen, du weißt jetzt, dass wir nicht zum Scherzen neigen. Was weißt du über den Aufenthaltsort von der kleinen Schlampe? Rück raus damit!" Wieder Ohrfeigen, sein Gesicht brannte. Ein ohnmächtiger Zorn machte sich in ihm breit. „Nichts!", hörte er sich keuchen.

„Noch einmal, wo ist das verfluchte Miststück, das unseren Kollegen erschossen hat?" Es setzte ein paar derbe Tritte, Liam taumelte kurz.

Shania? Jemanden erschossen? Seine Gedanken rasten. Ausgeschlossen! Wen sollte sie getötet haben, sie konnte doch keiner Fliege etwas zuleide tun? Mike hatte sich selbst erschossen, soweit er das bisher verstanden hatte.

Hatte sie auf ihrer wilden Flucht etwa jemanden von der CIA erschossen? Dann war sie also fast erwischt worden? Die nächste Ohrfeige ließ ihn zur Seite hin straucheln. Liam schmeckte Blut, er fühlte sich nur noch halb bei Bewusstsein. Diese Kerle hatten offensichtlich nicht viel Geduld. Liam lief es eiskalt den Rücken herunter. Der Gedanke, Shania sei auch so behandelt worden – von Mike oder von wem auch immer – weckte einen unbändigen Zorn in ihm.

Rums! Die nächste Ohrfeige donnerte ihm ins Gesicht. Liam schossen Tränen von Schmerz und Zorn in die Augen. Er schämte sich, doch dieser Schlag hatte mindestens einen seiner Zähne gelockert, die Tränen kamen automatisch und unterstanden nicht seiner männlichen Beherrschung.

„Lass' ihn, der weiß doch nichts!" Einer der beiden Schläger schien plötzlich einzulenken.

„Hm. Vielleicht hast du recht. Das Biest ist schlau, sie gibt niemandem von ihren Leuten Informationen, um sie nicht in Gefahr zu bringen. Das hat sie von Mike gelernt. Ich hätte gute Lust, diesen Kerl hier einfach nur aus Spaß zu töten! Damit sie sieht, dass ihr das alles nichts bringt. Dass sie doch nur verlieren kann!"

Liam fragte sich wieder und wieder, ob er hier sterben würde. Ein Tritt in den Bauch ließ ihn zusammengekrümmt auf den Boden sacken. Er versuchte, irgendeinen Gedanken zu fassen, und fing an, still zu beten. ‚Oh Gott mein Engel, wo bist du da nur hineingeraten. Lass' dich nicht erwischen, bitte'!

Die Vorstellung von Shania, geschlagen und getreten, verheult und verschüchtert, brachte ihn schier um den Verstand. Er begann mühsam, sich aufzurichten, um seiner Wut freien Lauf zu lassen. Das Bild von seiner misshandelten Freundin vor Augen gab ihm neue Kraft. Doch einer der miesen Typen in Schlips und Kragen stellte sich ihm mit geballten Fäusten in den Weg.

„Wir töten nur in Notfällen, Bürschchen. Nicht aus Spaß an der Freude, das ist dein Glück. Aber dein Biest hat es verdient! Deinen Tod und ihren eigenen! Und zwar genauso kaltblütig, wie sie Jeronimo ermordet hat." In Liams Kopf drehte sich alles. Das war einfach unmöglich! Kannte er die Frau, die er liebte, nicht wirklich? Es war alles so verworren und undurchsichtig, ihm wurde plötzlich speiübel. Er konnte nur noch seinem Instinkt und seinem Herzen vertrauen. Shania war ein guter Mensch. Vielleicht war es Notwehr gewesen. Er war sich sicher, keine Mörderin zu lieben!

„Keine Namen, verflucht!", zischte der zweite Mann wütend. „Lass uns abhauen, ein Toter mehr und ich verliere meinen Job. Und du auch!"

„Ja, du hast recht!" Der andere lenkte mürrisch und mit einem letzten derben Fußtritt ein. Die beiden klopften sich den Staub aus dem Anzug, stiegen ohne ein weiteres Wort ins Auto und rasten mit quietschenden Reifen davon.

Liam blieb noch fast eine Stunde gekrümmt vor Schmerzen liegen, bevor er sich langsam aufrichtete und am Rande einer Ohnmacht zur Straße humpelte, um ein Auto zum Anhalten zu bewegen. Er hatte Glück, es las ihn gleich jemand auf, der es gut mit ihm meinte und ihn sofort ins nächste Krankenhaus brachte.

***

Clarice hatte sich geschworen, Liam die Hölle heißzumachen, wenn er endlich zurückkäme. Sie hatte sich tagelang die größten Sorgen gemacht. Ohne eine Nachricht in einer Nacht-und-Nebel-Aktion abzuhauen! Ihre Wut fiel erst in sich zusammen, als sie plötzlich einen Anruf von einem entfernten Krankenhaus bekam. Pure Angst befiel sie, als sie hörte, dass ihr Sohn schwer verletzt eingeliefert worden war. Sie brach sofort auf, raste in die Klinik und wollte nur noch ihr Kind sehen.

Als sie Liam im Krankenbett sah, mit gebrochener Nase, gebrochenen und geprellten Rippen, um einen Eckzahn ärmer, konnte sie ihn nur noch sanft in den Arm nehmen. Sie küsste ihn vorsichtig auf die sorgfältig verarztete Stirn. „Mach nie wieder so ein dummes Zeug!", schalt sie ihn liebevoll und sichtlich erleichtert, ihn leibhaftig vor sich zu sehen.

Clarice hatte mittlerweile nicht mehr den geringsten Zweifel, dass Shanias Geschichte wirklich stimmte. Obwohl sie das Mädchen ins Herz geschlossen hatte und sich natürlich wünschte, dass ihr Sohn seine große Liebe wiederfinden würde, war ihr extrem unwohl bei dem Gedanken, dass Liam noch weiter in die ganze Sache hineinrutschen könne und dabei noch einmal sein Leben riskieren würde.

Liam erholte sich nur schleppend. Er war entmutigt. Würde er Shania je finden? Erst, als eine weitere Postkarte, in Nordeuropa verschickt, ankam, hellte sich seine Stimmung deutlich auf. Eine bunte Karte mit einem Australienmotiv! War sie dort? Oder dort gewesen? War das Teil einer guten Tarnung? Diese Frau blieb ihm ein Rätsel. Er würde sie heiraten, falls er sie je zurückbekam. Das schwor er sich an diesem Tag.

„Mein liebster Liam. Ich bin an einem paradiesischen Ort und ich wünschte, ich könnte dir einfach sagen, wo ich bin. Ich hätte dich so gerne hier bei mir! Doch das würde uns alle nur unnötig gefährden. Du musst mir einfach glauben und darauf vertrauen, dass wir eines Tages wieder zueinanderfinden. Ich werde dich immer lieben. Deine Shania."

Dass die Gefahr, von der sie schrieb, keine Einbildung war, das musste sie ihm nicht mehr beweisen. Die hatte er bereits am eigenen Leib erfahren. Wenn es ihr Leben schonte, war er schon glücklich mit diesem merkwürdigen Postkontakt, solange sich die Lage nicht wirklich entspannt hatte. Könnte er doch nur irgendetwas für seine Liebste tun! Verdammt, er war der Mann und seine Frau war irgendwo da draußen ganz allein auf der Flucht. Er fühlte sich erbärmlich und hilflos. Seine E-Mail hatte sie offensichtlich erhalten. Er schrieb ihr also noch einmal: „Liebling, ich weiß, von welchen Gefahren du sprichst. Ich habe deine Großeltern bei München getroffen und dort viel über deine Familie erfahren – ich freue mich so darauf, eines Tages alle deine Lieben kennenzulernen. Es gab ein kleines und heftiges Intermezzo mit denen, die dich suchen. Es geht mir wieder gut danach. Lass' dich auf keinen Fall erwischen! Ich liebe dich und werde immer auf dich warten. Gib' mir ein Zeichen, wenn es etwas gibt, das ich für dich tun kann. Ich hoffe, du liest das hier! Wenn dieser Wahnsinn vorbei ist, werde ich dich heiraten. Das ist mein voller Ernst! Pass' mir also gut auf meine Braut auf. In ewiger Liebe, dein Liam."

***

Am anderen Ende der Stadt stand ein Mann auf einem Friedhof und starrte mit schmerzverzerrtem Gesicht auf ein Grab. Edle, schwarze Buchstaben und Zahlen zeugten davon, dass Jeronimos Leben nicht einmal dreißig Jahre gewährt hatte. Das Leben hatte ihnen keine Chance gelassen. Sie waren jahrelang zusammen gewesen, bis sein Liebster endlich bereit gewesen war, sein Coming Out in Angriff zu nehmen. Er hatte Jeronimo geliebt. Mehr als jeden anderen. So viele Jahre war es schwierig gewesen, es hatte ihn immer verletzt, dass ihre Beziehung so lange Zeit ein Geheimnis hatte bleiben müssen. Endlich war es soweit gewesen, sie hatten in den kommenden Wochen zu seinen Eltern fahren wollen, um ihnen die Wahrheit zu sagen. Das wäre noch mal schwer geworden, aber dann – dann hätte ihre schönste Zeit beginnen sollen. Dieses Biest hatte seinen Liebsten getötet! Sie hatte ihn einfach abgeknallt! Hass pulsierte noch immer heiß durch seine Adern. Sie würde dafür bezahlen müssen. Vielleicht war heute nicht der richtige Tag. Doch den Geduldigen belohnt das Leben mit einer Gelegenheit, das hatte seine Großmutter immer gesagt. Er musste einfach daran glauben. Ted verzog sein verweintes Gesicht zu einer wütenden Fratze.

„Du wirst gerächt werden!" Ein unversöhnliches Versprechen an seine verlorene, große Liebe.

Rio de Janeiro

„Nein und noch mal ‚Nein'! Das wirst du schön bleiben lassen, junger Mann!" Clarice funkelte ihren Sohn aufgebracht an. Wenngleich sie sich noch gestern sicher gewesen war, dass ihr jeder mögliche Weg, den Liam einschlagen würde, lieber wäre als sein bisher zielloses Dahingleiten, entsprach das hier definitiv nicht ihren Vorstellungen für ihren einzigen Sohn. So sehr sie sich auch gewünscht hatte, er möge endlich mit irgendeiner Vorstellung von seinem Leben auf sie zukommen: Seine Zukunftspläne, die er ihr soeben eröffnet hatte, erschreckten sie zutiefst und sie konnte nicht anders, als lautstark ihr Veto einzulegen. Allmählich begann sie sich zu fragen, ob es richtig gewesen war, ihn mit seinen Plänen so lange sich selbst zu überlassen. Ob sie nicht doch schon viel eher eingreifen und alles in geregelte Bahnen hätte lenken sollen. Doch hätte sie selbst das in seinem Alter akzeptiert? War sie nicht vor genau dieser Art elterlicher Übergriffe, und natürlich auch noch einigen weiteren unschönen Erfahrungen, einst mit wehenden Fahnen davongelaufen - ohne Wiederkehr? Was wäre überhaupt das Richtige für ihren Sohn gewesen?

„Das werde ich nicht!", entgegnete Liam ruhig, aber bestimmt.

„Oh doch, sehr wohl!", fuhr Clarice erneut auf.

„Mum, ich spiele diese Karte nicht gerne aus, aber wir schreiben das Jahr 2032 und ich bin – du erinnerst dich sicherlich – gestern achtzehn geworden. Du wirst es mir also gar nicht verbieten können. Ich darf vielleicht – zumindest in diesem Land - noch nicht trinken, aber ich darf meinen Aufenthaltsort selbst bestimmen! Ich darf immerhin schon seit zwei Jahren Auto fahren. Ich bin kein Kind mehr, das du nach Belieben einsperren und dessen Wege du vorzeichnen kannst."

Liam schien gelassen, doch wer ihn gut kannte, sah am unruhigen Spiel seiner Hände, dass auch er zutiefst aufgewühlt war.

„Was soll denn dieser Unsinn, Liam? Du solltest auf ein College gehen, einen guten Abschluss machen und dir einen vernünftigen Beruf suchen ...", unterbrach Clarice Liam, konnte ihren Gedanken aber nicht zu Ende führen.

„Mum, stopp, hör mir mal zu! Ich habe mich nicht mal für ein College beworben, wie du weißt! Du hast das billigend hingenommen, weil du irgendwie wusstest, dass ich dazu nicht in der Lage war. Wir haben monatelang darüber geschwiegen und so getan, als gäbe es die Zeit meines Schulabschlusses und ein von mir zu gestaltendes ‚Danach' nicht.

Ich gebe zu: So wie sich meine Leistungen in den letzten Monaten verschlechtert haben, war ja auch nicht wirklich sicher, ob ich mein Abschlussjahr nicht doch wiederholen muss. Ich habe zwar jetzt mit Ach und Krach meinen Abschluss geschafft, aber ich würde an keinem halbwegs renommierten College aufgenommen werden, das dürfte dir klar sein. Und ich kann das alles auch gar nicht! Nicht jetzt, Mum! Es war schon Folter genug, in dem ganzen Stress weiter zur Schule zu gehen. All die Kurse, in denen ich früher neben Shania saß. Die Mitschüler, die fragten, wohin sie so plötzlich verschwunden sei. All die Plätze, an denen wir gemeinsam die schönsten Stunden unseres Lebens verbracht haben. Ich hasse sie alle! Ohne Shania ist nichts mehr schön. Ich ertrage es nicht, in meinem Zimmer zu sein, es kommt mir eng und so unendlich leer vor. Selbst wenn diese ganze Geschichte mich von hier wegtreibt: Das Allerletzte, was ich will, ist an einem College zu sein, an dem Leute in meinem Alter hoffnungsfroh in die Zukunft blicken. Leute, die sich auf wilde Partys, Sex und ihre Liebeleien konzentrieren, statt auf ihr Studium.

Mum, ich brauche eine Pause! Ich möchte endlich wieder das

Gefühl haben, Luft zu bekommen. Ich brauche Abstand, ein neues Leben, um mich von allem zu erholen. Dann kann ich bestimmt irgendwann wieder zur Normalität zurückkehren. Jetzt würde ich doch nur ziellos vor mich hin studieren und mich schrecklich einsam fühlen. Du musst doch gemerkt haben, wie sehr ich Shania vermisse! Ich will nicht umziehen, irgendwo aufs College gehen und so tun, als wäre das alles ein normales Leben. Ich will zu Shania! Alles andere ist mir verdammt egal!" Liam holte tief Luft.

Clarice spürte, wie aufgewühlt ihr Sohn war, auch wenn er seine Stimme nicht merklich erhoben hatte. Sie gab jedoch nicht auf, ihn mit Argumenten überzeugen zu wollen.

„Du weißt doch gar nicht, wo sie ist, Liam! Du hast doch schon ein paar Monate überhaupt nichts mehr von ihr gehört. Vielleicht hat sie dich vergessen oder beschlossen, dass es besser für euch beide ist, loszulassen. Vielleicht hat sie jemand anderen! Vielleicht – Gott bewahre, aber wir müssen es leider trotzdem in Erwägung ziehen – ist ihr ja auch etwas passiert! Du wirst sie jedenfalls kaum finden, wenn du jetzt Drogen- und Bildungsprobleme in den Favelas von Rio bekämpfst. Ich habe wirklich Respekt vor dieser Hilfsorganisation, die dich dort hinschicken will. Doch da wirst du höchstens erschossen, Liam! Bei allem Respekt vor deinem Willen – das will ich nicht! Das lasse ich nicht zu!".

Clarice war zwar nicht lauter geworden, dumpfe Verzweiflung und Angst schwangen jedoch in ihrem Ton mit, während ihr die Tränen über die Wangen liefen.

„Ich weiß, Mum. Ich habe wirklich nicht vor, mein Leben zu riskieren, glaub mir! Immerhin reise ich mit einer anerkannten Organisation. Ich kann mich im Augenblick einfach nicht für längere Zeit festlegen und auf ein Studium konzentrieren, solange ich noch hoffen darf, Shania irgendwo zu finden. Wer weiß, wie der Zufall spielt. Sie hat mir aus aller Welt Nachrichten zukommen lassen. ‚Help the People' wird mich nicht nur nach Rio, sondern auch noch an andere Orte schicken. Vielleicht treffe ich in Rio oder an einem anderen Einsatzort jemanden, der etwas weiß. Natürlich hoffe ich auch, Abstand zu gewinnen. Bestimmt kann ich irgendwann zurückkommen und wieder ein normales Leben führen. Aber noch kann ich nicht einfach so tun, als wäre nichts gewesen! Mum, ich werde mit oder ohne deine Zustimmung übermorgen aufbrechen. Aufhalten kannst du mich nicht. Mach es uns beiden bitte nicht schwerer als es sein muss, ich liebe dich doch!"

Liam beendete sein flammendes Plädoyer. Seine Entscheidung, Freiwilligenarbeit in einem Krisengebiet aufzunehmen, stand felsenfest.

Vorsichtig streckte er eine Hand aus und wischte seiner Mutter sanft die Tränen von der Wange. Er liebte sie sehr und es verstärkte seinen eigenen Trennungsschmerz, sie mit seinem Entschluss traurig machen zu müssen. Doch er konnte jetzt keinen Rückzieher mehr machen und einen Weg einschlagen, der ihr vielleicht besser gefiel. Er hatte lange genug versucht, hier bei ihr wieder zu sich zu finden. Doch es wollte ihm nicht gelingen. Welche Ironie des Schicksals: All die Jahre, da seine Mutter immer hatte weiterziehen wollen, hatte er sich nichts mehr gewünscht, als endlich einmal bleiben zu können. Und jetzt, da seine Mutter flehte, dass er blieb, konnte er an nichts anderes denken, als auf und davon zu laufen. ‚Der Apfel fällt offensichtlich tatsächlich nicht weit vom Stamm', dachte Liam mit einem Schmunzeln.

Liam schien seiner Mutter immer schon viel zu reif für sein Alter. Er hatte Clarice mit ruhiger Stimme mal wieder platt geredet. Sie konnte gar nicht anders, als ihm letztendlich zuzustimmen. Sie selbst war schließlich auch immer ihrem Herzen gefolgt und hatte sich sogar mit ihrem Sohn wie ein Blatt im Wind durch die ganze Welt wehen lassen. Sie hätte damit rechnen können, dass sie eines Tages auch Liam dabei zusehen musste, wie er einen ähnlichen Weg einschlug.

Mit einem Ruck schloss sie ihren erwachsenen Sohn weinend in ihre Arme. Nachdem alle Tränen getrocknet waren, hielt sie ihn auf Armeslänge von sich weg. „Ich bin stolz auf dich, mein Schatz! Du könntest schließlich auch einfach gar nichts tun oder auf die schiefe Bahn geraten. Du aber möchtest deine ganze Energie in soziales Engagement verwandeln. Es fällt mir nicht leicht, das weißt du. Du musst mir versprechen, auf dich aufzupassen. Natürlich hast du meinen Segen für diese Reise. Ich liebe dich – mehr als alles andere in meinem Leben!"

***

Nach zwei Monaten in den Favelas von Rio war Liam klar, dass alles nicht so einfach war, wie er es sich ursprünglich gedacht hatte. Er hatte natürlich keinerlei Hinweise auf Shanias Versteck gefunden. Damit war das oberste Ziel seiner Reise gründlich verfehlt. Er hatte alles versucht, was ihm möglich war. Er hatte sich mit Freiwilligen weltweit vernetzt, hatte ein Bild von Shania herumgeschickt und überall gefragt, ob jemand sie gesehen hätte. Das war nicht der Fall.

Natürlich hatte Liam keine Ahnung, dass ein gewisser ‚Diego Magala' aus seinem Netzwerk nicht der war, für den er sich ausgab. Er war kein anderer als Tracys engster Vertrauter, Sam Mirage. Nicht wissend, welche Chance er sich vergab, tat Liam dessen dringlichen Hinweis auf ein mögliches Anschlussprojekt zum Schutz von Schildkröten auf Vanuatu viel zu schnell als uninteressant ab. Es schien ihm viel dringendere Aufgaben an anderen Orten zu geben, auch wenn sie nicht immer leicht zu bewältigen waren – vor allem hinsichtlich der damit einhergehenden psychischen Belastung.

Liam hatte in Rio jede Menge persönlicher Dramen erlebt. Eines der Kinder, das er unterrichtete, war durch einen tragischen Zufall bei einem Bandenkrieg erschossen worden. Er hatte dem Jungen aus einer Laune heraus einen Ball gekauft. Der Kleine hatte damit gespielt, bis er ihm davon gerollt war. Letztendlich war das Kind auf der Suche nach seinem neuen Spielzeug mitten in eine Schießerei gelaufen. Liam war geschockt und fühlte sich verantwortlich für diese Tragödie. Er hatte dem besten Schüler seiner Klasse doch nur eine Freude machen wollen. Er hatte schmerzhaft lernen müssen, dass ‚gut gemeint' nicht zwangsläufig auch ‚gut gemacht' bedeutete. Er hätte nach diesem schrecklichen Vorfall seinen Einsatz am liebsten sofort abgebrochen. Aber er hatte sich selbst ermahnt, dass man nichts bewegen konnte, wenn man bei der ersten Bodenwelle aufgab. Auch war er ein Mensch, der großen Wert auf Verbindlichkeit und Zuverlässigkeit legte. So verbot es sich von selbst, seinen Vertrag vorzeitig zu beenden.

Später hatte er einem kleinen Mädchen ein paar Schuhe gekauft, er hatte ihre kaputten und viel zu kleinen Schlappen nicht mehr mit ansehen können. In einer besseren Gegend Rios hatte er ihr an seinem freien Tag neue Schuhe gekauft. Sie waren nicht gerade billig und von guter Qualität gewesen. Klar, sie waren weit besser als das, was in den Favelas üblich war, doch das Mädchen sollte seiner Meinung nach etwas Anständiges haben. Die Kleine hatte ihn ungläubig angeschaut und sich riesig gefreut. Seine erfahrenen Kollegen hatten auf seine gute Tat etwas konsterniert reagiert, hatten aber nicht viel dazu gesagt. Am nächsten Tag wusste Liam, warum.

Die Kleine erschien eine Woche lang nicht in der Schule. Als sie wiederkam, sah man noch die Spuren von Gewalt in ihrem schmalen Gesicht. Striemen, die verrieten, dass sie grün und blau geschlagen worden war. Sie trug wieder ihre alten Schuhe. Ihre Eltern hatten gedacht, sie hätte das Paar gestohlen, und hatten ihr die Geschichte vom guten Lehrer nicht geglaubt – sie hatten ihr Kind strengstens bestraft. Die Schuhe wurden verkauft, wie ihm das Kind unter Tränen erzählte. Vom Erlös konnte die Familie eine ganze Weile leben.

Jedes Mal, wenn Liam in die Gesichter der Kinder seiner Klasse sah, musste er an Shania denken. Viel zu jung mussten sie wie Erwachsene denken und handeln – so wie Shania auf ihrer gnadenlosen Flucht. Seine Liebste war gerade eben fünfzehn und er konnte sie nicht einmal beschützen. Sie war knapp drei Jahre jünger als er, doch sie war ihm immer so erwachsen vorgekommen. Reifer als er selbst zuweilen. Kein Wunder, bei allem was sie offensichtlich schon in jungen Jahren mutterseelenallein hatte durchmachen und verarbeiten müssen.

In der gleichen Jahrgangsstufe waren sie damals gewesen, Shania hatte eine Klasse übersprungen und er selbst war wegen seiner vielen Umzüge einer Klassenstufe unter seinen tatsächlichen Fähigkeiten zugeordnet worden.

Natürlich hatte er das, nachdem er sich erst einmal in Shania verliebt hatte, nicht mehr korrigieren lassen wollen. Drastisch abgesackt waren seine Leistungen erst, als er nach Shanias Verschwinden wiederholt die Schule geschwänzt hatte und im Unterricht nicht mehr sonderlich aufmerksam gewesen war.

Liam stockte: Schon wieder dachte er nur an Shania und an Miami. Also hatte er auch das zweite Ziel seiner Freiwilligenaktion – von der ganzen Sache mit Shania etwas Abstand zu gewinnen – gnadenlos verfehlt. Das einzig Gute war, dass er etwas Sinnvolles tat und viel dabei lernte. Immerhin besser als Sex, Drogen, Partys, ein vertrödeltes Studium oder sogar die am Ende schmerzliche Erkenntnis, dass alles nur Zeitverschwendung gewesen war.

Eines Tages war er auf dem Weg von der Schule zu seiner Gastfamilie sogar von Wegelagerern überfallen worden. Wenn seine Mutter das erfahren hätte, hätte sie ihn höchstwahrscheinlich persönlich abgeholt und nach Hause geschleift.

Zum Glück war es glimpflich ausgegangen, er hatte ohnehin nur wenig Geld in der Hosentasche gehabt. Doch weder war ihm körperliche Gewalt widerfahren, noch fehlten ihm am Ende Ausweise oder Kreditkarten. Das Briefing der Hilfsorganisation direkt nach seiner Ankunft hatte ihn gut auf die raue Wirklichkeit hier vorbereitet.

Eigentlich hatte Liam sich vorgenommen, für ein Jahr bei ‚Help the People' zu arbeiten. Fest stand anfangs nur der dreimonatige Einsatz in Brasilien. Man hatte ihm prophezeit, dass der Freiwilligendienst seelisch belastender sei, als er sich das vorher würde vorstellen können. Wie recht sie doch gehabt hatten! Er würde froh sein, wenn die drei Monate endlich vorbei waren.

Daran änderten auch die E-Mails seines Kumpels Diego nichts. Der hatte ihm geschrieben, dass er den Kontakt mit Liam sehr inspirierend fände und es ihn freuen würde, wenn sie im nächsten Projekt gemeinsam eingesetzt würden. Diego hatte sich bereits für sein nächstes Projekt entschieden. Es ging um den Ausbau des Schulsystems auf Vanuatu. Er würde für ein Jahr dorthin gehen und hatte Liam gefragt, ob er nicht mitkommen wolle. Doch Liam hatte keine Lust. Was Diego nur immer mit Vanuatu hatte. Ließ er sich denn nur von den Bildern der schönen Strände leiten? Erst die Schildkröten – und jetzt dieses Schulprojekt!

***

Sam Mirage saß in seinem dunklen Keller, vollgestopft mit Rechnern und technischem Equipment. Auf seinem Lieblingsplatz zwischen leeren Pizzakartons und gefüllten Aschenbechern hockte er und fluchte, nachdem ihm Liam nun schon den zweiten Korb verpasst hatte.

Shania zu helfen, war weitaus einfacher gewesen. Sie war auf der Flucht, wusste um die Gefahren und kannte ihr Ziel. Sie wollte unbedingt ihre Familie finden und war geschickt im Lesen von subtilen Hinweisen. Sie war clever genug, an den richtigen Stellen misstrauisch und vorsichtig zu sein und im entscheidenden Moment zu vertrauen.

Liam dagegen erinnerte ihn an einen alten Witz aus seiner Kindheit. Der Scherz hatte in seiner Familie oft für Heiterkeitsstürme gesorgt:

Ein Hochwasser erreicht die höher gelegenen Dorfteile und die Kirche einer Ortschaft. Der Pfarrer steht vor der Kirche bis zur Hüfte im Wasser und hilft den Gemeindemitgliedern, die sich zur Kirche auf den Hügel gerettet haben, in die Rettungsboote. Er selbst lehnt es ab, dort einzusteigen. „Der Herr ist mein Hirte und wird mich erretten! Kümmert ihr euch um die Evakuierung des restlichen Dorfes!"

Wenige Stunden später steht die Kirche unter Wasser und der Pfarrer blickt besorgt aus dem Fenster der Empore, auf die er sich inzwischen geflüchtet hat. Er betet zu seinem Schöpfer, der möge das Hochwasser zurückgehen lassen. Doch es geschieht nichts dergleichen. Stattdessen steigt das Wasser weiter und reicht dem Pfarrer nun auch hier wieder bis zu den Knien.

In diesem verzweifelten Moment fährt ein weiteres Rettungsboot am Fenster vorbei und man bittet den Pfarrer, zuzusteigen. Dieser erneut: „Der Herr ist mein Hirte und wird mich erretten.

Seht ihr nach den Häusern weiter oben am Hügel – helft den Menschen dort zuerst!"

Kurz darauf ist das Wasser so angestiegen, dass dem Pfarrer nur noch bleibt, sich in den Glockenturm zu retten. Als das Wasser erneut zu ihm aufgeschlossen hat, bietet ein drittes Rettungsboot Hilfe an. Doch der störrische Pfarrer schickt es erneut davon: „Der Herr ist mein Hirte und wird mich erretten. Ihr jedoch solltet weiterfahren und sehen, ob sich nicht in den Bäumen der Wälder oberhalb des Dorfes noch Gemeindemitglieder befinden, die auf Rettung warten!"

Schließlich ertrinkt der Pfarrer. Vor seinen Schöpfer getreten, empört er sich: „Immerfort war ich dir ein treuer Diener, bis zum letzten Atemzug habe ich Gottvertrauen gelehrt und gelebt, habe die Interessen der Gemeinde immer über meine eigenen gestellt und nun das! Warum hast du mich nicht gerettet?".

Der Schöpfer legt den Kopf schief und betrachtet den Pfarrer eine Weile nachdenklich, bevor er erwidert: „Drei Rettungsboote, drei! Mein Guter, wie viele ausgestreckte Hände mehr hätte es gebraucht, um dich endlich zu retten?"

Pentecost

Shania stand an Deck, als die ‚Blue Dolphin' im Hafen von Pentecost einlief. Es war wirklich das Paradies hier. War das die ersehnte Endstation ihrer Reise? Oder hatte man ihr nur eine gute Zeit verschafft, um sie weitere anstehende Strapazen durchhalten zu lassen? Egal – je früher sie mehr erfuhr, desto besser. Ihr Gepäck hatte sie bereits bei sich. Sie beeilte sich, als eine der Ersten von Bord zu gehen. Nach allem, was sie schon erlebt und gemeistert hatte, wollte sie sich Gefahren und Herausforderungen am liebsten sofort stellen. Aufschieben brachte nichts, das hatte sie gelernt. ‚Dem Sturm ins Auge sehen und sich nicht unterkriegen lassen', das war ihr Motto geworden.

Shania fiel zunächst nichts auf, das wie eine Nachricht für sie aussah. Jemand musste sie hier erwarten, schließlich war die Passage auf dem Kreuzfahrtschiff bis hierher gebucht und bezahlt worden, ihre Ankunft war planmäßig erfolgt. Sollte sie warten oder einfach den Touristenströmen folgen? Ihre innere Unruhe siegte, sie folgte den Massen, die sie mittlerweile überholt hatten.

Kurze Zeit, nachdem sie den turbulenten Bereich verlassen hatte, kam ein Wagen mit quietschenden Reifen neben ihr zum Stehen. Noch ehe sie die Situation richtig erfassen konnte, hatte ein Mann sie schon auf die Rückbank des Wagens gezerrt. Ein zweiter hatte ihr Gepäck in Windeseile in den Kofferraum geschafft und das Fahrzeug war losgerast. Wer waren diese Kerle? Hatte die CIA sie jetzt erwischt? Shania war auf alles gefasst, ihr Herz bebte.

***

Der große Tag war gekommen. Gerade hatte Tracy erfahren, dass das Kreuzfahrtschiff mit der wertvollen Fracht planmäßig angekommen war. Sie hatte ein paar Einheimische dafür bezahlt, dass sie sich um Shanias Abholung kümmerten. Die Boten hatten das Mädchen, das mit Gepäck das Schiff verließ, sofort gesichtet. Sie sollten sie etwas abseits der Menschenmengen auflesen, auch um sicherzustellen, dass sie keine Verfolger hatte. Sie waren extrem nahe am Versteck der kompletten Familie Rodgers, Tracy hatte jede denkbare Vorsichtsmaßnahme angeordnet.

Was jetzt kam, würde nicht einfach werden, das war ihr klar. Shania erinnerte sich sicher nicht mehr an ihre frühen Kindertage in Miami, als Tracy schon einmal in der Rolle der ‚Gale' im Haus ihrer Eltern ein- und ausgegangen war. Doch sie erinnerte sich bestimmt daran, dass sie Mikes CIA-Partnerin gewesen war. Sie war die Frau, die sie mit Mike zusammen entführt hatte. Doch Shania kannte sie vor allem als Mikes Geliebte, derentwegen Elaine viele Tränen vergossen hatte.

Tracy erinnerte sich noch genau an den Tag, an dem Shania sie mit ihrem Geliebten im Ehebett von Elaine und Mike erwischt hatte. Elaine war damals mit Caithleen für drei Tage verreist und Mike wähnte Shania bei ihrer besten Freundin.

Shania war entsetzt, sie hatte beim Anblick der beiden immer wieder gebrüllt, wie widerlich sie wären. Dass Mike Elaines Tränen nicht verdiente, dass er auch Elaine nicht verdiente. Shania hatte sich trotz Mikes mehrfacher Warnung nicht im Mindesten gezügelt, hatte Tracy eine Hure genannt und Mike einen Hurenbock. Am Ende war Mike nackt zu ihr herübergesprungen und hatte sie so geohrfeigt, dass sie vor Schreck ganz still geworden war.

„Ich werde dich bis zu Elaines Rückkehr ohne Wasser und Nahrung in den Keller sperren, wenn du dich noch einmal in meine Angelegenheiten mischst!", hatte er gefaucht. Sein Tonfall ließ keinen Zweifel an der Ernsthaftigkeit seiner Drohungen. Tracy hatte sich das Laken bis zum Kinn hochgezogen, ihr war das Ganze sehr peinlich gewesen.

„Hau ab, Mistkröte", hatte Mike das zitternd erstarrte Mädchen angebrüllt. Dann hatte er sich umgedreht und war zum Bett zurückgekehrt. Er hatte Tracy das Betttuch mit einem Ruck weggerissen. Sie wusste damals, wie falsch alles war und dass sie spätestens nach dieser Szene hätte gehen müssen. Doch sie hatte sich ihm wie paralysiert hingegeben, während Shania die beiden entsetzt und unfähig zu einer Rührung angestarrt hatte. Mike war ein Barbar, er vermochte Tracy zu beherrschen wie kein anderer. Irgendwann hatte sich Shania aus ihrer Erstarrung gelöst und war aufheulend aus dem Zimmer gerannt.

Als Tracy damals das Haus verlassen hatte, saß Shania unten vollkommen teilnahmslos auf der Couch. Das Mädchen war zu dieser Zeit gerade mal zwölf Jahre alt gewesen. Tränen waren über ihr Gesicht geströmt, sie schlug ihren Kopf in einem langsamen Rhythmus gegen die Couchlehne. Es hatte ihr so leidgetan, die Kleine in diesem Zustand zu sehen. Doch sie hatte gewusst, dass sie die falsche Person war, um Trost zu spenden.

Das war leider nicht die einzige unerfreuliche Begegnung zwischen ihr und der Kleinen gewesen. Tracy bezweifelte deshalb, dass Shania sich freuen würde, sie zu sehen.

Das Klingeln ihres Handys riss sie aus ihren Gedanken.

„Hey Boss, sollen wir die Kleine direkt zur Farm bringen?"

„Auf keinen Fall! Seth und Laetizia haben Besuch von den Nachbarn. Ich möchte erst mal mit ihr reden und danach in einem günstigen Moment die Familienzusammenführung in die Wege leiten."

„Ziemlicher Aufwand für ein Mädchen, das nach dem Studienabschluss ins Ausland nachkommt, oder? Warum weiß sie nicht selbst, wie sie zu ihren Eltern kommt, und warum, verdammt, holen die ihr Gör nicht selber ab? Vermissen die ihren Spross nicht?"
„Das geht dich nichts an, ihr werdet nicht bezahlt, um Fragen zu stellen! Was ist aus der guten alten Freude an Überraschungen geworden? Die Kleine kommt früher heim als erwartet", erwiderte Tracy gereizt. Shania durfte auf keinen Fall ins Haus stürmen und mit ein paar unbedachten Worten ihre sorgsam aufgebaute Tarnung ruinieren. Tracy musste sie unbedingt zuerst treffen.
„Einen halben Kilometer vor der Miles Farm ist eine verlassene Hütte. Bringt sie dorthin, ich komme sofort."
Als Tracy die Hütte betrat, waren die Männer mit Shania noch nicht angekommen. Sie hatte kaum auf einem alten Stuhl Platz genommen, als sie draußen auf dem Kies auch schon Reifen knirschen hörte. Die Männer brachten Shania herein, sie blickte etwas verstört um sich. Doch als sie Tracy auf dem Stuhl erkannte, stieß das Mädchen einen entsetzten Schrei aus und schlug wild um sich. Die Männer waren so überrascht, dass sie für einen Moment die Kontrolle verloren. Shania nutzte diese Sekunde, drehte sich auf dem Fuß um und rannte wie besinnungslos in Richtung Miles Farm davon.
„Ihr verdammten Helden!", fluchte Tracy und wollte zu ihrem Auto zurücklaufen, als einer der Männer sie grob am Arm packte.
„Nicht so schnell, Lady! Wir wollen unser Geld, wir haben das Mädchen schließlich hergebracht. Das war der Auftrag. Für eine Familienzusammenführung hat sie auf ihre ‚Tante' ganz schön erschreckt reagiert. Da ist was faul an deiner Story! Wenn du nicht willst, dass wir plaudern, dann gibst du uns jetzt

besser sofort unser Geld."

„Ja doch!" Tracy kramte das Geld heraus und beeilte sich, zum Wagen zu gelangen. Sie ahnte, dass es bereits zu spät war.

Die Männer folgten ihr. „Du hast das Gepäck von dem kleinen Fratz vergessen!" Tracy nahm hastig die Sachen entgegen und verlud sie schnell in ihren Jeep. Als sie eilends einsteigen wollte, um Shania zu verfolgen, packte sie einer der Männer erneut am Arm.

„Wir wollen mehr Geld. Deine ganze Geschichte stinkt! Niemand von uns will doch, dass wir uns versehentlich verplappern, oder?"

„Ich habe nicht mehr bei mir!" Der Schlag ins Gesicht traf Tracy unvorbereitet.

„Lügnerin!" Tracy war unter dem Schlag in die Knie gegangen und fasste blitzschnell unter das weite Hosenbein an ihren Stiefel. Dort hatte sie immer eine kleine Waffe versteckt. Doch ihr Gegenüber war nicht so unbedarft wie erhofft. Noch ehe sie das Ding richtig ziehen konnte, riss er ihre Hand samt Waffe hoch und feuerte in die Luft, bis die kleine Pistole leer war.

„Sei froh, dass ich nicht auf dich geschossen habe, ich hätte gute Lust dazu! Wir sind nämlich auch bewaffnet. Und deine Geschichte ist erstunken und erlogen! Was hast du mit dem Mädchen vor? Das ist nicht die Tochter der Miles, oder? Verkaufst du sie als Sex-Toy? Machst du sie heimlich zur Organspenderin? Oder ist sie doch das Töchterchen und du willst ihre Eltern erpressen? Fragt sich doch nur, wer du eigentlich bist! Woher kennt Steffy dich und warum hat sie so eine Heidenangst vor dir? Schluss jetzt mit den Spielchen! Wo hast du mehr Geld?"

„Im Wagen."

Tracy gab den beiden ihre stille Reserve aus dem Handschuhfach. Die beiden fuhren davon. Sie hatten einen guten Tag gehabt.

Mehr als das Geld, das langsam knapp wurde, ärgerte Tracy der

Vorsprung, den Shania inzwischen hatte. Sie mochte sich nicht ausmalen, was auf der Farm ablief. Falls Shania nicht gerade am Haus ihrer Eltern vorbeigerannt war, dann würde es jetzt erst einmal ein großes Hallo geben.

Sie wusste nicht, was das geringere Übel wäre: Wenn der kleine Drachen bei seinen Eltern gelandet war und die Tarnung, die sie mühsam aufgebaut hatte, Risse bekommen hatte; oder wenn sie am Ende sogar an der Farm vorbeigerannt war. Dann hätte sie das zweifelhafte Vergnügen, diesen Schlawiner auf der ganzen Insel zu suchen. Wo sollte sie da anfangen? In den Wäldern? Shanias Geld würde nicht ewig reichen, sie könnte auch nirgendwo als Touristin unter falschem Namen absteigen. Pentecost war nicht groß, die Gerüchte um ihre Person würden sich rasch verbreiten.

Falls Shania die Insel ganz verlassen würde, könnten sie und ihre Eltern nie wieder zusammenfinden. Verdammt! Warum musste es so schwer sein, etwas Gutes zu tun? Sie musste sich beeilen. Je eher sie eingriff, desto besser.

Mike hatte in der Anfangszeit ihrer Zusammenarbeit ab und an ihr unprofessionelles, von allen Standards der CIA abweichendes Agieren belächelt. Manchmal war er richtig verärgert darüber gewesen und hatte geflucht, es sei eine Plage, mit Laien arbeiten zu müssen. Sie hatte ihn in diesem Punkt nie verstanden, konnte ihn aber damals immer mit Sex besänftigen. Sie hatte später einige CIA-Spezialschulungen besucht und sich steigern können. Es schmerzte sie höllisch, jetzt an Mike zu denken.

Seit sie mit dem Rodgers-Clan durchgebrannt war, wusste sie nur zu gut, was er gemeint hatte. Diese Familie war eine Heimsuchung. Eine tickende Zeitbombe. Zu Zeiten, als man sie nur im Visier hatte, waren sie schon nicht einfach gewesen. Mike hatte selbst oft genug darüber geflucht. Doch wenn man direkt mit ihnen kooperieren musste, waren sie unberechenbar. Eine einzige Zumutung!

Glücksmoment

Es war einer der wenigen schönen Tage in einer angespannten Zeit auf Vanuatu. Das Wetter war wunderbar, in den Herzen der Familie Rodgers strahlte zumindest vorübergehend einmal die Sonne. Ein Besuch aus der Nachbarfamilie hatte sie über den Vormittag aufgeheitert und abgelenkt. Mit ihren neu gewonnenen, einheimischen Freunden konnten sie natürlich nicht über ihre Vorgeschichte reden, doch immerhin sprachen sie mit jemandem – wenn auch nur über ihr fiktives Leben in Australien. Jeff und Lisa hatten die ‚Seth und Laetizia-Story' inzwischen perfekt trainiert. Hätten sie es nicht besser gewusst, hätten Romeo, Richard und sogar Tracy ihnen die romantische Geschichte vom Beginn ihrer Liebesgeschichte im Outback beinah selbst geglaubt. Die Nachbarn waren gerade gegangen, Lisa räumte im Haus auf, Jeff ging nach draußen, um nach den Tieren zu sehen.

***

Während sie durch die unbekannte Landschaft flüchtete, rasten die Bilder der vergangenen Stunden wie ein Film vor Shanias innerem Auge ab. Sie hatte die Fahrt mit unbekanntem Ziel in Begleitung fremder, finster dreinblickender Männer mit äußerst gemischten Gefühlen durchgestanden. Keiner der beiden Kerle hatte mit ihr gesprochen. Sie hatte die beiden vorsichtig von der Seite gemustert –unangenehme Typen. Waren das etwa ihre stillen Helfer? Oder hatte sie sich endgültig von der CIA erwischen lassen? Ihr war heiß und kalt geworden. Es war ihr nichts übrig geblieben, als zitternd abzuwarten.

Endlich hatte der Wagen vor einer abgelegenen Hütte gehalten. Die Männer hatten sie grob aufgefordert, auszusteigen und hatten ihr bedeutet, ihr Gepäck im Wagen zu lassen. Womöglich nur eine kurze Zwischenstation. Seltsam. Kaum war sie ausgestiegen, hatten die beiden Männer sie auch schon rechts und links gepackt und in die düstere Hütte geschleppt. Dann der Schreck auf den ersten Blick, sie war wie erstarrt gewesen, so als hätte sie dem Leibhaftigen selbst ins Gesicht geschaut. Eine üble Überraschung hatte da auf sie gewartet. Im Halbdunkel hatte die Person auf einem Stuhl gesessen, die sie am wenigsten hatte wiedersehen wollen. War sie etwa vollkommen sinnlos um die halbe Welt gerannt? War es nur eine Frage der Zeit gewesen, bis die mächtige CIA sie endgültig gefunden hatte? War etwa alles umsonst gewesen? Es war eine ganze Batterie von Fragen gewesen, die ihr nahezu gleichzeitig durch den Kopf geschossen waren.

Für einen flüchtigen Moment war Shania auch die Erinnerung durch den Kopf gezuckt, dass es in den letzten Minuten von Mikes verfluchtem Leben so geklungen hatte, als hätten er und Tracy Differenzen gehabt. Sie hatte den Gedanken aber sofort wieder verworfen, wie war sie überhaupt darauf gekommen? Sicher nicht der passende Moment, um über verkorkste Beziehungen nachzudenken. Fakt war: Tracy war definitiv eine CIA-Agentin. Sie war eine ihrer erbittertsten Jägerinnen.

Shania hatte den Überraschungseffekt genutzt und ihre zweifelhaften Chauffeure mit schnellen, groben Kinnhaken nach rechts und links überrumpelt. Nach einer kleinen Rangelei hatte sie auf dem Fuß kehrt gemacht und war blind drauflos gerannt. ‚Nur rennen, nicht umsehen, nur rennen', hämmerte es in ihrem Kopf. Shania wollte gar nicht erst darüber nachdenken, ob die Männer, die sie gefahren hatten, auch zur CIA gehörten. Sie war nicht so weit gekommen, um jetzt dem Geheimdienst in die Hände zu fallen! Nein, das konnte und durfte nicht sein! Shania schnappte nach Luft, ihr Bauch wurde hart und schmerzte. Sie durfte nicht aufhören, um ihr Leben zu rennen! Ihr wurde übel und schwindelig. Sie musste sich jetzt zusammenreißen und durchhalten. Nicht auszudenken, was geschähe, wenn die CIA sie schnappen würde, wie Mikes Kollegen ihr Fortlaufen quittieren würden. Mit Sicherheit würden sie sie diesmal nicht in einer netten Gastfamilie unterbringen. Shania wollte lieber gar nicht erst wissen, was man heutzutage mit Entflohenen wie ihr anstellte.

Also rannte und rannte sie – das Gefühl, jeden Moment umzukippen, wurde übermächtig. Sie nahm eine kleine Kurve. Plötzlich wurde der Blick frei auf ein Dorf, nur wenige hundert Meter entfernt. Vor dem Ortseingang lag eine Farm im Sonnenschein. Vermutlich gehörten die Felder, die die Straße bis hierher gesäumt hatten, zu diesem schindelgedeckten Holzhaus, das deutlich größer und stabiler wirkte als die umliegenden Hütten des Dorfes, deren Wände aus getrockneten Palmblättern gewebte Matten bildeten. Nicht weit, seitlich versetzt hinter dem Farmerhaus, lag ein Waldstück. Sie musste nur noch ein Weilchen durchhalten. Sie würde einfach quer über das Farmgelände rennen und gleich danach im Wald verschwinden. Dort wäre sie fürs Erste sicher.

Noch hörte sie kein Auto hinter sich. Das Schicksal musste ihr einfach noch einen Moment lang gewogen bleiben.

Plötzlich ertönten sechs Schüsse aus der Ferne, Shania zuckte zusammen. Bestimmt hatte Tracy die Männer, mit denen sie gekommen war, getötet! Irgendetwas musste schiefgelaufen sein.

Shania fühlte sich so miserabel, dass sie sich am liebsten an den Straßenrand gesetzt und geheult hätte. Die Verbindung zu ihrem unbekannten Helfer war gekappt. Wozu weiter kämpfen? Ohne ihren stillen Verbündeten würde sie ihre Eltern nie finden. Warum nicht einfach aufgeben? Einzig die Angst vor ihren Verfolgern half ihr, die Strapazen weiter durchzuhalten. Sie rannte weiter über die Felder. Sie würde es schon schaffen. Irgendwie. Erst einmal im Wald verstecken. Dann würde ihr schon ein Plan einfallen. Sie war doch schon so weit gekommen. Wenn es einen Gott gab, dann musste er ihr jetzt beistehen! Sie hatte das Farmerhaus fast erreicht. Nicht mehr lange! Der Schmerz in ihrem Bauch ließ langsam nach. Doch sie hatte sich zu früh gefreut. Denn genau in diesem Moment schwang die Tür der Farm auf. Was sie jetzt am wenigsten brauchte, waren Augenzeugen! Sie blickte kurz in Richtung der Gestalt, die soeben ins Freie trat. Etwas an diesem Mann kam Shania erstaunlich bekannt vor. Sie schüttelte den Eindruck ab, rannte weiter – es spielte einfach keine Rolle, sie kannte ganz sicher keinen ‚ni-Vanuatu', wie man die Einheimischen hier nannte.

Der Mann trat unter der überdachten Veranda hervor und war bei ihrem Anblick mindestens genauso fassungslos wie sie selbst. Das konnte doch nicht wahr sein! Shania verlangsamte ihr Tempo und begann keuchend zu lachen und gleichzeitig zu weinen. Sie vergaß alles um sich herum, sie vergaß, dass sie auf der Flucht war. Denn es gab definitiv einen Gott!

***

Als Jeff unter der überdachten Veranda hervortrat, war ihm, als erschiene ihm eine Fata Morgana. Als käme ihm eine zweite, deutlich verjüngte Version seiner Lisa entgegen. Die junge Frau, die eben noch gerannt war wie ein geölter Blitz, verlangsamte bei seinem Anblick spürbar ihren Schritt. Der gehetzte Gesichtsausdruck des Mädchens wich einer ungläubigen Miene. Er wandelte sich schließlich in ein Weinen und Lachen, das immer lauter wurde. Sie fing an zu winken und rief: „Dad! Daddy! Was macht ihr hier? Ich habe euch überall gesucht! Sind Mum und Chiara im Haus? Ihre Worte überschlugen sich, mittlerweile war sie fast atemlos vor ihm zum Stehen gekommen und strahlte ihn unter Tränen an.

„Nun sieh mich nicht an wie ein Gespenst! Gib deiner Tochter lieber einen Kuss!" Sie legte den Finger zitternd vor Aufregung auf die Wange und streckte sie ihm entgegen, ganz so, wie sie es als Kind immer getan hatte, bevor sie ihnen entrissen worden war.

„Gibt es hier auch ein Zimmer für mich?" Sie lachte und weinte, sie konnte all das nicht fassen.

Jeff war unfähig, auch nur ein Wort zu sagen, er hatte das Gefühl, den Boden unter den Füßen zu verlieren. Er begriff fast wie in Zeitlupe, dass Shania leibhaftig vor ihm stand! Mechanisch hob er die Arme, bevor alle Dämme brachen. Er riss seine Tochter an sich und küsste sie ungestüm auf beide Wangen. Er hielt sie so fest in den Armen, dass ihr beinah die Luft wegblieb. Endlich zu Hause angekommen! Freudentränen kullerten über die Wangen ihres Vaters, während er ihr blondes Haar streichelte. „Du bist wieder da, Engel! Wir lieben dich unendlich! Du hast uns so gefehlt. Du hast ja keine Ahnung, wie sehr!"

Die aufgeregten Stimmen vor dem Haus trieben jetzt auch Lisa an die Haustür. Als sie erfassen konnte, was geschehen war, fiel ein fast vergessenes Strahlen über ihr Gesicht. Nie mehr nach Lees Tod hatte Jeff einen solch glücklichen Gesichtsausdruck bei Lisa gesehen. Ihr entfuhr ein Schrei und sie lief weinend auf Vater und Tochter zu. Chiara kam ebenfalls aus dem Haus gestürmt und die ganze Familie Rodgers hielt sich nur wenige Sekunden später fest im Arm. Alle weinten und lachten vor Freude, sie konnten ihr Glück nur langsam fassen.

Es war Jahre her, dass Shania das letzte Mal so geherzt und mit Küssen übersät worden war. Sie entspannte sich langsam in den Armen ihrer überglücklichen Eltern und fühlte sich endlich wieder als das Kind, das sie immer noch war.

Die Heimkehrerin bemerkte den Jeep, der im Schritttempo die Auffahrt hochfuhr, als Erste. Sie begann zu zittern. „Nein, oh bitte nein!" Sie wurde blass, ihr schwindelte und nur ein beherzter Griff ihres Vaters verhinderte eine herannahende Ohnmacht. „Ich wollte die CIA nicht hierher führen ... bitte verzeiht mir! Ich wollte euch doch nur wiedersehen! Ich bin ein Fluch für alle, die mir lieb sind!" Sie stammelte unverständliche Worte und schluchzte in einem fort. Lisa nahm ihre Tochter fest in die Arme.

„Keine Angst, Kleines, du bist zu Hause und in Sicherheit. Jetzt passen wir endlich wieder auf dich auf, so, wie es all die Jahre hätte sein sollen. Die Lady im Auto ist doch nur Tracy! Sie hat die Seiten schon vor längerer Zeit gewechselt und uns alle gerettet! Alles ist jetzt gut!"

Shania zögerte, beruhigte sich dann langsam und schließlich gingen alle zusammen ins Haus.

Es wurde eine lange Unterhaltung an einem mehr als glücklichen Tag, an dessen Ende Shania todmüde ins Bett fiel. Endlich konnte sie ihrem Herzen Luft machen und alles erzählen. Davon, wie sie keinen anderen Ausweg gesehen hatte, als die arme Nonne bewusstlos zu schlagen und den jungen CIA-Agenten, dessen Namen sie nicht kannte, in Notwehr zu erschießen. Die Schuld lastete noch immer schwer auf ihr. Dass sie nun darüber reden konnte, half ihr ein wenig.

Es war für sie eine Wohltat, sich alles Erlebte und Erlittene von der Seele zu reden. Zu schildern, wie geschockt sie immer gewesen war, wenn Mike zugeschlagen hatte, und wie sehr es sie getroffen hatte zu sehen, wie brutal und gefühlskalt er seine

Frau Elaine behandelt hatte. Sie konnte endlich das Entsetzen aussprechen, das sie empfunden hatte, als Mike sie bis zu seinem schrecklichen Tod fest im Arm umklammert hatte. Shania schilderte die durchlebte Todesangst, als sie dachte, dass Mike sie umbringen würde; den schrecklichen Moment, als er sich schließlich selbst auf so grausame Weise das Leben nahm.

Shania hatte erfahren, was ihre Familie in den letzten vier Jahren erlebt hatte. Sie war erstaunt, wie groß ihre kleine Schwester Chiara geworden war, wie sehr die anderen über ihre recht frauliche Gestalt staunten. Vor allem aber konnte sie sich endlich wieder an ihre Eltern ankuscheln und sich wie ein Kind fühlen, als sie über die Ängste, die ständiger Begleiter auf ihrer Reise ins Ungewisse gewesen waren, sprach. Endlich war ihre Welt wieder in Ordnung.

Tracy hätte sie hier nicht wirklich treffen wollen, doch sie rechnete ihr hoch an, dass sie ihre Familie gerettet und schließlich auch sie selbst hierher geholt hatte. Sie nahm sich vor, ihr zu gegebener Zeit zu vergeben und einen Neuanfang mit ihr zu versuchen.

Shania war überrascht von der Erkenntnis, die Beziehung zwischen Tracy und Mike so sehr unterschätzt zu haben. Schon bei Mikes todesnahem Monolog hätte ihr das eigentlich klar sein müssen. Doch jetzt, als sie Tracy aufschluchzen hörte, während sie von Mikes letzten Minuten berichtete, fiel es ihr wie Schuppen von den Augen. Mehr noch als er Elaine betrogen hatte, hatte Mike immer sich selbst und Tracy betrogen. Sie hatten einander wirklich geliebt und waren alles ganz falsch angegangen. Weder Mike noch Tracy waren die zähen, kalten Hunde gewesen, wie sie es so oft vorgegeben hatten.

Nun machte Mikes Verzweiflungstat wirklich Sinn. Er hatte gar nicht nur beruflich eine vernichtende Schlappe eingestrichen. Er hatte die große Liebe seines Lebens einmal zu oft verraten – und dafür am Ende die Quittung erhalten. Er hatte Tracy für immer verloren.

Aus zwei mach drei!

„Wer ist eigentlich der Vater– und wann möchtest du uns endlich von dieser Kleinigkeit erzählen?" Es klang wie eine beiläufige Frage, Lisa tippte sanft auf den leicht gewölbten Bauch ihrer Tochter. Shania traf die Frage wie ein Blitz aus heiterem Himmel. Sie war aufgewacht, weil sie ihre Mutter unten mit dem Frühstücksgeschirr hatte hantieren hören. Wegen der Aufregungen der letzten Wochen hatte sie ohnehin nicht lange schlafen können. Kaum war sie aufgestanden, hatte sie sich wieder übergeben müssen. Seltsam eigentlich, jetzt wo sie in Sicherheit war. Sie war fast noch im Halbschlaf gewesen, als sie die Treppe hinabstieg und ihre Mutter sie mit dieser etwas unvermittelten Frage überraschte.

„Wie meinst du das, Mum? Ich bin doch nicht schwanger!"

„Wann hattest du denn deine letzte Periode? Ich bin dreimal Mutter geworden und wenn ich mir deinen Körper so ansehe und bedenke, dass ich dich gerade oben habe erbrechen hören, bin ich mir eigentlich sicher, dass du schwanger bist."

„Meinst du wirklich, Mum? Ach du lieber Himmel! Es gibt da einen Jungen, Mum. Er heißt Liam. Ich liebe ihn wirklich! Du hast schon recht, ich erinnere mich gar nicht mehr an meine letzte Periode, das ist sicher schon zwei Monate oder noch länger her. Oh mein Gott! Ich als Mutter? Ich bin doch noch viel zu jung, Mum! Wenn Liam doch nur bei mir wäre."

Tränen rannen über Shanias verstörtes Gesicht, sie war überwältigt von der Woge ihrer widerstreitenden Gefühle.

„Schon gut, mein Kleines. Wir sind doch da. Wir freuen uns doch darauf, Großeltern zu werden und gemeinsam schaffen wir das schon. Bestimmt kriegen wir das mit deinem Liam auch irgendwann hin und er kann mit uns hier leben, wenn er

das möchte."
Lisa drückte ihre Tochter zärtlich an sich. Shania fühlte sich geborgen wie lange nicht mehr. Ihre Mutter war einfach ein Engel.
„Großeltern? Wer? Wir?" Jeff stand verschlafen und mit fragendem Blick auf der Treppe.
„Ich schätze, das werden wir, Liebling. Schau dir unsere Tochter doch mal genauer an!"
Tracy erschien ebenfalls oben in der Tür, sie hatte das kleine Geheimnis durch den kleinen Aufruhr am frühen Morgen auch erfahren. „ So eine Überraschung! Ich dachte es mir gestern schon! Liam sucht dich ohnehin überall, also bereiten wir doch gleich die nächste Geheimreise vor, oder? Shania, ich habe hier noch einen Ausdruck von seiner neuesten E-Mail an dich. Ich hätte dir das alles gestern schon gegeben, wenn du es nicht vorgezogen hättest, meine Gehilfen zu verprügeln und kopflos davonzurennen. Später haben wir alle so viel erzählt, dass ich seine Mail ganz vergessen habe, entschuldige bitte!"
Shania blickte nach oben und lächelte schief: „Du musst zugeben, ich hatte nicht unbedingt Grund, dir zu vertrauen. Ich konnte ja nicht wissen, dass du meine ganze Reise nach Hause arrangiert hast."
Shania las ihre Mail, Glückstränen stiegen ihr in die Augen. Sie und Liam –verheiratet! Das klang romantisch! Würde er sich auch freuen zu erfahren, dass sie ungeplant bereits einen Schritt weiter waren, als er momentan wahrscheinlich dachte? Dass sie schon sein erstes Kind unter dem Herzen trug? Es war vielleicht etwas früh, aber wenn er sich vorstellen konnte, sie zu heiraten, dann war der genaue Zeitpunkt für das erste Kind vielleicht nicht ganz so wichtig. Sie hatten sich früher einmal über eigene Kinder unterhalten. Beide waren sich einig gewesen, dass sie sich eine Familie wünschten. Am liebsten

sogar mit vier oder fünf Kindern.

Das unstete Dasein, das Clarice Liam aufgezwungen hatte, hatte mit dazu beigetragen, dass ihr Sohn sich für seine Zukunft ein ganz anderes Leben wünschte. Shania war zusammen mit Lee und Chiara so glücklich bei ihren Eltern aufgewachsen, dass sie sich ein Leben ohne Kinder nicht vorstellen konnte. Bei Mike und Elaine hatte sie durch ihre brutale Entführung das krasse Gegenteil einer intakten Familie kennengelernt. Ihr war vor allem durch die einsamen Jahre nach ihrer Entführung klar, was sie für ihre eigene Familie später wollte.

Sie nahm sich vor, in der kommenden Zeit vor allem zur Ruhe zu kommen. Ihr gemeinsames Kind hatte in den letzten Wochen eine gehörige Menge schädlicher Stresshormone abbekommen. Wenn sie tatsächlich ein Kind von ihrem Liam unter dem Herzen trug, wollte sie es keinesfalls verlieren. Sie wusste nicht einmal, ob sie ihn je wiedersehen würde – bei dem Gedanken wurde ihr wieder schwer ums Herz. Ihr eigener Weg hierher war voller Gefahren gewesen, in Frankfurt wäre sie trotz aller Vorsicht beinahe erwischt worden. Sie würde in wenigen Monaten jeden Tag in die Augen eines kleinen, ganz vollkommenen Menschen sehen, in dem ein Stück von Liam weiterleben und immer bei ihr sein würde.

„Lasst uns erst mal frühstücken auf den Schrecken! Bevor ich mich für den Rest des Tages auf die Veranda in den Schatten lege und mein Baby nach all der Aufregung zur Ruhe kommen lasse." Lachend raffte sie sich auf und umarmte die zukünftigen Großeltern, die kaum glauben konnten, dass ihr Leben innerhalb weniger Stunden mal wieder völlig auf dem Kopf stand. Sie durften wieder Eltern sein für ihre Tochter – und Großeltern obendrein! Es war, als sei endlich die Sonne aufgegangen für die Rodgers, hier im Südseeparadies Vanuatu.

Während sich Shania nach dem Frühstück auf der überdachten

Veranda ausruhte, suchte Jeff das Gespräch mit seiner Frau: „Schatz, sie ist gerade mal vierzehn. Ist es nicht etwas früh für ein eigenes Kind? Ich mache mir Sorgen um Shania!"
„Nun ja, was ihr Alter angeht, hast du sicherlich recht. Körperlich ist sie vierzehn Jahre alt. Immerhin ist eine junge Frau in ihrem Alter rein körperlich bereits in der Lage, ein Baby auf die Welt zu bringen. Geistig-seelisch ist unsere Shania längst keine vierzehn mehr, sie ist von ihrer Entwicklung her deutlich älter. Bedenke, was sie alles durchmachen musste! Sie musste sehr früh denken und handeln wie eine Erwachsene. Ich mache mir wenig Sorgen, dass sie ihrer Mutterrolle nicht gerecht werden kann. Wir sind ja auch noch da. Sie wird eine liebevolle Mutter werden, du wirst sehen. Und wir werden Großeltern! Ich freue mich so!" Lisa umarmte den werdenden Großvater stürmisch, dann fuhr sie in ernstem Ton fort: „Ich bin mir sicher, sie kennt die Option eines Schwangerschaftsabbruchs, doch sie sieht mir nicht so aus, als würde sie das in Erwägung ziehen. Sieh nur, wie glücklich sie aussieht! Sie liegt da draußen, streichelt ihren Bauch und strahlt über das ganze Gesicht! Ich habe diesen Blick während dreier Schwangerschaften im Spiegel gesehen und ich kann dir aus eigener Erfahrung sagen, dass sich die Frage, ob das Baby ausgetragen wird, in vielen Fällen nicht wirklich stellt."

„Ja natürlich, mein Schatz, da hast du recht. Das ist auch ganz sicher nicht das, was mir gerade durch den Kopf geht. Ich sehe ja, wie sehr du dich schon auf deine Großmutterrolle freust und ich würde auch gerne wieder Babylachen im Haus hören. Allerdings wäre es mir lieber, wir wären noch in den USA oder in Deutschland, vor allem wegen der medizinischen Versorgung – gerade bei einer Teenie-Schwangerschaft."

„Jeff, die Menschen hier bekommen auch Kinder. Sie sind vielfach viel jünger als die Mütter in Deutschland. Einige sind

sogar in Shanias Alter. Das wird schon!"
„Was ist mit einer Ausbildung für Shania?" Jeff plagte sich mit Zukunftssorgen.
„Shania ist eine kluge junge Frau. Was sie wirklich zum Leben braucht, können wir ihr beibringen. Ich glaube, hier auf Vanuatu kann sie auch ohne Zeugnisse und Zertifikate eine Anstellung finden. Außerdem bleibt zu hoffen, dass der Kindsvater, dieser Liam, bald an ihrer Seite ist. Tracy lässt schon alle Kontakte spielen, damit das gelingt. Man weiß ohnehin nie, wohin einen das Leben einmal treiben wird – niemand weiß das doch besser als wir, oder? Lass uns also keine Probleme schaffen, wo es keine gibt. Sie soll in Ruhe ihr Kind bekommen und dann sehen wir weiter. Sie ist blutjung und für uns alle steht schließlich noch nicht fest, ob diese Insel überhaupt unsere letzte Station ist."
Jeff schien erleichtert, er seufzte befreit. „Du hast wie immer recht, mein Schatz. Im Beruf ist es vielleicht nützlich, immer drei Schritte im Voraus zu denken. Privat macht einen das nur wahnsinnig. Was ist das eigentlich für ein Kerl, der meine minderjährige Tochter schwängerte?"
Lisa brach in lautes Lachen aus. „Jeff, ich muss mich über dich wundern! Ich kann mich nicht erinnern, dass du mich in unserer ersten gemeinsamen Nacht in Grünwald gefragt hättest, ob ich verhüte!"
„Das ist unfair, Lisa! Ich hatte ja nicht geplant, an diesem Abend mit dir zu schlafen! Im Gegenteil – wenn mir jemand noch zwei Stunden früher gesagt hätte, ich würde dich am selben Abend noch küssen, hätte ich ihn ausgelacht. Du warst eine unerreichbare Göttin für mich. Dann auf einmal ist alles einfach so passiert. Als sei es das Natürlichste auf der Welt gewesen. Und wenn ich dich damals geschwängert hätte, hätte ich auch dafür gerade gestanden."
Lisa lächelte, ließ sich in Jeffs Arme sinken und küsste ihn

zärtlich. „Ich weiß, mein Schatz. Aber wer sagt denn, dass Liam das nicht auch tun wird?"

„Mag sein, es ist aber doch etwas anderes. Schließlich warst schon über zwanzig. Shania ist erst vierzehn."

Lisa lächelte Jeff an und seine Bedenken zerstreuten sich langsam. Seine Lisa so glücklich! Sie beide bald Großeltern! Fast schien es, als seien sie langsam wieder auf der Sonnenseite des Lebens angekommen. Und das nicht nur geographisch.

Die Familie Rodgers alias ‚Miles' genoss die nächsten Wochen in vollen Zügen. Sobald Shania sich richtig ausgeruht hatte, sie sich gegenseitig alles über die letzten vier Jahre erzählt hatten, planten sie einen Ausflug auf den höchsten Berg von Pentecost, den Mount Vulmat. Sie besuchten das spektakuläre ‚Land Diving' der Eingeborenen. Es ähnelte dem weitverbreiteten Bungee-Jumping, allerdings war die Distanz zum Boden wesentlich geringer. Das Absprung-Gerüst war aus Holz gefertigt, das unter dem Gewicht des fallenden Springers etagenweise nachgab. Das „Seil" bestand aus Lianen, ein aufregender Freizeitspaß, der für die Schwangere natürlich tabu war – ohnehin übten es nur die männlichen Eingeborenen als eine Art Ritus aus. Je höher die Plattform, von der sie absprangen, umso größer die Bewunderung durch die Zuschauer und vor allem die Zuschauerinnen.

Sie unternahmen traumhafte Ausflüge auf einige wenige andere Inseln des Staates Vanuatu. Besonders der Ausflug nach Tanna mit dem aktiven Vulkan Mount Yasur beeindruckte Shania tief. Sie hätte noch stundenlang weiter neben ihrem Vater stehen und in den Krater starren können. Das Naturspektakel raubte ihr den Atem. Die Lavabecken wenige hundert Meter unter ihr brodelten unablässig und muteten an wie das Tor zur Hölle. In kurzen und unregelmäßigen Abständen grollte der Berg donnernd oder spie ein Lavafeuerwerk hoch in die Luft.

Wie klein und vergänglich man als Mensch doch war und wie gewaltig die Natur! ‚Wir sind auf diesem Planeten nur geduldet', schoss es ihr unvermittelt durch den Kopf. Im selben Moment fing sie einen besorgten Blick ihrer Mutter auf: „Du denkst, ich sollte nicht hier sein?", fragte Shania, die die Gedanken ihrer Mutter lesen konnte.

„Um ehrlich zu sein, ja", gab Lisa etwas zögerlich zu. „Weißt du, ich habe bisher nur in Europa und den USA gelebt und wenn ich eines sicher weiß, dann dass man in keinem der Länder Menschen so nah an dieses Naturschauspiel heranlassen würde; die Natur ist doch einfach unberechenbar. Dazu noch der ganze Schwefelgeruch und die Asche in der Luft. Ich weiß, ich habe den Ausflug hierher vorgeschlagen, weil ich wusste, dass es ein großer Traum deines Vaters war, und nun möchte ich natürlich nicht alles verderben. Doch ich hätte vorher darüber nachdenken sollen und es vielleicht noch um ein paar Jahre verschieben sollen. Allerdings habe ich schon von so vielen gehört, dass Touristen zuweilen sogar Kleinstkinder mit nach hier oben bringen – ich habe gar nicht weiter drüber nachgedacht, ob das gefährlich sein könnte, insbesondere für eine Schwangere wie dich. Ich bin es noch viel zu sehr gewohnt, in Ländern zu leben, in denen alles, aber auch alles geregelt und doppelt und dreifach abgesichert ist. Ich sehe deinen Vater und dich regungslos vor Faszination in den Krater starren und kann es gut nachempfinden; auch mich fasziniert dieses Feuerwerksspektakel. Aber offen gestanden wäre ich seit der ersten größeren Explosion am liebsten sofort davongerannt, ich kann nicht mehr hinsehen. Es kommt immer so unvermittelt. Im einen Moment blubbert es nur und im nächsten schießt die Lava mit brachialer Gewalt in rasendem Tempo fast bis zu uns hoch."

Shania nickte ihrer Mutter zu, gab ihrem Vater kurz Bescheid und wandte sich dann zum Gehen. Jeff blieb noch eine Weile, bis die ganze Gruppe das Schauspiel verlassen musste, aber Chiara schloss sich ihrer Mutter und Schwester direkt an. Auch ihr war das Herz fast in die Hose gerutscht.

Zurück in den Yasur View Bungalows am gegenüberliegenden Hang, mitten im grünen Dschungel, saß Shania am nächsten Morgen mit einer Tasse Tee in der Hand auf dem Balkon der einfach gestalteten, landestypischen Unterkunft. Der Sonnenaufgang über dem rumorenden Vulkan, der sich in seiner aschgrauen Gestalt mit der Mondlandschaft zu seinen Füßen so völlig von der blühenden Vegetation rundherum unterschied, bot von hier einen atemberaubenden Anblick. Sie war im Paradies. Es war ein guter Ort für eine entspannte Schwangerschaft. Ein hervorragender Ort überdies, um die Schrecken der letzten Jahre langsam zu verkraften. Der beste Ort vor allem, um ein Kind voller Liebe großzuziehen. Die ‚ni-Vanuatu' hatte Shania inzwischen schätzen und lieben gelernt. Sie waren ein friedfertiges, glückliches und sehr aufgeschlossenes Volk. Die opulente und gewaltige Natur Vanuatus hier oder auch die traumhaften Strände auf der Insel Espiritu Santo, die sie kürzlich genossen hatten, waren einfach nur beeindruckend. Ihr Glück wäre vollständig gewesen, wenn der Vater ihres ungeborenen Kindes an ihrer Seite gewesen wäre. Sie wollte das alles hier so gerne mit ihm teilen. Es wäre ein Traum gewesen, mit ihm im glitzernd weißen Sand am einsamen Champagne Beach spazieren zu gehen oder in Port Olry im Strandrestaurant mit Blick auf die türkis-schillernde See das Mittagessen zu genießen.

Mit dem Fortschreiten von Shanias Schwangerschaft wurden die Ausflüge der Familie seltener. Sie half bei leichten Farmarbeiten, ab dem sechsten Monat begann sie sich gänzlich auf eine ruhige Schwangerschaft zu konzentrieren. Eine gute medizinische Betreuung ihrer Tochter war Lisa als werdende Großmutter wichtig. Ließ sie ihre Tochter sonst in Ruhe, war sie hier unnachgiebig. Sie hatte sich geschworen, dass Shania in der Privatklinik von Port Vila entbinden würde. Es war ein für hiesige Verhältnisse vergleichsweise gut ausgestattetes Krankenhaus, dem sie vertraute. Die Touren zu den Vorsorgeuntersuchungen in dieser Klinik waren für die Hochschwangere allerdings nicht ganz stressfrei. Da die Flugplätze in der näheren Umgebung nicht oft bedient wurden, ging die Reise meist über den Hafen von Pangi im Südwesten von Pentecost. Ein Gutes, fand Shania, hatten die Ausflüge nach Port Vila. Sie hatte im Wartezimmer eine gleichaltrige Einheimische, Nayla, kennengelernt, die dort mehrmals in der Woche auf ihre dialysepflichtige Mutter wartete. Jeder Besuch auf Port Vila schloss seither immer auch einen Besuch bei Nayla ein, den Shania sehr genoss. Obwohl sie inzwischen auch in ihrem Dorf ein paar gleichaltrige Freundinnen hatte, fühlte sie sich Nayla besonders verbunden, ohne dass sie hätte sagen können, woran das lag.

***

Tracy schlug sich immer noch mit dem Problem herum, Liam sicher nach Vanuatu bringen zu müssen, ohne der CIA den Aufenthaltsort der meistgesuchten Familie auf dem Silbertablett zu präsentieren. Shania zu ihrer Familie zu bringen, hatte sie eine Menge Geld gekostet. Mit der Farm erwirtschafteten sie nur geringe Gewinne, die sich auf eine Menge Köpfe verteilten. Sie waren fast pleite, eine bittere Erkenntnis. Eine Aktion wie die Zusammenführung mit Shania konnte sie nicht noch einmal starten, sie würde sich etwas anderes einfallen lassen müssen.

Sie sprach vorerst nicht mit den Rodgers über ihre Sorgen. Nachdem sie Shania sicher nach Vanuatu gelotst hatte, waren ihre Schützlinge der irrigen Meinung, Tracy würde wie selbstverständlich eines Tages von einem ihrer Spaziergänge zusammen mit Liam zurückkehren. Manchmal lastete dieser Druck so sehr auf Tracy, dass sie erwog, einfach abzuhauen. Doch ohne ihren professionellen Beistand würden die Rodgers sicher eines Tages ihre Tarnung ruinieren. So blieb es dabei, dass jeder das Thema möglichst mied. Tracy, weil sie keine guten Neuigkeiten hatte, und Shania und die anderen, weil sie irgendwie hofften, dass Liam schon bald wie von Geisterhand um die Ecke käme. Niemand wollte sich einer ehrlichen Antwort Tracys stellen.

Gerade Lisa und Jeff wussten nur zu gut, wie es sich anfühlte, nicht nur zu ahnen, dass es bis zur Ankunft des geliebten Menschen noch ungewisse, lange Zeit dauern konnte, sondern es von Tracy ins Gesicht gesagt zu bekommen. Noch dazu mit dem Zusatz, dass es noch nicht einmal eine Garantie auf ein Wiedersehen gäbe.

Insbesondere Shania hatte Angst, Tracy zu fragen. Sie befürchtete, dass die Antwort auf ihre Frage nur die Gewissheit mit sich brächte, dass sie Liam nicht vor der Geburt ihres gemeinsamen Kindes wiedersehen würde. Diese Gewissheit hätte bedeutet, täglich neu mit Verzweiflung aufzuwachen. Shania wusste, dass sie Liam vielleicht sogar niemals wiedersehen konnte, ohne das Leben anderer Menschen zu gefährden – sogar das seines noch ungeborenen Kindes.

Die Frage nach Liams Ankunftstermin stand mit gefühlt dröhnender Lautstärke zwischen ihnen, nie wagte es jemand, das Thema bei Tracy anzusprechen. Shania quälten noch andere Fragen. Was, wenn er sich zwischenzeitlich in eine andere Frau verliebte? Der Kontakt über Mails oder Postkarten war verebbt, es war von hier aus viel zu gefährlich. Auch Tracy hatte ihr einige Male ins Gewissen geredet, von Vanuatu aus auf keinen Fall mehr an Liam zu schreiben.

In Shania wuchs neben dem Kind auch die Angst, dass er sie einfach aufgeben und vergessen würde. Ihre Klassenkameradin Mandy hatte früher ein Auge auf ihn geworfen. Vielleicht würde Liam eines Tages ihrem Charme erliegen. Falls sie es jemals wagen konnte, als australische ‚Mrs. Miles' mit ihrem Kind in die USA zurückzukehren, würde sie möglicherweise an Liams Tür klopfen und erfahren, dass er inzwischen mit Mandy und zwei Kindern in irgendeinem Vorort lebte. Ein Albtraum – wenn Shania nur daran dachte, kamen ihr die Tränen. Ihr blieb also nur, sich an die Hoffnung zu klammern, dass Tracy es auf irgendeine Weise richten könnte.

So sehr sie es genoss, im Kreis ihrer Familie zu sein, hatte sie mit jedem Tag, den die Geburt näher rückte, deutlicher das Gefühl, dass sie ohne Liam verloren war.

Ihre Mutter verstand ihre Sehnsucht ohne Worte und Shania war dankbar für die vielen Male, die Lisa sie einfach an sich drückte und ihr das Gefühl gab, dass irgendwann alles in seine Ordnung fallen würde.

***

Als Tracy über Sam von Liams beruflicher Abreise nach Brasilien erfuhr, schien die Lösung ihres aktuell größten Problems zum Greifen nahe. Sie würde ihn einfach auf ein Hilfsprojekt für Vanuatu aufmerksam machen müssen.

Die CIA würde seine Abreise nach Rio sicher kritisch betrachten und ihn dort intensiv beschatten lassen. Sie würde sicher erst von ihm ablassen, wenn man dort gewahr würde, dass er Shania in Rio nicht fände. Wenn sie ihm die Hinweise auf Hilfsprojekte in Vanuatu geschickt zuspielte, könnte sie ihn ohne weitere finanzielle Aufwendungen hierher locken. Er hätte die CIA dann nicht im Schlepptau, weil jeder es nur für das nächste Hilfsprojekt auf seiner Liste halten würde – so wie er selbst auch. Es war genial.

Jeff bedrückte eine andere Angelegenheit: Vanuatu war zwar für seine landschaftlichen Schönheiten, aber auch für seine Naturkatastrophen bekannt. Erdbeben, Vulkanausbrüche, Zyklone, Tsunamis. Im Jahr 2002 hatten schlimme Erdbeben die Inselgruppe Vanuatu heimgesucht, gefolgt von schweren Tsunamis. Im März 2015 hatte der Zyklon ‚Pam' sein Unwesen getrieben. Viele Familien im Süden hatten dadurch ihre ganze Ernte oder ihre Häuser, manche sogar ihr Leben verloren. Im Vergleich dazu war man hier im Norden von Pentecost gut weggekommen, doch für die betroffenen Familien, die als reine Selbstversorger von ihren Gärten lebten, war es dennoch eine schwere Katastrophe gewesen.

Die Farm der Rodgers lag im Nordosten der Insel, sie war ein wenig ins Landesinnere versetzt und relativ hoch gelegen. So hatte Atavtabanga 2015 durch den katastrophalen Zyklon ‚Pam' fast keinen Schaden genommen, lediglich die Telekommunikation war kurz zusammengebrochen und es hatte minimale Schäden an der Schule und in einigen Gärten der Einwohner gegeben. Jeff hoffte sehr, dass Tracys Wahl einer Farm in dieser Lage sich auch künftig als klug erweisen würde. Denn von seinen Sorgen hinsichtlich künftiger Naturkatastrophen und ihrer Folgen einmal abgesehen, war es für ihn der perfekte Ort. Mit jedem Tag, den er länger hier war, ertappte er sich dabei, weniger darüber nachzudenken, ob die CIA irgendwann aufhören würde, ihn und seine Familie zu jagen.

Er konnte sich gut vorstellen, Bislama und andere einheimische Dialekte Pentecosts zu lernen. Englisch sprachen hier ohnehin alle, vielleicht könnten sie auch noch Französisch lernen und für immer auf dieser wunderschönen Insel leben. Sie könnten etwas für den wachsenden Tourismussektor auf der Insel tun, er hatte viele Ideen. Er liebte die Farm, das Haus, das Leben hier. Sie waren an diesem Ort endlich alle zur Ruhe gekommen. Seit Shania wieder bei ihnen war, waren sie fast eine entspannte, glückliche Familie. Wie sehr hatte er sich das immer gewünscht!

Zyklon Tatem

Shania war inzwischen im neunten Monat schwanger. Lisa war bereit, sie eine Woche vor dem errechneten Geburtstermin nach Port Vila zu bringen. Naylas Mutter hatte sich bereit erklärt, Lisa und Shania bei sich zu beherbergen, bis die werdende Mutter die Privatklinik zur Entbindung aufsuchen würde. Die beiden Teenager freuten sich schon auf die gemeinsamen letzten Tage vor dem spannenden Moment der Geburt. Shania war sich nicht sicher, ob sie sich nicht dennoch wünschen sollte, dass das Baby ein paar Tage früher als erwartet käme. Diese letzte, mehr als beschwerliche, Phase der Schwangerschaft hätte aus ihrer Sicht endlich beendet werden können. Doch alles sollte mal wieder ganz anders kommen.

Neun Tage vor dem errechneten Geburtstermin, kurz vor der Abreise von Lisa und der werdenden Mutter nach Port Vila, wurde offiziell vor Zyklon ‚Tatem' am Folgetag gewarnt. Die Prognosen waren ernst. Statt mit Lisa und Shania die Taschen zu packen, fing Jeff an, alle Fenster zu vernageln und zu recherchieren, was Laien bei einer Hausgeburt zu beachten hätten. Die nötigen Materialien wurden eilig herbeigeschafft.

Im Jahr 2032, siebzehn Jahre nachdem Port Vila das letzte Mal von einem Zyklon schwer verwüstet worden war, herrschte dort erneut schwerste Verwüstung. Auch die Privatklinik, in der Shania hatte entbinden wollen, war vor großen Schäden nicht verschont geblieben. Einige andere Inseln Vanuatus waren ebenfalls betroffen. Entgegen düsterer Vorhersagen war Pentecost wie durch ein Wunder nahezu völlig verschont geblieben. Auch in Atavtabanga gab es keinerlei Schäden.

Shania wollte unbedingt nach Port Vila aufbrechen. Sie konnte Nayla telefonisch nicht erreichen und war sehr besorgt um ihre

Freundin. Sie hatte ihre Mutter allerdings noch nie so bestimmt erlebt wie in dem Moment, als diese ihr ausdrücklich verbot, in ihrem Zustand die Farm zu verlassen.

Sie hatte zwar recht, Shania war in den letzten Tagen wirklich sehr schwerfällig geworden und das Baby konnte jeden Moment kommen. Andererseits war sie aber doch vor der CIA durch die halbe Welt geflohen. Sie hatte außerdem schon so viele Menschen, die ihr wichtig waren, auf Nimmerwiedersehen aufgeben müssen. Lee war von einem Tag auf den anderen tot gewesen, ebenso Lara und Bianca. In Deutschland hatte sie außer Lara nicht viele Freunde gehabt, und in den USA, wo sie mit allen Ängsten, Sorgen und Nöten eines Teenagers ohne ihre Eltern hatte klarkommen müssen, hatte sie Elaine und Caithleen wirklich gemocht. Auch Bev war ihr eine echte Freundin geworden. Menschen, die sie sämtlich hatte aufgeben müssen. Am schmerzlichsten war jedoch das schreckliche Gefühl, Liam vielleicht für immer verloren zu haben. Sie hatte monatelang nichts mehr von ihm gehört. Es war sein Kind, das sie unter dem Herzen trug. Im Gegensatz zu ihm würde sie ihr Leben lang keine Möglichkeit haben, ihn einfach zu vergessen. Deshalb konnte und wollte sie jetzt nicht auch noch Nayla verlieren. Das Leben konnte nicht so grausam sein und ihr immer wieder die liebsten Menschen nehmen.

Es gab noch einen Grund, warum sie so sehr an Nayla hing: Als sie sich das erste Mal im Wartezimmer gesehen hatten, waren sie eigentlich nur ins Gespräch gekommen, weil Shanias Handtasche heruntergefallen war und Nayla sie aufgehoben hatte. Da war dieser Moment gewesen, in dem sie einander in die Augen geblickt hatten. Shania hatte wie selten zuvor das Gefühl gehabt, dass etwas ganz Besonderes, Tiefes und Vertrautes darin läge. Eine völlig Fremde, die so ganz anders aussah als sie selbst und am anderen Ende der Welt aufgewachsen war, strahlte ein Stück Heimat aus. Manche Dinge zwischen Himmel und Erde, vor allem Gefühle von Verbundenheit auf den ersten Blick, könne man nicht erklären, sagte ihre Mutter manchmal, und genau so war es in diesem Fall. Noch bevor sie ein Wort gewechselt hatten, hatte Shania sich bereits gewünscht, dass sie Freundinnen werden würden.

Vielleicht lag Nayla in ihrem Haus unter Trümmern – sie erschauderte, als sie darüber nachdachte. Sie musste sie einfach suchen, vielleicht fand man sie nicht und sie brauchte Hilfe. Immerhin wusste sie, wo ihr Haus war. Sie wusste, wo man nach ihrer Freundin suchen müsste! Sie wollte Nayla suchen, über den fälligen Geburtstermin dachte sie plötzlich keine Sekunde mehr nach – das würde sich schon irgendwie fügen. Wenn es ihrer Freundin gut ginge, würde sie auch umgehend zurückkommen. Möglicherweise war die Geburtsklinik auch nicht so schwer getroffen worden, wie sie im Radio gehört hatten. Vielleicht konnte sie das Kind am Ende doch dort bekommen?

Als alle schliefen, schlich sich Shania unbemerkt aus dem Haus. Erst ging sie zu Fuß, dann schloss sie sich einem der zahlreichen Trupps an, die auf hoffnungslos überfüllten Geländewagen zum Hafen fuhren, um nach Port Vila überzusetzen. Die meisten wollten im Katastrophengebiet helfen oder verschollene Angehörige suchen. Es gab also ständig Möglichkeiten, von einer Insel zur andern zu kommen. Viele Einwohner von Pentecost hatten große Mengen an Vorräten dabei, um sie an die Opfer von ‚Tatem' zu verteilen. Das sonst so ruhige Paradies befand sich in heftigem Aufruhr.

Als Lisa am nächsten Morgen das leere Zimmer ihrer Tochter entdeckte, war ihr sofort klar, was Shania heimlich beschlossen hatte. Ein heftiger Schreck fuhr ihr in die Glieder. Immer war das Kind ein Hitzkopf gewesen, die Unvernunft in Person. Daran hatten offensichtlich weder die Pubertät noch die Schwangerschaft rütteln können.

Kurz darauf packten die besorgten Eltern ein paar Dinge zusammen, die Shania für den Fall einer plötzlichen Niederkunft am dringendsten würde brauchen können. Dann brachen sie auf, um ihre Tochter zu suchen. Es war leicht zu erraten, dass sie mittlerweile beim Haus von Naylas Familie oder im Klinikum sein musste.

Port Vila

Liams Heimreise war für die folgende Woche geplant. Über sein Netzwerk bei ‚Help the People' hörte er, dass einige seiner Mitstreiter sich darauf vorbereiteten, nach Vanuatu zu reisen. Auch Diego hatte ihm geschrieben, dass er wegen der sich anbahnenden Katastrophe auf jeden Fall dorthin abreisen würde, möglicherweise sogar früher als geplant.

Zyklon ‚Tatem' war für den kommenden Tag angekündigt. Man rechnete damit, dass es schwere Zerstörungen auf Vanuatu geben würde. ‚Help the People' würde Wiederaufbau-Teams vor Ort brauchen. Auch Liam wurde gefragt, ob er nicht bereit wäre, mitzukommen. Eigentlich wollte er ablehnen – er hatte sich fest vorgenommen, dass er nach drei Monaten in Brasilien nach Hause abreisen würde. Er wollte sich von der wohl härtesten Erfahrung seines Lebens etwas erholen und dann noch einmal mit aller Kraft versuchen, Shania zu finden. Er dachte sogar darüber nach, sich von der CIA rekrutieren zu lassen. Vielleicht würde er dort dem Fall Rodgers zugeteilt, eine vage Hoffnung. Als Shanias Freund könnte er pro forma erst einmal die Seiten wechseln, um ihr endlich näher zu kommen. Er würde sie retten und sie würden sofort untertauchen. Liam war sich bewusst, dass das alles vollkommen absurd klang, aber er würde in seiner Verzweiflung nichts unversucht lassen, um sie zu finden.

Irgendetwas in ihm sagte Liam, dass auch er auf Vanuatu gebraucht würde – er wunderte sich über diesen plötzlichen Impuls, der seine Pläne durchkreuzte. Seine Kollegen im Netzwerk rieten ihm zu. Viele meinten, es sei ein ganz anderes Gefühl, wenn man durch einen solchen Einsatz nachhaltig und dauerhaft etwas bewirken könne. Diegos wiederholte Hinweise

auf einen Einsatz auf Vanuatu taten ihr Übriges. Seine Intuition schien ihn auf einmal förmlich auf diese Inseln zu ziehen.
Am späten Nachmittag des Folgetages klingelte das Telefon seiner Mutter daheim. „Mum? Ich bin's, Liam!"
„Schatz, wie schön! Wann kommt dein Flieger hier an?"
„Hör zu Mum, reg dich jetzt bitte nicht auf! Hast du in den Nachrichten schon von den verheerenden Schäden gehört, die Zyklon ‚Tatem' auf Vanuatu anrichtet?"
„Warum sollte ich mich darüber aufregen, Liam? Es ist natürlich sehr traurig und mir tun die Menschen dort leid. Doch ich denke, wir haben schließlich keinen persönlichen Bezug zu den Leuten vor Ort."
„Mum, ‚Help the People' sendet Helfer ins Katastrophengebiet. Ich bin einer von ihnen, reg dich jetzt bitte nicht auf. Ich sitze schon fast im Flieger und werde erst in zwei oder drei Monaten nach Hause kommen!"
„Was? Nein, Liam! Das tust du mir bitte nicht noch einmal an! Es ist viel zu gefährlich! Wer weiß, ob sich dort Seuchen ausbreiten. Mein Schatz, ich möchte, dass du sofort nach Hause kommst!"
„Mum, ich muss jetzt Schluss machen! Ich muss jetzt durch den Zoll. Ich liebe dich, Mum. Ich weiß, es ist verrückt, aber irgendetwas sagt mir, dass ich dort helfen muss. Vielleicht besiege ich dort endlich meine Rastlosigkeit! Ich kann jetzt und in diesem Zustand noch nicht nach Hause kommen. Vertrau mir bitte. Ich bin schon nicht mehr in Brasilien, Mum. Ich gehöre zum ersten Helfertrupp und bin bereits in Brisbane. Gleich trete ich die letzte Flugstrecke an. Mach's gut, Mum!"
Liam legte auf. Er hatte gewusst, dass dieses Gespräch nicht angenehm werden würde. Deshalb hatte er es auch hinausgezögert, bis er schon fast am Ziel war. Sein Bauch sagte ihm mit fester Überzeugung, dass er nach Vanuatu musste. Er wollte

nicht in Versuchung kommen, sich seinen Plan von seiner Mutter ausreden zu lassen.

***

„Nayla? Nayla! Antworte bitte!" Shania wäre am liebsten heulend zusammengebrochen, als sie den Trümmerhaufen sah, der gestern Morgen noch ein stabiles Haus gewesen war. Sie hörte keinen Ton, so angestrengt sie auch lauschte. Die lange Reise und die sengende Hitze der Mittagssonne hatten sie in ihrem Zustand viel Kraft gekostet.

Verdammt, ihre Mum hatte recht gehabt! Es war eine dumme Idee gewesen. Romeo oder Richard hätten hier nach dem Rechten sehen müssen – nicht sie, so kurz vor der Geburt. Sie hatte zu allem Überfluss auch noch vergessen, ihr Handy zu laden, und so war es noch in der Nacht ausgegangen. Plötzlich fuhr ihr ein heftiger Krampf in den Unterleib. Jetzt bloß keine Wehen! Das hier war weder der passende Zeitpunkt noch der richtige Ort.

Was sollte sie jetzt bloß machen? Sie war gerade an Port Vilas Privatklinik vorbeigelaufen. Einige Gebäudeteile waren schwer beschädigt, die anderen Trakte waren völlig überfüllt. Noch immer brachten Rettungskräfte im Minutentakt neue Verletzte. Sie wollte nur noch nach Hause. Sie wollte ihr Kind nicht irgendwo am Straßenrand oder auf dem Vorplatz der Klinik bekommen. Auf dem Asphalt vor ihr waren provisorische Liegen aufgestellt worden. Tränen liefen ihr über die Wangen. Wäre sie nicht hochschwanger, hätte sie nicht aufgegeben, bevor sie Nayla gefunden hätte. Es kam ihr vor, als wäre der ganze Weg hierher umsonst gewesen. Hoffnung und Ungewissheit, die Befürchtung, dass ihre Freundin vielleicht schon tot war, würden sie noch lange verfolgen.

Als sie sich eben vom Haus abwenden wollte, war ihr, als hörte sie ein Husten. „Nayla? Nayla, bist du da?"
„Steffy?"
Es war nur ein Ächzen, aber es war eindeutig Naylas Stimme! Sie musste irgendwo unter den Trümmern eingeklemmt sein. Vielleicht war sie bewusstlos gewesen!
„Ruf mich, Nayla! Ich muss wissen, wo ich nach dir graben muss!"
„Shania! Bist du allein?"
„Ja!"
„Verschwinde, Shania! Denk an dein Baby! Mum und Dad sind von einem Balken erschlagen worden! Das mörderische Ding hat mein Bein eingeklemmt! Es tut weh! Auf dem Balken liegt noch jede Menge Schutt, den kriegst du niemals alleine weg. Hol Hilfe! Pass auf dein Baby auf!"
„Aber ich kann dich nicht hier liegen lassen!"
„Du hast genug getan! Du hast mich gesucht und gefunden und du wirst mir Hilfe schicken! Denk jetzt an dich und dein Kind!"
„Halte durch, Nayla!"
„Versprochen, bis ganz bald."
Shania lief zur Hauptstraße zurück. Nun galt es, schnell Hilfe zu finden. Vorher musste sie die nächste Wehe überstehen. Es tat höllisch weh! Shania stolperte durch die Straßen. Wo waren denn nur die Hilfskräfte? Die Sonne schien erbarmungslos. Sie hatte das Gefühl, jeden Moment umzukippen, und musste sich setzen. Sie wollte Wasser für Nayla besorgen. Sie durfte jetzt nicht umkippen. Der letzte Gedanke ließ sie kraftlos am Straßenrand zusammensacken.

***

Schon im Anflug auf Port Vila sah er das Ausmaß der Zerstörung. Liam war geschockt. Hier wurde wirklich jede Hand gebraucht. Es war richtig gewesen, hierherzukommen. Die Freiwilligen von ‚Help the People' wurden in ein provisorisches Camp gebracht. Jeder wurde einem Einheimischen zugeteilt, der wusste, welche Straßenzüge nach Verletzten abgesucht werden sollten.

Jeder hatte einen Rucksack mit Verbandsmaterial und Trinkwasser bekommen. Da die Nacht bereits angebrochen war, trugen sie Stirnlampen und waren angehalten worden, laut nach den Verschütteten zu rufen. Im Kampf um Menschenleben zählte jede Stunde. Zumindest die nächsten paar Nächte würde in Schichten gearbeitet werden, noch wollte niemand die Suche über Nacht einstellen. Das konnte warten, viel zu schnell würde es ohnehin nur noch Leichen zu bergen geben.

Liam war am frühen Abend angekommen, von der langen Reise und der Zeitverschiebung war er ziemlich mitgenommen. Nach einer gründlichen Einweisung war er gegen Mitternacht bereits seit drei Stunden auf der Suche nach Opfern. Zusammen mit einem Einheimischen, Zed – einem alten Mann, der bei diesem Unglück seine Frau verloren hatte – hatte er schon über zehn Verletzte gefunden und geborgen. Ihre Aufgabe war es, die Verletzten den Pick-Ups, die auf den noch befahrbaren Hauptstraßen kreisten, zuzuführen. Gerade begannen sie, einen neuen Straßenzug abzusuchen. Es war Zed, der die zusammengekauerte Figur zuerst sah und Liam aufgeregt herbeiwinkte. „Sieh mal! Das Mädchen da am Straßenrand! Sie sieht aus wie eine von euch Weißgesichtern! Sie ist schwanger, das ist keine Hilfskraft! Wir müssen sofort nach ihr sehen!"

Irgendetwas an der Frau kam Liam schon aus der Ferne

bekannt vor. Eine Art von Körperhaltung, die er nur von einer Frau in seinem Leben gekannt hatte. Er vertrieb den merkwürdigen Gedanken, was sollte das jetzt hier? Als er ihr allerdings näher kam, hatte er das Gefühl, ihn müsse aus dem Stand der Schlag treffen. Sie hatte zwar keine roten Haare mehr und sie war hochschwanger. Doch es gab keinen Zweifel! Das hier – am anderen Ende der Welt – war seine Shania! Er stürzte fassungslos auf sie zu.

„Shania! Oh mein Gott! Was machst du hier? Liebling, ich habe dich überall gesucht!"

Liam war außer sich. Vor Freude – vor Sorge. Obgleich seine Liebste vollkommen benommen war, küsste er stürmisch ihren Mund, ihre von Staub, Dreck und Schweiß verklebten Haare, ihre fiebrig-heiße Stirn und ihre geröteten Wangen. Immer wieder stammelte er ihren Namen und zog sie in seine schützenden Arme. Er wollte sie nie wieder loslassen. Er wollte ihr tausend Fragen stellen.

Shania nahm ihn kaum wahr, sie war nicht wirklich bei Bewusstsein. Immerzu murmelte sie: „Wasser! Hilfe für Nayla!" Nur einmal öffnete sie kurz die Augen und sah ihn verwundert an. „Liam? Bist du das? Bin ich tot?"

Liam trieb der Anblick seiner völlig erschöpften Freundin die Tränen in die Augen. Er erklärte Zed die Situation in knapp gestammelten Worten.

Zed grinste sein breites, zahnloses Grinsen: „Sieht so aus, als würde ich euch erst mal ins Krankenhaus bringen! Ich glaube, es eilt etwas! Danach suche ich allein nach einer ‚Nayla' und werde erst danach meine erste Schicht beenden. Und morgen …. morgen brauche ich dann wohl einen neuen Partner, was?"

Liam strahlte ihn an. „Ich fürchte, ich muss dir recht geben! Ich möchte doch die Geburt dieses Kindes nicht verpassen! Mein Schatz braucht mich jetzt. So etwas sollte keine Frau der

Welt alleine durchmachen müssen."

„Gut! Als Erstes müssen wir die Kleine hier mal richtig wach kriegen!" Zed schraubte eine seiner Wasserflaschen auf und schüttete Shania vorsichtig einen kleinen Wasserschwall über den Kopf. Im nächsten Augenblick wurde sie endlich wach und saugte gierig das Wasser aus der Flasche des alten Mannes.

„Na, junge Frau, sieh mal, wer dich gefunden hat!" Er deutete mit dem Finger auf seinen jungen Helfer. Shania wandte ihren Kopf irritiert zu Liam und stieß erst jetzt einen gellenden Schrei aus.

„Liam! Liam, du hast mir so gefehlt! Ich dachte, ich sehe dich nie wieder!" Shania brach in Tränen aus. „Was machst du hier? Ich ...." Sie krümmte sich plötzlich unter dem Schmerz der nächsten Wehe.

„Jetzt bin ich ja da, alles wird gut, Baby! Wir bringen dich in eines der Versorgungszelte hier in der Nähe! Über alles andere reden wir später, wir haben schließlich für den Rest unseres Lebens Zeit." Liam streichelte sie überglücklich.

„Liam, wir brauchen Wasser für Nayla, sie ist verschüttet, ihr Bein ist gebrochen! Ich habe sie heute Mittag gefunden, aber ich habe es nicht mehr geschafft, einen Hilfstrupp zu alarmieren! Ich muss zusammengebrochen sein wegen der Wehen. Ich hatte nichts zu trinken und es war so heiß! Liam, tu etwas! Ich habe sie im Stich gelassen!"

„Du hast getan, was du konntest! Mein Kollege hier hilft ihr jetzt. Sag Zed, wo sie ist, und dann lasse ich dich hier wegbringen, du brauchst dringend einen Arzt!"

Zed lächelte die beiden an. Erst als er mehrfach beteuert hatte, dass er nun genau wüsste, wo Nayla verschüttet war, ließ Shania sich von Liam zum nächsten Pick-Up tragen. Zed nickte Liam zu und rief im Weggehen anerkennend: „Ist ein zähes kleines Ding, das du dir da ausgesucht hast!" Nach einer kurzen Pause

fuhr er fort: „Passt zu dir! Alles Gute für euch drei!"
Die Situation kam so überstürzt über ihn, dass Liam es immer noch nicht glauben konnte. Er hielt sein Glück buchstäblich in beiden Händen! Hier hatte er am allerwenigsten vermutet, Shania zu finden! Und er hatte noch weniger vermutet, dass er in wenigen Stunden Vater sein würde! Sein tiefes Vertrauen zu Shania sagte ihm, dass er nicht zu fragen brauchte, ob er wirklich der Vater war. Er freute sich unbändig darüber. Seine Mum würde Augen machen, sie würde schließlich Großmutter werden! Sie würde schon nicht glauben können, dass er Shania hier am anderen Ende der Welt wiedergefunden hatte – und erst recht nicht, dass ihr Sohn plötzlich Vater würde!

Als sie an der Zeltstadt ankamen, wurde Shania zwar notdürftig untersucht und versorgt, doch man war hier auf Geburten nicht vorbereitet. Liam machte sich Sorgen. Während er händeringend nach einer Lösung suchte, stand plötzlich ein fremdes, älteres Paar im Hilfszelt, das außer sich vor Freude schien, Shania hier gefunden zu haben. Irgendwie kamen ihm diese Leute bekannt vor; ja er wollte sogar soweit gehen zu sagen, dass die Frau Shania unglaublich ähnlich sah. Es dauerte einen Moment, bis Liam endlich begriff: Das waren doch die zwei, die er in Stuttgart auf den Fotos gesehen hatte! Shanias Eltern! Der Hilfsdienst mit seiner hervorragenden Logistik und Erfassung der Verletzten musste sie hierher gelotst haben.

Liam wartete, bis die erste Wiedersehensfreude und die unvermeidliche Standpauke für Shania abgeebbt waren. Wie typisch für seine Liebste war diese halsbrecherische Rettungsaktion im neunten Monat ihrer Schwangerschaft gewesen! Sie hatte eine wichtige Freundin nicht im Stich lassen wollen und ihr eigenes Wohl darüber fast vergessen. Was auch immer ihre Geschichte war, sie war einfach eine wunderbare Frau. Sie würde sein Herz nie vorsätzlich brechen und sie hatte ihn auch nicht verlassen, um ihn zu verletzen. Sie hatte ihn verschonen wollen vor ihrer wilden Verfolgungsjagd um den halben Erdball. Sie war einfach die Richtige, er war von ihr fasziniert wie eh und je.

Nachdem der erste Wortschwall abgeebbt war, stellte er sich ihren Eltern höflich vor und war beeindruckt davon, wie herzlich er begrüßt und in der Familie willkommen geheißen wurde. Sie waren überglücklich, dass er, den ihre Tochter so sehr vermisst hatte, noch vor der Geburt des gemeinsamen Kindes an ihrer Seite sein konnte – es war für alle wie ein Wunder. Schließlich hatte es keinerlei Anzeichen gegeben, die darauf hätten hoffen lassen!

Nachdem man sich kurz ausgetauscht hatte, entschied die Familie gemeinsam, die Zeltstadt umgehend zu verlassen. Alle waren sich einig, dass im Chaos nach dieser Naturkatastrophe eine Hausgeburt auf der Farm der Miles die beste Lösung für Mutter und Kind war. Die Zeit sollte reichen, der Arzt konnte immerhin grünes Licht für den Transport geben, wenn auch mit steiler Sorgenfalte auf der Stirn, denn viel Zeit blieb ihnen nicht mehr.

Nachbarinnen, die schon viele Geburten begleitet hatten, würden zu Hause helfen. Shanias aufgeregte Eltern begannen sofort, per Handy ein Hilfsteam zusammenzutrommeln.

Die kommenden Stunden schenkten allen ein zweifaches Glück. Denn bereits als sie die Zeltstadt verlassen wollten, wurde endlich auch Nayla eingeliefert. Ein Zufall sorgte dafür, dass Shania an der Aufnahme einen Blick auf die Tragbahre mit ihrer besten Freundin werfen konnte. Ihr fiel ein Stein vom Herzen. „Du hast mich gerettet, Shania!", krächzte die Freundin erschöpft, aber lebendig. „Wir sehen uns bald!"

Ein weiteres Riesenglück hatten sie, als Liam beim Verlassen der Zeltstadt auf seinen Kumpel Matt traf, der zusammen mit Liam den Dienst auf Vanuatu angetreten hatte. Matt erfasste die kritische Situation sofort. „Ihr wollt nach Pentecost? Beeilt euch! Draußen wird gerade ein Hubschrauber dorthin klargemacht, um weitere Lebensmittel abzuholen! Er wird mehr oder weniger leer sein und nimmt euch sicher mit." Matt setzte mit seinem Funkgerät sofort einen Spruch an den Piloten ab – der war bereit, die Familie in Windeseile nach Hause zu fliegen.

So waren die Rodgers in kürzester Zeit mit einer kompletten Kleinfamilie wieder auf ihrer Farm. Das alles kam keinen Augenblick zu früh, denn die Wehen meldeten sich jetzt oft und sehr heftig. Im Auto der Miles war Shanias Fruchtblase geplatzt.

Leila

Lisa bereitete im Haus in Windeseile alles für die Geburt vor. Die erfahrenen Nachbarinnen waren bereits eingetroffen, der Dorfarzt war leider noch auf Efate in Port Vila, um dort zu helfen. Es musste also ohne ihn gehen, eine konzentrierte Ruhe war inzwischen eingetreten, alle Hektik der Fahrt war verflogen. Es wurde ernst.

„Mum, Liam, helft mir!" Shania schwitzte und wand sich in krampfenden Wehenschmerzen. „Mum! Aah!" Die Presswehen setzten ein. Liam zerriss es das Herz, seine Liebste so leiden zu sehen. Hoffentlich war es bald vorbei! Lisa sah ihm an, dass er innerlich raste vor Angst. Er tat ihr auf einmal leid.

„Es wird schon werden, Liam. Bei den Untersuchungen war immer alles gut. Das Kind liegt richtig. Sie muss nur durchhalten und im richtigen Moment pressen. Es sieht immer etwas brutal aus, wenn eine Frau entbindet. Frag mal Jeff, ich glaube, er ist auch bei allen drei Entbindungen seiner Kinder durch die Hölle gegangen. Sie schafft das, Liam. Sie ist quer durch die ganze Welt allein vor der CIA geflohen – das hätte sicher nicht jede Frau geschafft. Also wird sie nun auch euer Baby auf die Welt bringen, das haben schließlich noch die meisten Frauen geschafft."

Nach einer gefühlten Ewigkeit war Jeff mit ein paar in Geburtsdingen sehr erfahrenen Frauen aus dem Ort gekommen. Zelda war sogar zehnfache Mutter, sie hatte schon unzählige Geburten im Dorf begleitet. Sie untersuchte Shania zwischen den jetzt in immer kürzeren Abständen kommenden Wehen.

„Der Muttermund ist jetzt weit genug geöffnet. Du musst pressen!", ermutigte sie Shania. Das Mädchen nahm seine letzte Kraft zusammen. Sie hatte keine Wahl. Zelda zog routiniert ein scharfes Messer aus ihrem improvisierten Hebammen-Koffer, jemand stellte Alkohol und ein Feuerzeug zur Desinfektion bereit. Bei der nächsten Wehe war der Kopf des Kindes bereits zu sehen und Zelda machte einen gekonnten Dammschnitt. Jeff staunte. Das war in der Klinik bei Lisa nicht großartig anders abgelaufen. Die Frauen arbeiteten ruhig, routiniert und präzise. Das Leben auf Vanuatu erstaunte ihn immer wieder. Es war alles so einfach, naturverbunden und unkompliziert. Das Beste daran war: Es funktionierte und die Menschen waren zufriedener als irgendwo auf der Welt. Sie bezeichneten sich selbst auch öffentlich als die glücklichsten Menschen der Erde – wie auch ihre geographischen Nachbarn von den Fidjis das zu tun pflegten.

Die Geburt steuerte ihrer letzten, extrem anstrengenden Phase entgegen. Der kleine Kopf war bereits deutlich zu sehen.

„Nicht aufgeben, Schätzchen, hörst du? Weiterpressen!", spornte Lisa ihre merklich schwächelnde Tochter an.

„Mum, ich kann nicht mehr, hilf mir!", schrie Shania unter Tränen.

„Nur noch einmal pressen, dann hast du es geschafft – ich sehe den Kopf schon!", ermunterte Zelda in größtmöglicher Gelassenheit.

Shania nahm ihre letzte Kraft zusammen und presste. Mit einem Mal rutschte erst der Kopf und rasch danach der kleine Körper des Neugeborenen in die Hände der alten Dame. Mit sanftem Druck brachte sie das Kind wenige Momente später dazu, den ersten Atemzug zu tun. Ein kleiner, fast fragender Schrei ließ alle im Raum andächtig verstummen. Zelda wickelte das Kind in ein Handtuch und reichte Liam mit feierlichem Gesichtsausdruck die Schere, um die Nabelschnur zu durchtrennen.

„Es ist ein Mädchen!", die Nachbarin blickte strahlend und erleichtert in die Runde. „Das haben wir gut hinbekommen!"

Nach einem gefühlt unendlich langen Moment brachen alle ihr Schweigen, strahlende Großeltern fielen allen Helfern überglücklich um den Hals und betrachteten voller Verzückung das Kind, das jetzt etwas nachdrücklicher schrie.

Liam hielt Shania wieder fest. Eine Nachbarin legte der jungen Mutter ihre kleine Tochter in die Arme. Shania war sprachlos. Eine nie gekannte Welle von Liebe und Zärtlichkeit durchflutete sie beim Anblick ihres rosigen, warmen Babys. Das war alles einfach unvorstellbar. Die Kleine war so perfekt. Liam hielt seine Liebste umschlungen und betrachtete das Baby gerührt und mit großem Respekt. Alles an seiner Kleinen war so zart, er hatte noch nie ein so zerbrechlich scheinendes Wesen gesehen.

Nachdem Zelda die Kleine an die Brust gelegt hatte, sie erstaunlich lebhaft die ersten Schlucke genommen hatte, gab Shania das Kind einer der anderen Frauen, die bereits alles vorbereitet hatte, um das winzige Mädchen zu baden und vorsichtig zu untersuchen. Zelda versorgte Shania, kümmerte sich um die Nachgeburt und um die provisorische Versorgung des Dammschnittes. Es war für alles gesorgt.

Jeff und Lisa fiel es nicht leicht, sich im Hintergrund zu halten. Die Einheimischen schmunzelten über ihre erkennbare Sehnsucht, die kleine Enkelin an sich drücken zu wollen. Dieses Kind würde der Sonnenschein der ganzen Familie werden, darüber waren sich alle im Raum einig. Die Frauen halfen noch beim Aufräumen, Shania wurde mit dem Neugeborenen vorsichtig in ihr Bett getragen.

„'Leila' – ich möchte sie so gerne ‚Leila' nennen, wenn es für dich okay ist. Es tut mir so leid, dass wir nie Zeit hatten, darüber zu reden"; Shania blickte zu Liam herüber, sie war über die Maßen erschöpft.

„Willkommen, kleine Leila!" Liam schickte einen zustimmend-liebevollen Blick in Richtung seiner winzigen Tochter.

„Willkommen, kleine Leila!", stimmten Lisa und Jeff gleichzeitig ein und mussten lachen. Nachdem Shania und Liam das Kind ihrer Liebe eine Weile im Arm gehalten hatten, ließen Shanias Kräfte endgültig nach. Sie hatte große Mühe, die Augen offen zu halten. Es war der längste Tag ihres Lebens gewesen. Shania schlief, dicht an ihren Freund gekuschelt, sofort ein. Auch Liam war nach wenigen Sekunden im Traumland angekommen. Was gut war, denn viel Schlaf würde die Kleine den beiden in den kommenden Wochen nicht lassen.

Kurz nach Leilas Geburt hatte Tracy sich Liam ‚zur Brust genommen'. Sie hatte ihm einen Pass und eine Vita als ‚Roman Foster' verpasst. Er war in seinem neuen Leben ein Gastarbeiter aus Neuseeland. ‚Roman' hatte ‚Steffy' im Ausland kennengelernt. Das junge Fräulein Miles hatte die Schwangerschaft aber erst daheim auf Vanuatu bemerkt. Ihre Eltern hatten sich daraufhin sehr darum bemüht, den Vater des Kindes ins Land zu holen. Mit einer Anstellung als Gastarbeiter auf der Farm der Miles konnte er im Land bleiben, ohne seine schwangere Freundin gleich heiraten zu müssen. So konnte die junge Liebe in Ruhe prüfen, ob sie von Dauer war und den neuen Herausforderungen standhielt.

Liam hasste es einerseits, eine solche Rolle spielen zu müssen. Doch wenn es zum Schutz seiner Familie nötig war, dann musste es eben sein. Was ihm wirklich wehtat, war, dass er seine Mutter im Ungewissen lassen musste. Tracy hatte sich mit seiner Hilfsorganisation in Verbindung gesetzt und ein paar diffuse Informationen über seinen Verbleib gestreut. Daraufhin hatte man Clarice mitgeteilt, dass ihr Sohn sich dem ‚Help the People'-Programm nicht mehr gewachsen gefühlt und sich ohne Angabe seiner weiteren Pläne aus dem Staub gemacht hätte.

Liam lag richtig mit seiner Vermutung, dass seine Mutter seinetwegen wochenlang völlig fertig war mit den Nerven.

Er konnte Tracy überreden, ihr wenigstens auf Umwegen die Nachricht zukommen zu lassen, dass es ihm gut ginge. Sie wusste nun immerhin, dass über seinen derzeitigen Aufenthaltsort momentan Schweigen bewahrt werden musste. All das beruhigte Clarice nicht im Geringsten. Viele Fragen trieben sie um, auf die es keine Antwort gab. Sie wusste nicht, ob sie sich freuen sollte, dass ihr Sohn offenbar sein Mädchen gefunden hatte. Oder ob sie bibbern sollte, da nicht auszuschließen war, dass die CIA ihn und vielleicht auch die anderen mittlerweile erwischt hatte.

Liam litt noch mehr darunter, ihr nicht sagen zu können, dass er Vater geworden war. Doch momentan zählte auch für ihn erst einmal nur, dass Shania und seine Kleine gesund und in Sicherheit waren. Er liebte seine neue Familie und das winzige Mädchen, das jeden Tag aufs Neue alle faszinierte. Bei Leilas Entwicklung zuzusehen, war einfach wie ein Wunder. Ehe sie sich versahen, war ein halbes Jahr vergangen. Der Besuch von Nayla, die dank ihrer Rettung in letzter Minute inzwischen genesen war, war in dieser Zeit ein zusätzliches Highlight für Shania.

In Port Vila war schon einiges beim Wiederaufbau der Stadt bewirkt worden. Liam konnte langsam erahnen, wie schön es dort vor der Katastrophe gewesen sein mochte. Vanuatu war ein wahres Südseeparadies. Eine der letzten echten Oasen des Planeten. Die Familie hatte gemeinsam bereits Ausflüge auf der Insel Pentecost unternommen. Liam mochte seine neue Heimat und die Farmarbeit. Er spürte, dass er sich irgendwann würde vorstellen können, hier ansässig zu werden. Seine einzige Voraussetzung für eine solche Entscheidung war, dass er seine Mutter über alles informieren durfte.

Es ist vorbei

Deutschland im November 2033: „Das Bundesverfassungsgericht hat heute geurteilt, dass selbstfahrende Autos mit sofortiger Wirkung und bis auf Weiteres unzulässig sind, sofern ihre technische Ausstattung nicht garantiert, dass der Fahrer das Fahrgeschehen ständig überwacht und jederzeit eingreifen kann. Das so genannte ‚Social Rating', auf dessen Basis autonome Fahrzeuge in unausweichlichen Unfallsituationen mit mehreren potentiellen Ausgängen zurückgreifen, verstößt wegen des zu Ungunsten sozial Schwächerer ausgelegten, automatisierten Selektionsverfahrens gegen das Recht auf körperliche Unversehrtheit und gegen Artikel 1 des Grundgesetzes, nach dem die Würde des Menschen unantastbar ist. Ab sofort kann jeder Bürger kostenfrei und unter medizinischer Aufsicht seinen Chip entfernen lassen. Es ist künftig nicht mehr zulässig, ungechippte Mitbürger von öffentlichen Veranstaltungen oder Aktivitäten auszuschließen. Nicht gechippten Personen dürfen ärztliche Leistungen nicht länger vorenthalten werden."

Der Bundespräsident kommentierte das Urteil zeitnah und mit großem Wohlwollen. Deutschland habe im Hinblick auf die landesweite Etablierung von ‚Social Rating' aus Unwissenheit eine traurige Vorreiterrolle übernommen. Das Land sei Jeff Rodgers, durch dessen Mut die Wahrheit ans Licht gekommen sei, dankbar und fühle sich in diesem besonderen Punkt seiner eigenen Geschichte und deren Lehren in höchstem Maße verpflichtet. Aus diesem Grund sei es nun die Pflicht des Landes, in erster Reihe daran mitzuwirken, entstandene Schäden wiedergutzumachen.

Die Bundesrepublik Deutschland entschuldige sich bei allen,

denen durch die Einführung von ‚Social Rating' ein Schaden oder sogar persönliches Leid entstanden sei. Deutschland ermutige in dieser Stunde die europäische wie auch die internationale Staatengemeinschaft, sich dem deutschen Modell anzuschließen. Dies vor allem, sofern selbstfahrende Autos in diskriminierender Weise durch ‚Social Rating'-Selektionen auf mögliche Unfallgeschehen programmiert worden seien.

In Deutschland werde es erst dann wieder eine Straßenzulassung für selbstfahrende Autos ohne fahrerseitige Überwachung im Serienbetrieb geben, wenn sie von verantwortlichen und zertifizierten Automobilkonzernen mit einem verfassungskonformen Unfallreaktionssystem ausgestattet seien. Bis zu diesem Zeitpunkt werde der Staat die wirtschaftliche Verantwortung für entstandene Schäden und Aufwandsentschädigungen für bereits erworbene Fahrzeuge übernehmen. Ab dem 1. Januar 2034 dürften bereits erworbene und nach dem alten System programmierte Fahrzeuge nicht mehr im öffentlichen Straßenverkehr eingesetzt werden. Betroffene Käufer könnten ihr Fahrzeug kostenlos umrüsten lassen.

Jeff hatte den Lautstärkeregler seines Weltempfängers auf maximale Ansage gestellt. Ein ungläubiges Strahlen breitete sich angesichts dieser Nachricht über sein sonnengebräuntes Gesicht. Er sprang plötzlich auf, vollführte einen Freudentanz und riss Lisa hoch in seine Arme. Die ganze Familie Rodgers war wie entfesselt. Zwar hatten sie die kritische Diskussion in Deutschland, die auf ihre Buch-Enthüllungen hin erfolgt war, aufmerksam verfolgt. Von einer solchen politischen wie juristischen Kehrtwende hatte hier jedoch niemand auch nur zu träumen gewagt, schließlich war auf einen anfänglichen Aufschrei der Empörung ein Auf und Ab in der öffentlichen Diskussion um Jeffs Glaubwürdigkeit gefolgt.

***

Ein paar Monate zuvor, nachdem Liam bereits ein halbes Jahr bei der Familie Rodgers gelebt hatte, hatte er alle Beteiligten um ein Gespräch gebeten. Er hatte sich zunehmend unwohl in seinem Leben gefühlt und so nicht mehr weitermachen können. Es war ihm über die Zeit immer wichtiger geworden, dass seine Mutter nicht länger im Ungewissen leben musste – sie sollte unbedingt erfahren, dass es ihm gut ging, wo er war und dass sie sogar Großmutter eines wunderbaren Mädchens geworden war. Niemand hatte bisher eine zündende Idee gehabt, wie man das Problem hätte lösen können, ohne der CIA den streng geheimen Aufenthaltsort der Familie auf dem Silbertablett zu präsentieren. Nach wie vor wusste niemand auf Vanuatu, ob sie noch auf der Liste der CIA-Gejagten verzeichnet waren.

Richard hatte nach Liams eindringlichem Appell in die Diskussion eingegriffen. „Wisst ihr noch, wie wir damals darüber geredet hatten, dass du ein Buch über deine Geschichte schreiben könntest, Jeff?"

„Richard, das werde ich ganz sicher nie vergessen!", hatte Tracy spitz entgegnet. „Das ist immerhin der Grund, warum wir alle hier im Exil sitzen und Mike sich eine Kugel in den Kopf gejagt hat. Wie du dich vielleicht erinnerst, war das eine ausgesprochen dumme Idee."

„Es ist aber immerhin der einzige Grund, warum ich keine Geisel mehr bin!", warf Shania ein. „Ich bin frei und bin endlich hier bei meiner Familie."

Damit war Tracy mehr oder weniger überstimmt gewesen. Man war sich einig, dass ein solches Buch zumindest in der Klatschpresse eine Menge Aufmerksamkeit auf sich ziehen würde. Die CIA würde es sich selbst mithilfe der abenteuerlichsten Inszenierungen nicht mehr erlauben können, die ganze Familie

Rodgers auszulöschen. Der Geheimdienst würde wahrscheinlich versuchen, die Glaubwürdigkeit der Rodgers in Frage zu stellen und Einzelne zu diffamieren, denn das war die gängige Praxis in Fällen, in denen kritische Staatsgcheimnisse nach außen gelangten. So blieb eine öffentliche Verunsicherung, die der Indiskretion eine Menge ihrer schädlichen Auswirkungen zu nehmen vermochte. Jeff dachte dabei nicht ohne Schrecken an seine Alkoholexzesse zurück. Doch all das konnte ihnen nur recht sein. Letztlich zählte für die ganze Familie nur, dass die wenigen Menschen, die sie liebten, wieder mit ihnen in Kontakt treten konnten. Es zählte, dass alle wieder als intakte Gemeinschaft mit ihren Angehörigen leben konnten, ohne sich länger verstecken zu müssen. Alle wollten gerne auf Vanuatu bleiben – aber nicht mehr länger als Flüchtige mit falschen Identitäten und ohne Kontakt zu ihren Liebsten. Was der Rest der Welt nun glauben mochte, spielte eine untergeordnete Rolle, mehr als Aufklären und Warnen konnte man schließlich nicht.

Tracy hatte argumentiert, dass die CIA es sicher nicht dabei bewenden lassen würde, Jeff öffentlich der Lächerlichkeit preiszugeben. Doch man hatte ihr kein Gehör mehr geschenkt und so hatte sie beschlossen, sich bei dieser Diskussion möglichst im Hintergrund zu halten. Sie hatte Sam sicherheitshalber um die Ausarbeitung einer neuen Identität und um neue, passende Ausweisdokumente für sich selbst gebeten. Im Notfall würde sie allein verschwinden. Innerlich fluchte sie. Schließlich hatte sie der Familie ihr neues Leben hier geschenkt, ein Leben im Paradies. Sie war es gewesen, die alle zusammengeführt hatte, die zusammen sein mussten. Sie sah ein, dass man auf sie nicht mehr zu hören brauchte. Sie musste letztendlich sogar froh sein, dass man sie nicht mehr wegen ihrer früheren Verfehlungen verteufelte. Aus ihrer Sicht hatte sie allerdings endlich wahre Vergebung und einen Neuanfang verdient. Nicht immer dieses reserviert-freundliche Verhalten. Sie spürte ganz genau, wie unwohl sich zum Beispiel Liam in ihrer Gegenwart stets fühlte. Verdammt, auch sie hatte jemanden verloren, den sie geliebt hatte! Sie fühlte sich plötzlich mehr als einsam. Sie hatte nie Kinder gewollt, doch nun war Shanias Baby der einzige Mensch, der ihr ohne Vorbehalte begegnete.

Es hätte so schön sein können hier. Sie hätten es alle dabei bewenden lassen können. Doch es sollte nicht sein. Liam vermisste seine Mutter, Lisa wollte mit ihren Eltern in Kontakt treten, Jeff mit Mutter und Vater in Detroit.

Es reichte allem Anschein nach aus, dass so ein dahergelaufener Journalist wie Richard sagte: „Warum schreiben wir nicht ein Enthüllungsbuch?" Schon schrieben sie ein Enthüllungsbuch; Tracy schüttelte sich innerlich vor Ärger. Ihre Tarnung und ihre gemeinsame Flucht hatten Tracy viele tausend Dollar gekostet. So etwas war nicht zu wiederholen, zumindest nicht für den kompletten Trupp.

Tracy ging allmählich die Geduld aus. Sie überlegte, ob sie wirklich die ersten Anzeichen von ernsthafter Gefährdung abwarten oder ob sie sich gleich aus dem Staub machen sollte. Sie war längst nicht mehr für die Rodgers verantwortlich.

Wider Erwarten sah die Lage jedoch nach wenigen Wochen ganz gut aus. Jeff hatte mit seinem Enthüllungsbuch einen Knaller gelandet. Das Buch war schnell verfasst worden, Jeff hatte den ganzen Horror noch so präsent, dass er in weniger als einem Monat ein Werk von über dreihundert Seiten zusammengestellt hatte. Deutlich widerwilliger, aber umso schneller hatte Shania ihren erinnerten Anteil beigesteuert, der weitere 130 Seiten ausmachte. Sie wollte nicht mehr an die Zeit bei den Meyers und an ihre dramatische Flucht denken. Shania hatte sich letztendlich darauf fokussiert, sehr ausführlich zu beschreiben, wie und warum sie einen CIA-Agenten über den Haufen geschossen hatte. Es war ihr wichtig, den Vorfall klar als eine Situation von absoluter Notwehr zu beschreiben. So wollte sie ihre junge Familie vor rechtlichen Nachstellungen wegen eines möglichen Mordverdachtes schützen. Die Beschreibung ihres groben Umgangs mit der Nonne seinerzeit glich eher einer Bitte um Vergebung. Eine Bitte um Entschuldigung, verbunden mit der Hoffnung, die in der Not geschädigte Frau möge sich bei ihr melden, sofern sie irgendetwas für sie tun könne. Shania gab aus Reue ein großzügiges Spendenversprechen an deren Kloster ab. Hinsichtlich aller anderen Erfahrungen hatte Shania sich so kurz wie möglich gefasst.

Auch Liam wurde gebeten, seinen Teil der Geschichte zu ergänzen. Die Notwendigkeit, sich dazu in die Vorgeschichte einzulesen, um diverse Zusammenhänge zu verstehen, brachte Liam an seine Grenzen. Immer wieder war er beim Lesen außer sich vor Wut geraten, als er begriff, wie schwer es für die Familie und vor allem für die Mutter seines Kindes zuweilen gewesen war. Alles war noch deutlich schlimmer gewesen als er es sich ohnehin schon ausgemalt hatte. Auch Liam steuerte dem Werk nochmals dreißig sehr aufschlussreiche Seiten bei.

Das Buch unter strengsten Sicherheitsvorkehrungen in Windeseile zu verlegen und zu vermarkten, war mit Richards Kontakten ein wahres Kinderspiel gewesen. Es war allerdings auch die mit Abstand kritischste Phase der Publikation.

Sollte die CIA Wind bekommen haben von diesem brisanten Projekt, dann war wenig Gutes zu erwarten. Es war davon auszugehen, dass man versuchen würde, die ganze Gruppe auf Vanuatu noch rechtzeitig auszulöschen und die Veröffentlichung zu verhindern. Aber Richard hatte klug und vorsichtig agiert. Es hatte geklappt.

Die Publikation der Rodgers schlug in Deutschland ein wie

eine Bombe, die Erstauflage mit 10.000 Exemplaren war nach einer Woche vergriffen. Auch eine umgehend veranlasste Neuauflage in doppeltem Umfang hielt kaum zwei Wochen vor, das öffentliche Interesse war immens. Während eine dritte Auflage mit 100.000 deutschsprachigen Exemplaren gedruckt wurde, waren auch schon Übersetzungen ins Englische, Französische und Spanische in Produktion. Die internationale Politik reagierte auf das Thema überraschend schnell und auf höchstem Niveau.

Jeff, Lisa und Liam kontaktierten ihre Eltern noch am Tag der Veröffentlichung, es waren erlösende und tränenreiche Telefonate. Aus allen Richtungen wurden umgehend Flüge gebucht, um die kleine Leila auf Vanuatu zu begrüßen und die schon fast für alle Zeiten verschollen geglaubten Liebsten endlich wieder in den Armen halten zu können.

Das zweifellos größte ‚Hallo' bot das Wiedersehen von Clarice und Liam. Liam war an den Flughafen der Hauptstadt Port Vila auf der Insel Efate gekommen, um seine Mutter zu empfangen. Clarice schoss als einer der ersten Passagiere aus der Maschine aus Brisbane, sie konnte es kaum erwarten, bis sie endlich ihr Gepäck vom Band nehmen konnte. Sie eilte durch die Passkontrolle, vorbei an den einheimischen Musikern und den Countern der Luxushotels, an denen Fahrer auf ihre zahlungsfreudigen Gäste warteten. Dann endlich, im Getümmel der Flughafenhalle, entdeckte sie ihren so lange verschollenen Sohn. Clarice vermochte sich kaum zu fassen und presste Liam abwechselnd an sich, nur um ihn gleich danach wieder auf Armeslänge Abstand zu halten. Sie lachte, und zugleich liefen ihr die Tränen der Freude über die Wangen. Auch Liam hatte feuchte Augen.

Den ganzen Inlandsflug über konnten Mutter und Sohn nicht aufhören, einander anzusehen, sich an Händen und Armen zu berühren und ohne Unterlass zu plappern. Am Flughafen auf Pentecost stand sie dann zum ersten Mal seit langer Zeit Shania gegenüber. Clarice konnte kaum fassen, wie erwachsen das Mädchen in den nicht einmal zwei Jahren geworden war.

Nach einem kurzen Moment der Befangenheit warf Clarice schließlich alle Vorbehalte und ihren großen Kummer über ihre lange Ungewissheit über Bord und umarmte die junge Frau, die sie schon damals in Miami in ihr Herz geschlossen hatte.

Shanias Eltern kennenzulernen machte Clarice schließlich begreiflich, warum Shania sich trotz ihrer bewegten Kindheit zu einer so fesselnden Persönlichkeit hatte entwickeln können.

Während sich Clarice noch mit Lisa, Jeff und Liam unterhielt und endlich auch Chiara kennenlernte, hatte sie kaum bemerkt, dass Shania sich unauffällig ins Obergeschoss abgesetzt hatte. Als Liams Freundin jedoch mit dem glucksenden Kleinkind im Arm die Treppe herunterkam, flogen alle Köpfe herum.

Es war ein sehr emotionaler Moment für Clarice, als sie die Arme ausstrecken konnte, um zum ersten Mal ihre Enkelin in die Arme zu nehmen. In den Gesichtszügen des winzigen Mädchens lag so viel Vertrautes aus der eigenen Familie, von Liam vor allem, dass sie es kaum fassen konnte. Was immer geschehen sein mochte – jetzt gerade in diesem Moment war Clarices Glück wirklich vollkommen.

Auch das Wiedersehen mit Jeffs und Lisas Eltern in den folgenden Tagen war ein intensiver Moment reinster Freude. Nie zuvor waren auf der Farm so viele Glückstränen vergossen, waren so viele Umarmungen erlebt worden wie in den Wochen nach der Veröffentlichung des Enthüllungsbuches.

Auf der Farm ging es zu wie im Taubenschlag. Nicht nur Familienmitglieder, Freunde und Bekannte von Vanuatu waren angereist. Auch Journalisten, schaulustige Touristen und Scharen lästiger Paparazzi waren gekommen. Sogar ein Filmproduzent war angereist, um sich die Rechte an einer Produktion zu sichern.

In Atavtabanga waren bereits drei Tage nach der Veröffentlichung alle Unterkünfte belegt. Jede Familie, die ein Zimmer oder auch nur ein Bett erübrigen konnte, hatte es vermietet und freute sich über die zusätzlichen Einnahmen, wenngleich die Einheimischen völlig überrumpelt waren von dieser Sorte Sensationstourismus.

Die Regierung von Vanuatu hatte am Ortsrand in nur drei Tagen provisorische, doch sehr komfortable Unterkünfte mit Hotelcharakter im Glamping-Stil aufgebaut. Aus den Einnahmen sollten weitere Investitionen in den bereits sehr effektiven Katastrophenschutz getätigt werden, der für die geologisch genau auf dem ‚Ring of Fire' gelegenen Inseln unabdingbar war. Auch die Tourismusindustrie wurde mit einem Teil des Erlöses bedacht, um das Land auch wirtschaftlich zu stabilisieren. Das Insel-Paradies Vanuatu, das bislang nur in Australien und Neuseeland als Tourismusattraktion gegolten hatte, erfreute sich plötzlich eines ungewohnt großen internationalen Interesses.

Jeff hatte nie darüber nachgedacht oder gar beabsichtigt, eine solche Maschinerie anzustoßen. Das auch von ihm nicht ohne Spannung erwartete Feedback auf sein Buch war durchweg positiv. Die Dorfgemeinde feierte ihn, man glaubte ihm. Der Präsident Vanuatus ernannte ihn, seine Familie, Tracy, Richard und Romeo sogar zu Ehrenbürgern. Jeff wurde zu seiner Überraschung eine hohe Auszeichnung für die Förderung der Tourismusindustrie auf Vanuatu überreicht, denn in Deutschland und den USA war Vanuatu mit einem Schlag ein gefragtes Urlaubsziel, das jeder Veranstalter gern im Programm führte. Eine bessere Destinationsmarketing-Kampagne hätte sich keine Hochglanzwerbeagentur ausdenken können.

All das brach binnen sechs Wochen über die Inselgruppe herein und es dauerte Monate, bis der Ansturm auf Vanuatu abebbte. Der normale Tourismus pendelte sich schließlich auf einem höheren Niveau als je zuvor ein. Monate später, als der Film ‚Social Rating' weltweit die Kinos eroberte, konnte sich das Inselparadies zum wiederholten Mal kaum retten vor neuen Tourismuswellen, denn das sogenannte ‚Set-Jetting' war schon seit die Serie „Game of Thrones" zwanzig Jahre zuvor das kroatische Dubrovnik berühmt gemacht hatte, ein boomender Zweig der internationalen Tourismusindustrie.

Die Rodgers waren völlig überrumpelt von der Energie dieser Entwicklung. Der ursprüngliche Ansporn, ihre Familien wiederzusehen und nicht länger unter falschem Namen versteckt leben zu müssen, war fast in den Hintergrund getreten. Bald schon wurde ihnen dieser Hype zu anstrengend, vor allem angesichts ihres sonst so ruhigen Lebens auf dem Land. Ein Auftritt auf dem roten Teppich zur Premiere eines Filmes über ihr Leben auf der Berlinale war zwar eine große Ehre – aber nun wirklich nicht ihr erklärtes Ziel gewesen. Es hatte sich eine Art Starkult entwickelt, der immerhin dazu beitrug, ihre bisherigen finanziellen Engpässe vergessen zu lassen. Es gab Einnahmen durch Übernachtungsgäste auf der Farm, durch staatliche Zuschüsse, Gagen für Interviews von Rundfunk und Fernsehen, Fotostrecken und die Verfilmung ihrer Familienchronik sowie ausreichend Einnahmen aus Lizenzverkäufen. Eine Kosmetikfirma warb bei Lisa sogar die ‚Coasterflower'-Rezeptur ab und machte den Duft, mit dem sie ihren Jeff noch immer betörte, weltberühmt.

Die CIA hatte sich nach Veröffentlichung der Erstauflage des Buches zwei Wochen lang Zeit gelassen, sich dazu zu äußern. Man hatte zunächst darauf spekuliert, dass der Hype um das Buch nach kurzer Zeit abebben würde. Als sich jedoch abzeichnete, dass sich das Ganze zu einem internationalen

Politikum ausweiten könnte, geriet der Geheimdienst unter Druck. Es wurde Zeit, Stellung zu beziehen, um den Schaden in Grenzen zu halten.

Die Experten waren auf dieses Szenario sehr gut vorbereitet gewesen. Die Bauernopfer waren rasch gewählt und wurden gnadenlos ausgespielt. Ehemalige Kollegen von Jeff wurden geschmiert und ins Rampenlicht gezerrt. Sie berichteten von Jeffs wiederholten Alkoholexzessen im Wechsel mit seinen intensiven Schaffensphasen, von seinen Alleingängen. Sogar Jeffs ehemaliger Vorgesetzter Patrick hatte keine Skrupel, sämtliche aus dem Zusammenhang gerissenen Behauptungen zu bestätigen. Die erhobenen Vorwürfe waren mehr als geeignet, Zweifel an Jeffs Integrität aufkommen zu lassen. Es stellte sich angesichts der Verleumdungen öffentlich die Frage, ob Jeff nicht doch nur ein armer Verirrter mit einer blühenden Fantasie und einem Hang zur Selbstdarstellung und zu Hochprozentigem war.

Gillian und der Pressesprecher der CIA traten öffentlich auf, versprachen vollständige Aufklärung und bekundeten scheinheilig ihre Bestürzung, dass in Gestalt von Mike und Tracy innerhalb der CIA ein Team offensichtlich im Alleingang gehandelt und mit dem überehrgeizigen Jeff kooperiert habe. Die eigene Zurückhaltung begründeten Vertreter der CIA damit, dass man diese Vorgänge und ihre weitreichenden Konsequenzen für schlicht undenkbar gehalten habe. Zudem dementierte man, dass die Folgen so weitreichend wie öffentlich beschrieben gewesen seien.

Tatsächlich aber war jeder Beteiligte vorab eingeweiht und bestochen worden. Selbst Jeronimos Eltern bestätigten, dass ihr einziger Sohn bei einem Autounfall ums Leben gekommen sei. Bill und andere CIA-Agenten bestätigten, dass es nie einen Auftrag gegeben hätte, ein minderjähriges Mädchen wie Shania zu verfolgen.

Elaine schwieg nach unmissverständlichen Drohungen aus den Reihen des Geheimdienstes, vor allem aus Angst um das eigene und Caithleens Leben. Ihr einziges öffentliches Statement war: „Mein Mann war meines Wissens nach Dozent. Er hat nicht gern über seine Arbeit gesprochen. Auch im Interesse meiner Tochter bitte ich inständig darum, dass wir die Toten ruhen lassen können. Wir haben eine schwere Zeit durchgemacht."
Die Rodgers rieten Bev und anderen Freunden Shanias, sich mit Äußerungen zurückzuhalten. Sie wussten ohnehin nichts zur Sache, ihre Aussagen würden von der CIA im Handumdrehen verfälscht werden. Das Letzte, was Jeff und seine Familie wollten, war, Freunde in Gefahr zu bringen. Also baten sie alle Beteiligten, Stillschweigen zu bewahren. Die CIA brachte eine eigene Story über Mikes Leben heraus – ein taktischer Zug, um die Verstrickung des Geheimdienstes in die Affäre zu vernebeln. Mike – „ein Agent mit viel Potenzial, doch gestraft mit dem persönlichen Unvermögen, sich unterzuordnen". Ein fähiger Kopf, der wohl einige Alleingänge vollzogen und vertuscht hatte.

Die CIA hatte offensichtlich von langer Hand und gründlich vorgearbeitet und hatte mit gekauften Zeugen alles, was sie wollte und brauchte: eine wasserfeste Story und eine weiße Weste.

Was die Politik mit dem Thema anstellte, war dem amerikanischen Geheimdienst völlig egal. Einzig und allein die Öffentlichkeit sollte davon überzeugt werden, dass es in den eigenen Reihen nichts Zweifelhaftes zu erforschen gab, weil Mike, Tracy und Jeff einfach nur grenzwertige Einzelfälle waren, die in einer ungünstigen Konstellation zusammengefunden hatten. Politisch angeordnete Untersuchungen in den Reihen der CIA galt es zu vermeiden.

Auf Vanuatu feierte man den sogenannten ‚Verrückten' und schenkte es sich, darüber zu sinnieren, ob er die Wahrheit kundgetan hatte oder nicht. Die Lebenshaltung der Insulaner war von heiterer Natur, sie glaubten an das Gute im Menschen. Jeff war immer ein guter Nachbar gewesen, ein fairer Geschäftspartner und augenscheinlich auch ein großartiger Familienvater. Er hatte die Welt mit seinem Thema gut unterhalten und hatte Vanuatu damit berühmt gemacht. Das reichte, um in ihm einen wahren Helden zu sehen.

Der Rest der Welt allerdings kippte stimmungsmäßig, man war sich am Ende doch nicht mehr so sicher, ob Jeff nicht eher ein Romanautor mit einer fragwürdigen Geschichte war. Was hatte er der Öffentlichkeit vorgelegt? Eine Spielfilmvorlage, gekonnt inszeniert als wahre Geschichte? Einen PR-Gag? Oder doch ein Stück Wahrheit?

Schon kamen erste Diskussionen um Moral in der Werbung und der Unterhaltungsindustrie auf. Es wurden wieder einmal Forderungen nach Richtlinien laut, die eindeutig regelten, wie in der Literatur zu kennzeichnen sei in puncto Wahrheit und Fiktion. Allesamt waren es gewinnsteigernde Diskussionen, die den Verkauf des Buches, des Parfüms und den Erfolg des Filmes nur erneut anheizten. Jeder wollte es gelesen haben, jeder wollte mitreden können.

Von der CIA wurden derweil vor allem der Suizid von Mike und die Flucht von Tracy als Bestätigung für deren Alleingänge herausgearbeitet. Der Geheimdienst belegte formvollendet, dass es keine Verbindung zwischen CIA, CatCataria und FutureCars gab. Zeiten, die Mike und Tracy als Dozenten an der CatCataria gearbeitet hatten, wurden als Alleingänge der beiden dargestellt, als Zeiten, in denen sie sich offensichtlich grundlos krank gemeldet hatten. Manipulierte Ärzte und Krankenversicherungen wurden in das Geschehen hineingezogen. Alle bestätigten, dass dies Phasen gewesen waren, in denen die beiden sich mehrere Jahre wegen angeblichen Burnouts hatten krankschreiben lassen.

Ehemalige Dozenten, die Tracy nie in ihrem Leben gesehen hatte, und ehemalige Studenten bestätigten, dass es ihnen schon immer seltsam vorgekommen sei, wie fokussiert die CatCataria im Hinblick auf wirtschaftliche Interessen gewesen sei. Die angeblichen Gründer von FutureCars und der CatCataria, die für Jeff immer nur Avatare gewesen waren, wurden in die Öffentlichkeit gezerrt, um unisono die Verschwörungstheorie über eine Kooperation mit der CIA zu dementieren.

Weder die Rodgers noch Romeo oder Richard trugen sich mit der Absicht, die Unterstellungen und fingierten Beweisstücke der CIA zu kommentieren. Es kam ihnen entgegen, dass die öffentliche Aufmerksamkeit wieder ein wenig abflaute. Sie wollten schließlich nur in Ruhe leben und niemand von ihnen hatte irgendwelche Ambitionen, ein Star zu sein. Noch weniger wollten sie dafür kämpfen, die Öffentlichkeit vom Wahrheitsgehalt ihrer Geschichte zu überzeugen. Schließlich hatten sie genug damit zu tun, das Erlebte selbst zu verkraften und ein neues Leben zu beginnen. Sie hatten alle ihre Schuldigkeit getan und – um ihrer gesellschaftlichen Verantwortung willen – bereits mehr als genug persönliche Opfer gebracht. Die Öffentlichkeit war jetzt gewarnt und aufgeklärt. Was letztlich daraus wurde, lag nicht mehr in ihrer Hand. Alle auf Vanuatu wollten einfach nur in Ruhe leben und ihre Lieben schützen, sie waren nach dem, was geschehen war, mehr als bereit, die Grenzen ihrer eigenen Macht anzuerkennen.

Die Farm lief hervorragend, Shania und Liam waren in Küstennähe umgezogen, um mit ihrer kleinen Familie etwas zur Ruhe zu kommen. Sie lebten von den Erträgen einer kleinen Bar und eines überschaubaren Hotels, das sie dank des Tourismusbooms auf Vanuatu hatten eröffnen können.

Romeo war inzwischen als Lehrer tätig. Jeff war jetzt in

vielerlei Hinsicht ein gefragter Mann. Er wurde zu Vorträgen und Autorenlesungen eingeladen, führte gemeinsam mit Lisa die Farm und wurde als IT-Consultant für knifflige Lösungen einer aufblühenden Hotellerie und Industrie auf Vanuatu herangezogen. Er wurde fürstlich entlohnt, seiner Familie ging es nach harten Jahren endlich wieder gut.

Richard war nach Erscheinen des erfolgreichen Buches als Ghostwriter und Enthüllungsjournalist ein Magnet in der Branche – er wohnte überall und nirgends und kam nur noch selten nach Vanuatu, um seine begehrten Geschichten zu erzählen.

***

Tracy entschied sich für eine neue Identität und verließ die Insel. Alle waren froh darüber, obwohl sie ihr immer dankbar sein würden. Sie war der kleinen, eingeschworenen Gemeinschaft immer etwas unheimlich geblieben.

Die CIA machte auch in den eigenen Reihen nicht gern halbe Sachen. Tracy hätte vor der Veröffentlichung verschwinden sollen, das sollte sie schnell begreifen. Noch auf Vanuatu wurde sie ständig verfolgt, ihre neuen Papiere halfen ihr dabei überraschend wenig. Die Ermittler waren ihr stets einen Schritt voraus.

In ihrem undercover angemieteten Hotelzimmer in Neuseeland, das sie als ihre neue Heimat auserkoren hatte, saß plötzlich ungebetener Besuch auf ihrem Bett. Tracy kam aus der Dusche, als sie Bill dort sitzen sah. Sie versuchte nicht einmal, sich zu wehren. Sie wusste, dass es zwecklos war, selbst wenn sie ihn überwältigen würde. Denn draußen würden seine Kollegen warten, sie war offensichtlich für immer eine Gejagte. Sie würde nie ihren Frieden finden. Zu unruhig, um zu erkennen, was sie glücklich machte. Warum sollte sie sich also wehren? Sie setzte sich neben den Eindringling, der sie mit kaltem Blick musterte.

„Hallo Bill. Ich bin euch zu gefährlich, was?"
„So ist es, Tracy. Wenn du dich eines Tages entschließt, dich zu der Story zu äußern, dann wird der Ruf der CIA erheblichen Schaden nehmen. Das kann niemand wollen, nicht wahr?" Sein gespieltes Lächeln hatte einen grausamen Zug.
„Ich habe nichts dergleichen vor." Tracy war leichenblass geworden.
„Wer garantiert uns das? Du könntest deine Meinung noch ändern."
„Es gibt im Leben keine Garantien. Nichts für Warmduscher, du bist offensichtlich lieber Gillians Marionette, was?"
„Ich lebe für meine Sache und ich arbeite für mein Land, Tracy. Werte, die du offensichtlich vergessen hast." Bill sprach tonlos, er schien völlig unbeteiligt.
„Ich habe meine persönlichen Werte nicht vergessen, Bill. Aber eine derartige Diskussion erübrigt sich ja augenscheinlich. Machen wir es kurz. Tu, was du tun musst."
Sie zitterte plötzlich, aber sie war vollkommen klar.
Bill zog mechanisch seine Handschuhe an und nahm ihre Dienstwaffe aus der Schublade. Erst vor wenigen Stunden hatte sie das Ding dort verstaut. Er nahm ihre Hand, sie folgte ihm willenlos wie eine Marionette. Bill legte ihre Finger fachmännisch um die Waffe, eine Szene wie in einer eigentümlichen Trance. Tracy lief eine Träne über die Wange. Sie starrte auf die Waffe in ihrer Hand. Ihre letzten Gedanken galten Mike. ‚Ich liebe dich und jetzt komme ich zu dir, mein Schatz'. Der Vollstrecker der CIA führte ihre Hand, bis sie den Lauf der Waffe im Mund hatte. Tracy drückte ab, noch bevor er ihren Finger führen musste.
Ted stand vor der Tür. Ein Knall – Bill hatte das Miststück also alleine erledigt. Verdammt. Er hatte sich fast darauf gefreut, dass sie sich wehren würde. Bill verabscheute Teds Sadismus, für

ihn war Tracy eine von ihnen gewesen. Eine, die irgendwann den falschen Weg eingeschlagen hatte. Es fiel ihm nicht leicht, sie zu töten. Doch er sah die Notwendigkeit angesichts der Gefahr, die lebenslang von ihr ausgehen würde.

Ted sah es anders, das war Bill klar. Er wusste, dass Ted auch jetzt, nach über einem Jahr, noch wild darauf war, seinen Geliebten Jeronimo zu rächen. Tracy war Shanias Fluchthelferin, das reichte ihm für den Todesstoß.

In der Nacht in seinem Hotelzimmer grübelte Ted. Er hatte gehofft, dass dieser Auftrag ein Geschenk von Fortuna gewesen wäre. Er musste wohl weiter auf seine Chance, Rache zu üben, warten. Die Familie Rodgers sollte ganz offiziell nicht mehr gejagt werden. Das erschwerte seinen Plan erheblich. Würde er sich irgendwann Urlaub nehmen und das Projekt in seiner Freizeit erledigen? Er schwor sich noch einmal, dass seine Chance eines Tages kommen würde – und wenn es noch zwanzig Jahre dauern würde! Im richtigen Moment würde er zuschlagen, er würde stark sein für seinen ermordeten Liebsten. Niemand würde ihn davon abhalten können. Rache mochte ihm vielleicht Jahre des Wartens voller Bitterkeit einbringen, aber am Ende würde sie süß schmecken – das schien ihm so sicher wie der Tod und die Steuer.

Tracys ‚Suizid' ging als Randmeldung durch die Medien und untermauerte die vorgetragene Sichtweise der CIA. Man drückte scheinheilig tiefes Bedauern aus, ein tragisches Einzelschicksal, so bedauerlich wie jenes von Mike. In einer betont fürsorglichen Pressemitteilung wurde dargelegt, dass man aus den Dramen der Vergangenheit gelernt habe und künftig eine bessere psychologische Betreuung der Agenten garantieren würde. Die Väter und Mütter in Amerika könnten sich künftig sicher sein, dass jedes ihrer Kinder, das sich für eine Laufbahn im Dienst des Vaterlandes entscheide, auch die Unterstützung erfahren würde, die es benötigte, um dem Druck der Verantwortung gewachsen zu sein.

Die Rodgers waren schockiert, von Tracys Tod zu erfahren. Niemand von ihnen glaubte wirklich an einen Selbstmord. Ohne Tracy als einzige Zeugin, so viel stand fest, war nichts mehr am öffentlichen Bild der ganzen Affäre zu korrigieren, zumindest nicht auf Basis handfester Beweise und Zeugenaussagen. Die Rodgers verstanden diese letzte Warnung sehr wohl. Da es von jeher das Einzige war, was sie wirklich gewollt hatten – in Frieden zu leben, glücklich zu sein, nichts tun zu müssen, das sie moralisch nicht vertreten konnten – konzentrierten sie sich nun vollkommen auf ihre eigenen Lebenspläne, es gab schließlich genug zu tun.

Umso überraschender und schöner war es, an jenem Tag, einige Wochen nach Tracys Tod, aus den Nachrichten zu erfahren, dass die deutsche Regierung – trotz allen Leugnens einer maßgeblichen Beteiligung der CIA und der wahren Dimension schädigender Auswirkungen von Social Rating Chips – der Verbindung von Social Rating und dem autonomen Fahren auf den Grund gegangen war und dem Ganzen einen gesetzlichen Riegel vorgeschoben hatte. Die CIA mochte es geschafft haben, den eigenen Ruf zu retten. Sie hatte ohne Skrupel Jeff, seine Familie sowie Tracy und Mike diskreditiert. Doch frei nach der Devise ‚Wo Rauch ist, ist auch Feuer' hatte man dem, was Jeff neben seinem innigen Wunsch nach einem freien Leben am wichtigsten war, unfreiwillig sogar Vorschub geleistet. Denn es war ihm auf Umwegen gelungen, etwas moralisch nicht Vertretbarem, das durch seine Forschungsarbeit in die Welt gekommen war, letztendlich Einhalt zu gebieten.

Viele erfüllte und glückliche Jahre folgten, in denen Shania ihrem Liam noch zwei weitere Kinder schenkte. Die Jahre verflogen wie im Handumdrehen, durch die Kinder, die Bar und das Hotel, durch ihre Unterstützung auf der elterlichen Farm ging es immer rund. Es war eine gute, aber auch eine arbeitsreiche Zeit für alle. Ersehnte Jahre, in denen die Rodgers ihr Leben endlich genießen konnten. Allerdings konnten sie nur selten die Ruhe finden, Pläne für die Zukunft zu schmieden oder sich Zeit füreinander zu nehmen.

Shania dachte oft, dass es bestimmt schön wäre, würde Liam sie um ihre Hand bitten. Doch wann um alles in der Welt hätten sie nun auch noch eine Hochzeit vorbereiten wollen? Liam war ein Mann der Tat. Wenn er sie heute fragen würde, würde er sie sicher binnen eines Jahres heiraten wollen. Sie fand immer neue Gründe dafür, nicht laut auszusprechen, was sie sich so sehnlich von ihm wünschte. So eine Hochzeit müsste schon fix und fertig organisiert vom Himmel fallen. Sie ahnte nicht, dass Liam um ihren Herzenswunsch nur zu gut wusste.

Auch Liam machte sich schon lange Gedanken zum Thema ‚Hochzeit'. Er hatte Shania schon heiraten wollen, als sie verschwunden gewesen war. Als er sie gefunden hatte, brachte sie gerade ihr erstes Kind zur Welt, sie war damals noch minderjährig gewesen. Vor allem aber hätte er sie nicht unter falschem Namen und in Abwesenheit seiner Mutter ehelichen wollen. Sie hatten ihre Bar und ihr Hotel eröffnet, dann war Shania wieder schwanger geworden und Liam hatte das Thema erst einmal wieder hintangestellt. Kaum war Laurent aus den Windeln heraus, hatte sich Liam fest vorgenommen, dass er sie endlich um ihre Hand bitten wollte.

An jenem Abend, als er mit dem Ring nach Hause kam und sich gerade überlegen wollte, wie er den Antrag gestalten würde, fand er den Tisch romantisch eingedeckt – mit einem neuen Babyschuh auf seinem Teller. Die anstehende Geburt seiner zweiten Tochter hatte seine Pläne noch einmal nach hinten verschoben. Nach der Geburt seiner Jüngsten hatten sie als berufstätige Eltern dreier kleiner Kinder dann wahrlich andere Sorgen, als eine Hochzeit zu organisieren. Nur zwei Jahre nach der Geburt von Amelie war Shania erneut schwanger geworden. Kinderreiche Familien waren hier auf Vanuatu üblich und sowohl er als auch seine Liebste waren sich einig, dass es wundervoll war, eine große Familie zu haben. Diesmal hatte es das Schicksal allerdings nicht gut mit ihnen gemeint. Shania hatte das Kind ohne erkennbaren Anlass plötzlich verloren und war danach eine ganze Weile sehr traurig und verstört gewesen. Auch zu dieser Zeit hatte Liam nicht vom Heiraten anfangen mögen. Chiara war mittlerweile zum Studium nach Australien gegangen, die Zeit verging. Erst als Liam bereits Anfang dreißig war, pfiff er schließlich auf die äußeren Umstände, die bestimmt niemals perfekt sein würden. Er begann, heimlich zu planen.

Alle halfen Liam dabei, nicht nur die Verlobung zu planen. Shania jonglierte nichtsahnend weiter ihre Rollen als Geschäftsführerin touristischer Unternehmungen, als Mutter, Tochter und Ehefrau. Es kostete ihn über zwei Jahre, bis er aus den gesammelten Ideen für sie, den gesetzlichen Vorgaben und den lokalen Gegebenheiten in aller Heimlichkeit einen wirklich realisierbaren Plan auf die Beine gestellt hatte. Er wollte es für seine Shania perfekt machen. Sie sollte keine Arbeit damit haben, alles sollte genau so sein, wie sie es tief in ihrem Innersten wollte. Der große Moment bahnte sich an.

Schatten im Paradies

Mutter Natur war auf den über achtzig Inseln Vanuatus, die geografisch betrachtet genau auf dem ‚Ring of Fire' lagen, in den letzten Jahren vergleichsweise ruhig gewesen. 2049 kam es wiederholt zu stärkeren Eruptionen des Vulkans Mount Yasur auf Tanna. Der Yasur war nie ganz erloschen, eine Touristenattraktion, die sich besonderer Beliebtheit erfreute. Er erreichte jedoch ‚nur' das Aktivitätslevel eins oder zwei. Das bedeutete, dass es für Einheimische wie für Touristen relativ sicher war, etwa ein Viertel des Kraterrandes abzulaufen und sich das im Krater gebotene, faszinierende Naturschauspiel unbezähmbarer Naturgewalt aus nächster Nähe anzusehen.

Shanias und Liams Hotel vermittelte sogar bei Nacht Helikopter-Trips über den aktiven Vulkan, denn im Dunkeln war das Naturschauspiel außergewöhnlich beeindruckend. Momentan waren die Eruptionen jedoch deutlich stärker und schwankten zwischen Aktivitätslevel drei und vier, was bedeutete, dass das Feuerwerk nicht mehr nur im Krater stattfand, sondern dass immer wieder auch pulsierende Lavaschwalle nach allen Seiten über den Kraterrand gespuckt wurden. Selbst aus der Ferne war das ein beängstigender Anblick. Dazu kam, dass die ganze Insel nach und nach mit einer stetig dicker werdenden Ascheschicht überzogen wurde. Touristische Aktivitäten waren schon aus Sicherheitsgründen streng untersagt. An Wanderungen oder auch nur an Fahrten zum letzten Parkplatz unterhalb des Kraterrandes war nicht zu denken, es herrschte akute Lebensgefahr bis hinunter zum Fuß des über 360 Meter hohen Berges. Auch die beliebten Flugsafaris mussten entfallen – viel zu gefährlich für den Flugverkehr waren der erhöhte Ascheausstoß und die zunehmende Höhe der Lavafontänen.

Lediglich Geologen und ein paar halsstarrige Einheimische verharrten auf Tanna, während die meisten der rund 20.000 Einwohner längst evakuiert waren. Man war sich nicht sicher, ob ein verheerender Ausbruch kurz bevorstand. Es hätte bloß eines schwachen Erdbebens bedurft, um Schlimmeres auszulösen. Die Messgeräte für entsprechende seismische Aktivitäten schlugen immer wieder verdächtig aus. Auch die Aktivität der üblicherweise ruhigeren Vulkane auf den Inseln Ambrym und Ambae erreichte in diesen Tagen einen kritischen Level. Für nahezu alle Inseln Vanuatus waren Erdbebenwarnungen vom lokalen Katastrophenschutz herausgegeben worden.

Auf der Farm der Rodgers wurden derlei Warnungen nur mit halbem Ohr vernommen, denn es lag genug persönliche Aufregung in der Luft. Das geplante Großereignis der heimlich vorbereiteten Hochzeit warf seine Schatten voraus und hielt alle in Atem.

Lisa war mit eingespannt in die Schlussphase der größten Überraschung, die Liam Shania je bereiten würde. Sie freute sich von Herzen auf die leuchtenden Augen ihrer Tochter, wenn sie das ganze Ausmaß seiner geheimen Aktionen, die von innigster Liebe zeugten, sehen würde. Lisa war vollkommen begeistert von ihrem Schwiegersohn. Eine bessere Partie hätte Shania nicht machen können. Hätte Chiara nur auch so viel Glück – doch ihre jüngste Tochter verliebte sich immer in die falschen Kerle. Lisa war dankbar, dass wenigstens Shania einen jungen Mann gefunden hatte, der ihrem Jeff ähnlich war. Clever, liebevoll und treu, interessant, sich für keine noch so harte Arbeit zu schade, ein hingebungsvoller Vater. In wenigen Tagen würde es so weit sein. Shania würde Augen machen! Erst kürzlich hatte ihre Große ihr im Stillen erzählt, dass sie manchmal wünschte, er wäre romantischer. Dass sie manchmal traurig sei, weil er nie um ihre Hand angehalten hatte. Sie hatte keinen blassen Schimmer, was sie in kürzester Zeit erwarten würde.

Lisa schloss verträumt die Augen. Es war schon wie ein Wunder, wenn man seine große Liebe gefunden hatte. Mit Jeff war es für sie immer noch fast wie am ersten Tag. Bei ihm fühlte sie sich sicher, geborgen, geliebt und begehrt. Egal, was sie schon hatten durchstehen müssen, gemeinsam hatten sie es geschafft und waren danach noch inniger verbunden gewesen. Wenn sie sah, wie Jeff mit den Enkeln umging, bei Festen scherzend am Grill stand oder ihre Familie und Freunde mit seinen humorvoll erzählten Geschichten zum Lachen brachte, dachte sie immer wieder: „Das ist mein Jeff; ich liebe ihn – er ist der tollste Mann der Welt."

Lisa war gerade auf der Heimfahrt von einem Nachbarort, wo sie alles Nötige eingekauft hatte. Liam benötigte noch ein paar Dinge, er selbst konnte sich nicht ständig wegschleichen, das wäre zu auffällig gewesen. Shania hatte ohnehin schon begonnen, kritische Fragen zu stellen. Bis es endlich so weit war, sollte alles Material auf der Farm verbleiben. Von dort aus würden sie auch aufbrechen. Shania sollte nichts mitbekommen von den Plänen ihres Liebsten, die weit über einen normalen Heiratsantrag hinausgingen.

Lisa steuerte ihren Wagen sicher auf die steil ansteigende Küstenstraße. Es war ein langer Tag gewesen, sie hatte jede Menge Erledigungen getätigt und war froh, wenige Kilometer weiter endlich ins Landesinnere nach Atavtabanga abbiegen zu können. Sie freute sich auf einen schönen Abend mit Jeff. Auch nach vielen gemeinsamen Jahren war es für sie immer noch die größte Belohnung, zu ihrem Mann nach Hause zu kommen. Sein warmes, glückliches Lächeln, mit dem er sie willkommen hieß, machte ihren Tag immer wieder perfekt. Bei allem, das sich in den letzten Jahren auch verändert haben mochte, war eines immer gleich geblieben: Sie und Jeff waren in tiefer Liebe verbunden geblieben. Hinter ihnen lagen anstrengende, doch auch wundervolle Jahre. Bald schon würden große Feierlichkeiten das Glück der Familie Rodgers perfekt machen. Lisa sah Liams Pläne auch als ihren eigenen Startschuss in den Ruhestand. Sie würde Jeff bitten, danach beruflich ebenfalls kürzerzutreten. Sie hatten genug Geld, sie konnten die Farm verpachten und er brauchte keine weiteren Aufträge als Consultant mehr anzunehmen. Sie könnten dann ihren Lebensabend in Ruhe genießen. Für Shania und Liam würde es erheblich weniger turbulent zugehen, wenn die Großeltern als Unterstützung zur Verfügung stünden. Lisa hoffte insgeheim auf ein paar schöne, gemeinsame Reisen. Sie würde so gerne einmal Arm in Arm mit ihrem Liebsten die Akropolis in Griechenland oder das malerische weiß-blaue Santorin bereisen. Wie gerne würde sie einmal in Grönland das ewige Eis sehen! Das Leben mit Jeff konnte gar nicht lang genug andauern.

Eine heftige Erschütterung riss Lisa jäh aus ihren Tagträumereien am Steuer. Die Erde bebte! Lisa verriss vor Schreck das Lenkrad, brachte den Wagen aber schnell wieder unter Kontrolle und schließlich zum Stehen. Hätte sie das Steuer nur ein wenig mehr verrissen, wäre ihr Wagen die Steilküste heruntergestürzt. Ihr Herz schlug bis zum Hals. Lisa hatte ein paar kleinere Erdbeben erlebt, seit sie auf Vanuatu lebten. Doch alle waren vergleichsweise bedeutungslos in ihrer Intensität gewesen, Lisa war bei solchen Gelegenheiten meist bei der Feldarbeit. War dies etwa die seit Monaten gefürchtete, starke Eruption des Yasur, die in Begleitung eines bis hierhin spürbaren Erdbebens kam? Oder war der Ursprung des Bebens weiter draußen im Meer? Würde es etwa einen Tsunami geben? Lisas Gedanken überschlugen sich, sie hatte fast ein so ungutes Gefühl wie in jenem Jahr, als Leila geboren worden war. Sie mahnte sich selbst zur Ruhe und startete den Wagen erneut. Heute würde es ein besonders gutes Gefühl sein, endlich zu Hause anzukommen. Hoffentlich hatte auf der Farm niemand Schaden genommen! Sie musste unbedingt Shania anrufen, ob an der Küste alles okay war. Am besten kämen sie und ihre Familie auf die Farm, in der Bar und Pension war aufgrund der Reisewarnungen für die Region zurzeit ohnehin nichts los. Sollte ein Tsunami kommen, wären auf der Farm in über 200 Höhenmetern alle in Sicherheit. Natürlich war ausgerechnet jetzt der Akku ihres Handys leer! Hoffentlich hatte das Erbeben daheim nicht die Stromversorgung gekappt. Sonst könnte sie nicht einmal über das Festnetz anrufen. Bestimmt machte Jeff sich Sorgen um sie, versuchte sie zu erreichen, und scheiterte an ihrem leeren Akku. Es tat ihr leid, dass sie ihm Sorgen bereitete.

Langsam wurde es Lisa mulmig, sie gab Gas, um schnell nach Hause zu kommen. Plötzlich bebte die Erde erneut – diesmal ungleich heftiger. Lisa hatte alle Mühe, ihren Wagen auf der Straße zu halten und zu bremsen. Sie war viel zu schnell gefahren, Angst stieg in ihr auf.

Die Fahrerin des entgegenkommenden Fahrzeuges, das just in diesem Moment um die Kurve donnerte, hatte weniger Glück. Sie verriss das Lenkrad eine Spur zu heftig und befand sich jetzt unübersehbar auf Kollisionskurs mit Lisas Wagen. Für einen kurzen Moment meinte Lisa noch, im heranrasenden Fahrzeug Maya, eine gute Freundin aus der Nachbarschaft, zu erkennen.

***

Jeff spürte das erste kurze Beben in seinem Arbeitszimmer kaum. Gerade als er dachte, dass er sich geirrt haben musste, brach die zweite, heftigere Erschütterung los. Jeff rannte nach unten und dann gleich nach draußen. Lisa wollte längst zu Hause sein. Aber ihr uralter Secma Buggy stand noch nicht wieder in der Garage. Lisa fuhr ihren Wagen, sehr zu Jeffs Missfallen, zumeist ohne angelegten Sicherheitsgurt, auf Vanuatu war das nach wie vor keine Pflicht. Oftmals bemerkte er während seiner Programmierarbeiten gar nicht, wenn sie nach Hause kam. Sie ließ ihn meist in Ruhe weiterarbeiten, bis sie ihn zum Essen rief. Das Beben ebbte nach zwei Minuten merklich ab – gefühlt eine halbe Ewigkeit. Jeff rannte zum Telefon. Lisa erreichte er nicht, nur die Mailbox. Natürlich war der Akku immer dann leer, wenn man das Ding einmal brauchte! Er musste sie noch einmal deutlich daran erinnern, dass sie immer eine Powerbank mitnehmen und sie auch nutzen sollte. Sie lebten schließlich auf einem Fleckchen Erde, dem die Natur manchmal plötzlich übel mitspielen konnte, wie man heute sah. Er wählte fahrig die Nummer seiner Tochter. In knappen Worten bat er Liam, mit Shania und den Kindern auf die Farm zu kommen. Es war sicherer als unten an der Südküste. Wenn das Beben seinen Ursprung auf dem Meeresgrund hatte, mochte ihm ein Tsunami folgen, nicht auszudenken. Hier oben blieben sie meist vor schlimmeren Problemen verschont. Jeff tigerte nervös vor dem Haus auf und ab. Ehe er nicht Lisa und Shania samt Familie in Sicherheit wusste, würde er ohnehin nicht in Ruhe weiterarbeiten können. Wo steckte Lisa bloß? Mit einem Mal durchzuckte ihn eine schreckliche Vorahnung. Wenn ihr nun etwas passiert war? Wenn das Beben einen Steinschlag an der Straße, auf der sie gerade fuhr, ausgelöst hatte? Selbst der ansonsten eher gelassene Jeff wurde urplötzlich panisch. Ein Leben ohne Lisa war völlig unvorstellbar für ihn. „Verdammt Lisa, nun komm schon heim oder ruf wenigstens an!", flehte Jeff im Stillen. Sollte er losfahren und sie suchen? Aber nein, dann wäre niemand zu Hause, falls sie ankommen oder ihn anrufen würde. Die erzwungene Untätigkeit machte ihn, wie so oft schon zuvor in seinem Leben, fast wahnsinnig.

***

Lisas eigener Schrei gellte ihr in den Ohren, als der Buggy in hohem Tempo über den Rand der Steilküste schnellte und in die Tiefe stürzte. Wie immer war sie nicht angeschnallt. Sie wurde in hohem Bogen aus dem Wagen geschleudert. Der Buggy stürzte nicht ins Meer. Er prallte mit unfassbarer Wucht auf einen Felsvorsprung und blieb dort hängen. Der Wagen hatte sich beim Sturz über die Klippe gedreht und donnerte mit der Oberseite auf den Fels. Jeder angeschnallte Insasse des Buggys wäre wahrscheinlich sofort tot gewesen. Lisa stürzte tief. Wie aus der Zeit gefallen zog ihr Leben, einem Film gleich, an ihr vorbei. Jeff, als er ihr das erste Mal in die Augen sah, eine Liebesszene aus Grünwald, seine Augen, als er ihren Schleier bei der Hochzeit hob ...

Plötzlich schlug ihr Hinterkopf hart auf der Wasseroberfläche auf und sie verlor das Bewusstsein.

***

Maya war beim Aufprall der beiden Wagen mit dem Kopf gegen das Lenkrad ihres alten Jeeps geschlagen und war kurz ohnmächtig geworden. Als sie aufwachte, war das Beben vorbei. Sie stieg zittrig, aber weitgehend unverletzt aus ihrem Wrack, blickte sich suchend um und konnte nirgends den Wagen des Unfallgegners entdecken. Ein vorsichtiger Blick, als sie den felsigen Rand der Steilküste erreicht hatte und hinuntersah, jagte ihr einen höllischen Schrecken ein: Da unten, auf einem Felsvorsprung, hing Lisa Rodgers Buggy über einem Kliff, mit den Rädern nach oben! Maya rang nach Atem, das konnte, das durfte nicht sein. Nicht Lisa! Von ihrer Freundin selbst keine Spur, sie musste aus dem offenen Gefährt herausgeschleudert worden sein. Maya wurde schlecht bei dem Gedanken, dass Lisa im ungünstigsten Fall vielleicht sogar unter dem zerstörten Fahrzeug zertrümmert worden war. Sie wollte sofort Jeff und die Polizei informieren. Ihr blutete das Herz, als sie noch im Schock bebend an Jeff dachte. Jeder wusste, wie tief die Liebe zwischen den beiden war. Maya glaubte nicht, dass er nach allem, was sie gemeinsam hatten durchstehen müssen, den Verlust seiner Frau würde verschmerzen können. Sie starrte fassungslos in die aufgewühlte See, deren Wellen tief unten meterhoch brausend an die Klippen schlugen. Es war schlicht unvorstellbar, dass Lisa den Unfall überlebt haben könnte. Maya wählte mit zittrigen Fingern die Nummer der Polizei.

Maya stand noch immer schockiert und zitternd mit den rasch eingetroffenen Polizisten an der Unfallstelle, als Liam mit seiner Familie die steile Straße hochsteuerte. Das sah nach einem schweren Unfall aus – war das nicht die nette Nachbarin seiner Schwiegereltern? Es gab keine Spur eines Unfallgegners. Er hielt kurz an, vielleicht konnten sie helfen.

Shania lief vorsichtig suchend zum Straßensaum, als sie plötzlich einen Schreckensschrei ausstieß. Liam rannte zu ihr, seine Augen wanderten schnell hinunter über die Klippen zu der Stelle, an der Lisas leerer Wagen auf einem Felsvorsprung hing. Auf der rauen See war bereits die Küstenwache in schaukelnden Seenot-Rettungsbooten unterwegs. Nach einem kurzen und sehr gefassten Gespräch mit Maya und den Polizisten beschloss man, dass Shania, Liam und die Kinder schon einmal vorausfahren und Jeff informieren sollten.

Shania stand unter Schock, sie wehrte sich, daran zu glauben, dass sie ihre Mutter verloren hatte. Mit aller Macht verdrängte sie den Gedanken – sie mussten jetzt erst einmal die Farm erreichen. Die harten Zeiten in ihrem Leben hatten sie gelehrt, zu kämpfen, auch wenn die Dinge schlecht standen. Sie würde ihrem Vater jetzt eine bessere Stütze sein als irgendein Polizist.

Sie erinnerte sich noch mit Schrecken an den Moment in ihrer Kindheit, als die Polizisten ihre Eltern an der Haustür über Lees Tod informiert hatten. Ihre Mum war in Ohnmacht gefallen und ihr Dad hatte nicht gewusst, was er zuerst tun sollte. Sie und ihre Schwester waren noch klein gewesen, der Vater war damals vollkommen überfordert. Die Polizisten hatten nur betreten dagestanden, nachdem sie ihre Nachricht überbracht hatten. Sicher war es besser, sie würde es heute selbst tun – auch wenn es in diesem Moment das Schwerste für sie war.

Shania kamen die wenigen Minuten von der Unfallstelle zur Farm unendlich lang vor. Ihr Vater stand vor dem Haus, er lief nervös auf und ab. Als er den Wagen die Auffahrt hochfahren sah, rannte er ihr stürmisch entgegen und schloss seine Tochter fest in die Arme.

„Bin ich froh, dass es euch gut geht! Das Erdbeben hat mir richtig Angst gemacht! Wenn ich nur wüsste, wo Lisa bleibt. Ihr Handy ist aus!"

„Dad, lass uns reingehen, ich muss dir etwas sagen. Im Haus setzen wir uns erst einmal."

Liam stand betroffen im Wohnzimmer und hielt seine auffällig ruhigen Kinder an sich gedrückt. Shania begann stockend und leise zu sprechen, sie hielt ihrem Vater die Hände.

„Weißt du, Dad, es gab einen Unfall auf der Küstenstraße. Mums Buggy wurde dabei über die Klippen geschleudert. Der Wagen hängt an einem Felsvorsprung, von Mum gibt es noch keine Spur. Die Küstenwache tut gerade alles, um sie zu finden. Sie muss aus dem Wagen herausgeschleudert worden sein. Es ist möglich, dass sie es nicht überlebt hat, Dad." Shania legte ihre Arme wie zum Schutz um ihren Vater.

Jeff schrie auf wie ein tödlich verwundetes Tier, er sprang auf und stieß seinen Stuhl um. „Nein! Nicht Lisa, nicht meine Lisa! Nicht noch einmal, ich kann nicht mehr, hörst du, Herr? Ich kann nicht noch einmal durch die Hölle gehen!"

Shania hatte ihren Dad niemals zuvor so ohrenbetäubend schreien hören und so kopflos davonlaufen sehen. Alle standen wie erstarrt, bis sie wenige Sekunden später seinen Landrover die Auffahrt hinunterschießen hörten.

„Schatz, ich glaube, Dad braucht mich jetzt! Ich muss ihm hinterherfahren. Bleibst du hier und kümmerst dich um die Kids und das Telefon? Wer weiß, vielleicht haben wir am Ende doch mehr Glück als Verstand und sie finden Mum noch. Oder irgendetwas zeigt sich, damit er sich wenigstens verabschieden kann."

Shania wunderte sich über ihre eigene, vollkommen klare Verfassung.

„Ist gut Schatz. Du bist so taff! Ich bin wie erstarrt, ich habe gerade das Gefühl, alles wie durch Watte zu fühlen! Erst gestern habe ich noch mit deiner Mum telefoniert. Pass bitte auf dich auf!"

Shania gab ihm im Vorbeilaufen einen Kuss. „Das werde ich! Versprochen!" Liam blieb verdattert im Wohnzimmer zurück, langsam begann er, sich um die verstörten Kinder und um die nötigen Dinge zu kümmern.

‚Nicht darüber nachdenken, einfach nur weitermachen'!, redete Shania sich unterwegs in Gedanken selbst gut zu. Einfach aufhören zu kämpfen und zulassen, dass der bohrende Schmerz ihrer eigenen, tiefen Trauer sie übermannte? Nicht jetzt. Jetzt musste erst einmal einer die Nerven behalten. Auch Liam würde genug zu tun haben. Es war zu erwarten, dass in Kürze alle Nachbarn auf der Farm der Rodgers ankommen würden, um ihre Hilfe für die nächsten Tage anzubieten. Sie fand ihren Vater ungläubig schluchzend am Unfallort, zusammengesunken auf dem Boden zwischen zwei ratlosen Polizisten. Sie hatten ihm den Unfallhergang bestätigt, die Küstenwache hatte die Suche wegen der rauen See vorläufig aufgegeben. Shania hockte sich zu ihrem Dad und nahm ihn in den Arm. Er schluchzte wie ein Kind, er brüllte den Namen seiner Frau und schrie immer wieder sein schmerzerfülltes „Neiiiin!" über das tosende Meer.

Noch zwei Stunden später hockten sie an den Klippen, der letzte Polizist war inzwischen gegangen. Maya hatte sich immer wieder bei Jeff entschuldigt und beteuert, dass sie keine Ahnung hatte, wie das alles hatte passieren können. Jeff war außerstande, der Nachbarin zuzuhören. Shania hatte sie irgendwann vertröstet und nach Hause geschickt. Als alle fort waren, ließ Shania ihren Tränen freien Lauf. Sie saß noch eine weitere Stunde mit ihrem Dad an den Klippen, bis der Himmel schließlich seine Pforten öffnete und ein kalter Regen begann, unerbittlich auf die beiden nieder zu peitschen. Klitschnass kehrten Shania und ihr Dad in langsamer Fahrt zur Farm zurück.

Nach vorne sehen

Als Shania mit ihrem Vater an diesem Tag endlich auf der Farm ankam, ging Jeff wortlos und in gebeugter Haltung an allen vorbei in sein Arbeitszimmer. Ein gebrochener Mann. Shania bat Liam und Romeo, ihm etwas Zeit allein zu lassen.

Als er nach Stunden mit rot geweinten Augen aus seinem Arbeitszimmer kam, ließ er sich von Shania nicht einmal mehr umarmen. Er ging wortlos zum Sekretär im Wohnzimmer, entnahm tonlos ein paar Flaschen Whiskey, ein Glas und verschwand ohne ein Wort wieder in seinem Arbeitszimmer, dessen Tür er hinter sich verschloss. Shania schauderte. Es war kein gutes Zeichen, wenn ihr Dad jetzt trank. Sie hatte das zuletzt in ihrer Kindheit erlebt und noch in schrecklicher Erinnerung. Sie verfluchte im Stillen die Tatsache, dass ihre Eltern das Zeug im Haus hatten. Allesamt Geschenke von Geschäftspartnern und Bekannten. Zu besonderen Anlässen hatte Lisa Gästen ein Gläschen oder zwei eingegossen, sie selbst trank nicht und für Jeff als trockenen Alkoholiker hatte es sich ohnehin stets von selbst verboten.

Jeff konnte und wollte nicht nach vorne sehen. In seinem Hirn fuhren die Fragen Achterbahn. Warum schon wieder seine Familie? Hatten sie nicht genug durchgemacht? Warum Lisa, sie war doch ein Engel? Hätten sie nicht noch etwas Glück verdient? Was war sein Leben noch wert ohne sie? Sie war doch immer sein Ein und Alles gewesen. Andererseits konnte er nicht auch noch Shania und Chiara im Stich lassen. Er war der Vater. Er sollte sie jetzt eigentlich trösten, aber er versagte auf der ganzen Linie und ertränkte seinen Kummer. Zu seinem rasenden Schmerz gesellte sich Scham. Er quälte sich mit Kaskaden sinnloser Fragen. Wie hatte Lisa einen Versager wie ihn überhaupt lieben können? Hatte er nach den Sternen gegriffen, als er Lisa hatte haben wollen? Hatte das Leben ihm dafür jetzt die Quittung erteilt? Warum hatte Maya nicht besser aufgepasst und warum hatte das Beben just in diesen Minuten, die Lisa am Kliff entlangfuhr, auftreten müssen? Warum hatte er sie nicht begleitet bei ihren Einkäufen, dann wären sie wenigstens zusammen umgekommen? Würde er je wieder etwas anderes als Wut und Trauer empfinden können?

Alle ließen Jeff am folgenden Tag in Ruhe. Er brauchte Zeit. Als er auch am Tag darauf sein Zimmer nur für die Toilettengänge verließ und außer Alkohol weder trank noch aß, hielten Shania und Liam es nicht mehr aus. Sie baten ihn inständig, wieder am Familienleben teilzunehmen. Doch Jeff reagierte nicht darauf. Er blieb stumm.

Es tat Jeff in der Seele weh, seine Tochter so auflaufen zu lassen. Er war ein Versager als Vater, ein Krüppel, dem seine bessere Hälfte fehlte. Er wollte einfach nicht als heulendes Elend mit dem Rest der Familie am Tisch sitzen. Er verdiente einen Tritt in den Hintern. Und selbst der würde ihm nicht helfen, so schwach fühlte er sich.

Shania war mit ihren Nerven am Ende. Sie brauchte selbst Zeit für ihre Trauer, die Sorge um ihren Dad ließ sie nicht eine Sekunde zu sich selbst finden. Den ganzen Tag tigerte sie nervös auf und ab, erledigte mechanisch Dinge, die getan werden mussten. Sie erschöpfte sich darin, bis sie vor Ermattung in einen traumlosen Schlaf sinken konnte. Selbst Liams tröstende Worte vermochten sie nicht zu erreichen. Einzig in den Armen ihres Vaters hätte sie sich vielleicht ein klein wenig beruhigen können.

Am dritten Tag nach Lisas Verschwinden kam Chiara aus Australien auf der Farm an. Liam hatte seine Schwägerin nie zuvor so aufgewühlt gesehen. Als die Rodgers damals die schlimmste

Phase ihres Lebens durchmachten, war sie ein Kind gewesen – zu jung, um zu verstehen, was vor sich ging. In ihrer Wirklichkeit hatte es keine Flucht nach Vanuatu gegeben, sondern einen gewöhnlichen Umzug dorthin. Es war zwar seltsam, dass ihre ältere Schwester und ihr Bruder plötzlich verschwanden, doch selbst das hatte sie seinerzeit nicht wirklich verstehen können. Die ganze Tragweite der Geschehnisse war ihr erst klar geworden, als sie etwas älter war und Shania eines Tages auf Vanuatu aufgetaucht war. Sie hatte sie kaum wiedererkannt. Alles hatte damals mehr wie irgendeine schlimme Geschichte Dritter geklungen, nicht wie ihre eigene, verwirrende und teilweise schreckliche Familiengeschichte. Sie selbst war auf Vanuatu unbeschwert und sorgenfrei groß geworden, deshalb war sie noch immer von sonnigem, unbekümmertem Gemüt. Mit dem vermuteten Tod ihrer Mutter war ihr erstmals selbst etwas wirklich Furchtbares widerfahren. Ihr Vater war unnahbar in diesen Tagen, es oblag also Shania und Liam, auch ihr eine Art elterliche Stütze in ihrem Entsetzen und ihrer großen Trauer zu sein.

Liam wurde schlagartig klar, dass Chiara wegen seiner Überraschung für Shania ohnehin gekommen wäre. Ein Gedanke wie aus einer anderen Welt. Sie war schon auf dem Weg zu ihnen gewesen, als er sie telefonisch mit den schrecklichen Nachrichten völlig aus der Fassung gebracht hatte. Mit einem Mal begriff er, dass eigentlich kaum noch Zeit war, alle Pläne abzublasen. Es war alles gebucht, alle Anzahlungen waren geleistet und alle Verwandten und Freude hatten ihre Reise fest eingeplant oder schon angetreten. Er musste unbedingt mit Jeff darüber reden, was sie tun sollten!

  Am fünften Tag nach Lisas Unfall, mit dem Eintreffen von Jeffs Eltern, verbesserte sich die Situation marginal. Liam hatte die beiden vom Hafen abgeholt. Als sie aus dem gleißenden Tageslicht in das schattige Farmerhaus traten, hatten sich ihre Augen noch nicht an die neuen Lichtverhältnisse gewöhnt. In der ungewohnten Dunkelheit, als ihre Enkelin ihnen bereits in den Armen lag, schluchzte Shania eine Weile und stieß dann hervor: „Ihr müsst Dad helfen, er lässt niemanden an sich heran! Er hat seit fünf Tagen nichts mehr gegessen, ich habe Angst, ihn auch noch zu verlieren! Oma, ich kann einfach nicht mehr! Ich kann nicht immer die Starke sein! Mum fehlt mir doch auch so sehr!"

Jeffs Mutter streichelte ihrer Enkelin liebevoll den Rücken. Sie hatten die lange Reise hierher in mehrere Etappen aufgeteilt und waren telefonisch nicht immer erreichbar gewesen. So hatten sie die schrecklichen Nachrichten eben erst von Liam erfahren und waren noch vollkommen benommen davon.

Lisa war ihnen immer eine wundervolle Schwiegertochter gewesen, sie hatte ihren Sohn überglücklich gemacht. Sie hatte ihnen wunderbare Enkel geschenkt, inzwischen gab es sogar Urenkel.

„Nun mach' dir mal nicht so große Sorgen, es kommt schon alles irgendwie ins Lot." Jeffs Dad war ein ruhiger Charakter mit einer schier grenzenlosen Gelassenheit. Er strahlte selbst in dieser schweren Stunde die nötige Ruhe und Souveränität aus und ging sofort nach oben zu Jeffs Arbeitszimmer. Die anderen folgten ihm. Jeff reagierte zunächst nicht auf sein Klopfen.

„Nun, mein Junge, magst du nicht deinem alten Vater die Tür öffnen? Ich würde ja sagen, ich komme in drei Wochen wieder, wenn dir das besser passt. Allerdings kann ich deswegen nicht immer auf Weltreise gehen."

„Dad! Ich ... später, bitte...!"

„Deine Tochter sagt, dass du seit Tagen das Essen verweigerst und dich hier in deiner Trauer einschließt. Wärst du ein Anderer, würde ich sagen: „Lasst den komischen Kauz mal machen!" Aber da du komischer Kauz nun einmal mein einziger Sohn bist, muss ich leider darauf bestehen, dass du herauskommst und etwas mit deiner Mutter und mir isst – ganz so, wie brave Kinder es tun sollten!"

Einem deutlich hörbaren Knall folgte das Geräusch klirrenden Glases. Offensichtlich hatte Jeff sein Trinkgefäß gegen die Tür geworfen.

„Nein!", dröhnte es erneut hinter der schweren Holztür.

Shania und Jeffs Mutter zuckten zusammen, Jeffs Vater musste angesichts des vorgetragenen Trotzes leicht lächeln und sah seinem Sohn dabei ähnlicher denn je. Zu Shania, Liam und seiner Frau gewandt flüsterte er: „Das war doch immerhin schon einmal eine etwas andere Reaktion!"

Zu Jeff gewandt fuhr er fort: „Nun, wir haben zwei Möglichkeiten, mein Sohn. Entweder du öffnest die Tür und probierst etwas von den wunderbaren Dingen, die deine Töchter unten aufgetischt haben. Oder du hältst uns alle weiter vom Essen ab und bleibst stur da drinnen. Dir muss nur klar sein, dass du dann auch deine Tür auf dem Gewissen hast. Denn ich werde nicht nachgeben, ich bin nämlich jetzt hungrig! Übrigens bin ich auch ein sturer Esel, von irgendwem musst du es ja haben!"

„Dad, geh einfach weg!", klang es schon deutlich weniger entschlossen aus dem Arbeitszimmer heraus.

„Du hast es so gewollt! Und das auf meine alten Tage!", grummelte Ben, bevor er sich zum ersten Mal halbherzig gegen die Tür warf. Nichts geschah, nur ein scheppernder Laut. Er warf sich etwas fester dagegen und nun wackelte die alte Tür beträchtlich. Seine Frau Debbie schüttelte nur den Kopf, die anderen hielten den Atem an. Als Ben ein paar Schritte zurück trat, um sich erneut mit Schwung gegen die Tür zu werfen, öffnete Jeff schließlich langsam die Tür. Shania erstarrte. Ihr

Dad sah schlimm aus. Tiefe Schatten unter den Augen, blass, die Augen rot unterlaufen, unrasiert und mit leerem Blick. Sie hatte ihn noch nie so gesehen. Er stand leicht schwankend und stumm in der Tür.

Ben machte eine beschwörende Handbewegung. „Nun, hinfort mit euch allen, lasst uns mit unserem Sohn bitte kurz allein. Manchmal tut es einem Vater auch gut, noch einmal wie ein Kind sein zu dürfen."

‚Wie recht er hat', dachte Liam. So sehr er und Shania sich auch gegenseitig Trost spendeten, manchmal wünschte er sich, er könnte sich in Clarices Armen zusammenrollen und den Rest der Welt sich selbst überlassen. Er sehnte sich in manchen Momenten zurück in seine Kindheit.

Clarice würde erst am geplanten großen Tag ankommen, sie wurde direkt im Resort erwartet. Er hatte sie erst gestern angerufen, seine Mutter konnte keinen früheren Flug mehr buchen. Sie würde unabhängig von den Begleitumständen kommen – und sei es nur, um ihm und Shania Beistand zu leisten. Er war erleichtert, dass sie bald bei ihm sein würde.

Als alle gegangen waren, brach Jeff schluchzend in den Armen seiner Eltern zusammen. Nach einer Weile guten Zuredens und des Trostes erklärte er sich schließlich bereit, mit zum Essen zu kommen.

Einer der schwersten Tage war der übernächste – der Tag der Ankunft von Lisas Eltern. Liam hatte auch sie kurzfristig nicht mehr erreichen können, denn sie hatten die Reise ebenfalls in mehrere Etappen aufgeteilt. Liam war nach Port Vila an den Flughafen gekommen, um sie abzuholen. Er musste verhindern, dass sie nicht – wie vereinbart – direkt ins Hotel reisten, wo sie ursprünglich mit Lisa letzte Absprachen treffen wollten. Beide waren sehr erstaunt, Liam am Flughafen zu sehen. Ein ungutes Gefühl stieg in ihnen auf, als er sie ziemlich beklommen bat, sich in einem ruhigen Seitentrakt erst einmal zu setzen. Noch am Flughafen überbrachte Liam die schrecklichen Nachrichten. Er war völlig überfordert mit dem fassungslosen Entsetzen von Lisas Eltern, schließlich hatte er seine eigene Gefühlslage nicht einmal ansatzweise unter Kontrolle. Lisas Mutter konnte nicht aufhören, laut zu schluchzen, nicht einmal ihr Mann wusste sie zu beruhigen. Immerhin kamen sie in halbwegs gefasster Trauer bei Jeff an.

Zu Shanias Überraschung trat Jeff, der bis dahin schweigend mit ihr in der Küche gesessen hatte, ihnen bereits auf der Terrasse entgegen. Es war das erste Mal, dass sie ihn seit dem Verlust seiner Lisa das Haus verlassen sah. Eine lange Weile standen sich Jeff und seine Schwiegereltern stumm gegenüber.

Jeff sank auf die Knie. Ungehemmt strömten Tränen seine Wangen herunter, während er um Worte rang: „Ich bin eurer Tochter nie würdig gewesen! Ich bin verflucht! Ich habe euren Enkel auf dem Gewissen, ich habe eure und meine eigene Tochter durch die Hölle geschickt – und nun habe ich Lisa auch noch in den Tod geschickt! Als du bei unserer Hochzeit Lisas Hand in meine gelegt hast, hat es mir alles bedeutet zu versprechen, sie für immer zu ehren und zu lieben. Ich habe versprochen, sie zu beschützen. Aber ich habe sie nicht beschützt! Als wir dachten, die schlimmen Zeiten seien vorbei, da habe ich sie einfach sterben lassen. Ich bin ein Versager!" Jeff schluchzte jetzt wieder hemmungslos.

Debbie war leise hinter ihren Sohn getreten. „Himmel, steh doch auf, mein Junge! Es war ein furchtbarer Unfall! Es war ein Erdbeben! Niemand, wirklich niemand kann etwas dafür!"

Auch ihr liefen die Tränen, doch sie ertrug es einfach nicht, Jeff so zu sehen. Jeff wies ihre Hand mit einer entschlossenen Geste ab.

„Sie wäre gar nicht hier gewesen, hätte ich nicht in meiner

Dummheit und mit meinem krankhaften Ehrgeiz unsere Familie in Gefahr gebracht. Sieh mich nur an! Ich bin ein Versager! Der schlechteste Vater auf der ganzen Welt! Ich schaffe es nicht einmal, meine eigenen Kinder zu trösten!"

Shania konnte es nicht fassen – so konnte er das doch nicht wirklich meinen! Sie liebte ihren Dad und wusste, dass er immer versucht hatte, das Richtige für seine Familie zu tun. Sie und Chiara wussten, wie innig die Beziehung ihrer Eltern gewesen war. Für sie würde er immer ein leuchtendes Vorbild bleiben. Aus vielen Gesprächen mit ihrer Mum wusste sie, dass auch sie ihn über alles geliebt hatte. Er selbst schien angesichts dieser Katastrophe unfähig, diese Wahrheit zu erkennen.

Matthias schüttelte den Kopf und trat mit ausgestreckten Händen auf ihn zu: „Steh auf Jeff, ich möchte mich mit meinem Schwiegersohn auf Augenhöhe unterhalten. Niemand weiß, warum unsere Liebsten von uns gerufen werden. Niemand hat Einfluss darauf, hörst du? Ich habe unsere Tochter nie so glücklich gesehen wie an dem Abend, an dem sie das erste Mal mit dir nach Hause kam. Wir haben in all den schweren Jahren nicht einmal den Eindruck gehabt, Lisa würde an eurer Liebe zweifeln. Ich bin dankbar für jeden gemeinsamen Tag, den unser Herrgott unserer wunderbaren Tochter und dir geschenkt hat. Aus einem ängstlichen, jungen Mädchen ist – durch deine Liebe – eine mutige, lebenslustige und selbstbewusste Frau erblüht. Als Lisa geheiratet hat, haben wir keine Tochter verloren, sondern wir haben einen Sohn gewonnen. Mit diesem Sohn sind wir nun in tiefer Trauer um unsere Tochter vereint. Wir stehen hier als eine Familie und wir werden das gemeinsam durchstehen. Und zwar mit unseren Enkeltöchtern und unseren Urenkeln. Junge Menschen, die uns viel Freude machen und die es ohne dich nicht gäbe!"

Jeff kniete noch immer, als Matthias ihm die Hand auf die

Schulter legte.

„Nun komm mit herein. Lass uns etwas essen und einen Tee trinken, wir müssen alle zur Ruhe kommen. Es war ein verdammt harter Tag." Jeff ergriff Matthias Hand, stand auf und zuckte förmlich zusammen, als sein Schwiegervater ihn in seine Arme zog. „Bleib bei uns Jeff, nimm wieder am Leben teil! Deine Selbstkasteiung kann Lisa nicht wieder lebendig machen. Es ist ein schlimmer Schock zu erfahren, dass man die eigene Tochter überlebt hat. Wir möchten nicht auch noch den Sohn, der uns mit Lisas Hochzeit geschenkt wurde, verlieren. Ich habe nicht den leisesten Zweifel, dass du für Lisa und deine Kinder alles in deiner Kraft Stehende getan hast. Manchmal sind wir Menschen machtlos, Jeff. Wir sind keine Götter, wir können der Erde nicht gebieten, wann sie beben darf!"

Shania war froh, dass ihr Dad sich für den Augenblick offensichtlich etwas beruhigte und nun alle zusammen zum Essen in die geräumige Wohnküche gingen. Sie liebte ihre Großeltern. In den letzten Tagen, als sie sah, wie die Vier ihren Dad wieder ins Leben zurückholten, ging ihr das Herz beinahe über. Sie selbst hatte so sehr das Bedürfnis, sich an ihn zu kuscheln. Es tat so unendlich gut, dem nun nachgeben zu können. Sie sah sein erstes, schwach angedeutetes Lächeln. Er zog sie mit einem Arm fester an sich und für den Moment ging es beiden etwas besser. Später sah sie ihn zum ersten Mal wieder mit etwas Appetit essen. Ihr fiel ein Stein vom Herzen. Zum ersten Mal seit dem Verlust ihrer Mutter war sie zuversichtlich, dass sie nicht in Kürze auch noch ihren Dad verlieren würde.

Auch für Jeff war es die erste Nacht, in der er nicht sitzend, mit dem Kopf auf seinen Schreibtisch gelehnt, sondern wieder im Ehebett schlief. Zum ersten Mal hatte er das Gefühl, dass das Leben vielleicht doch irgendwie weitergehen würde, dass er es vielleicht schaffen würde. Zum ersten Mal seit dem schrecklichen Unglück waren es nicht mehr nur unendliche Trauer und Schmerz, als er an seine Lisa dachte. Er hielt ihr Foto in den Armen, bis er vollkommen erschöpft einschlief. Seiner Tochter zuliebe ließ er vor dem Schließen seiner Augen ein paar gute Momente Revue passieren. Shania hatte beim Essen zu ihm gesagt: „Vielleicht sollten wir versuchen, uns nicht so sehr auf unseren Schmerz, dass wir Mama verloren haben, konzentrieren. Vielleicht sollten wir vor allem versuchen, uns die wunderbaren Zeiten mit ihr in Erinnerung zu rufen und für das dankbar sein, was wir an ihr hatten."

Sie hatte schon recht, seine Tochter war unglaublich klug. Er fand sich albern, gerade jetzt daran zu denken, aber eine kleine Anekdote machte ihn lächeln, und so ließ er die Erinnerung daran zu:

Lisa hatte es geliebt, für die ganze Meute zu kochen, auch die Wäsche hatte sie immer gern gemacht. Aber sie hatte es gehasst, das Bad zu putzen. So hatte sie meist eine Stunde lang laut damit gehadert, bevor sie sich an die Arbeit gemacht hatte. Meist hatten ihre unwilligen Kommentare ihn von seiner eigenen Beschäftigung weggelockt und sie hatten einfach gemeinsam geputzt. Zusammen hatte ihnen sogar diese unbeliebte Hausarbeit Spaß gemacht.

Oftmals erinnerten sie sich bei ihrer kichernden Schrubberei an jenen Abend, an dem sie ein Paar geworden waren. Biancas und Romeos raffinierte Verkuppelungsaktion war fabelhaft gewesen. Denn es gehörte schon etwas Talent dazu, jemanden wie Lisa seinerzeit zur „Miss Wet-T-Shirt" zu küren und gleichzeitig dafür zu sorgen, dass sie sich zum Umziehen ausgerechnet in Romeos Zimmer allein aufhielt. Den ahnungslosen Jeff gleichzeitig dorthin zu lotsen, war eine logistische Meisterleistung gewesen.

Wie peinlich den beiden die ganze Geschichte zunächst war! Ab und an – wann immer ihm die Story beim gemeinsamen Bad- oder Fensterputzen in den Sinn kam – wurde Lisa bei einer Lappenschlacht „versehentlich" so nass gespritzt, dass ihr Oberteil so durchsichtig wurde wie damals.

Was für ein Geschenk so viele gemeinsame Jahre mit der besten Frau der Welt gewesen waren! Jeff spürte tiefe Dankbarkeit. Nun musste er sehen, wie er überhaupt weiterleben konnte. Er konnte vielleicht erst einmal damit anfangen, den Kindern und Enkeln ein guter Vater und Großvater zu sein. Darauf musste er sich jetzt konzentrieren, und fast schien ihm, als hätte er darin einen kleinen Silberstreif am Horizont entdeckt.

Lediglich ein Thema lehnte Jeff konsequent ab: Die Kinder und Lisas Eltern hatten die Idee einer kleinen Andacht für Lisa, in deren Rahmen sich alle, die es wollten, mit Erinnerungsbildern, persönlichen Liedern und Gebeten von Lisa würden verabschieden können. Es sollte irgendeine Form von Zeremonie geben, zumal es ohne das Auffinden von Lisa keine richtige Beerdigung würde geben können. Hier blieb Jeff stur: „Kein Leichnam, keine Beerdigung." Sollte man Lisas Körper doch noch finden, sähe die Sache selbstverständlich anders aus.

Jeff wusste, dass insbesondere Lisas Mutter daran gelegen war, aber er selbst hätte eine solche Feier nicht ertragen. Shania versuchte, ihn zu überreden. Sie verstand ihn zwar und teilte seine letzte, vage Hoffnung sogar ein wenig. Doch konnte sie andererseits nicht mehr recht daran glauben, dass Lisa durch ein Wunder gerettet worden sei. Und wenn sie wirklich tot war, war nicht gesagt, dass ihr Leichnam irgendwann gefunden werden würde. Genauso gut mochte der Südpazifik mit seinen teilweise heftigen Unterströmungen den Körper weit hinausgezogen haben. Was dann? Würden sie niemals wirklich abschließen und nach vorne sehen können, sollte Lisas Leiche verschollen bleiben? Shania ermahnte ihren Vater vorsichtig, sich der Wahrheit irgendwann zu stellen.

Jeff wusste, dass sie recht hatte. Aber wahrhaben wollte er es noch nicht, er war noch nicht so weit. Als seine Tochter noch einmal insistieren wollte, hatte er schließlich die Kontrolle über seine Gefühle verloren. Er hatte den Tisch mit einer wütenden Geste umgestoßen und seine völlig verdatterte Tochter allein stehen lassen. Niemand hatte seither mehr versucht, ihn erneut auf das Thema ‚Trauerfeier' anzusprechen.

Am nächsten Tag nutzte Lisas Schwiegervater eine günstige Gelegenheit, Liams drängendes Anliegen bei Jeff anzusprechen. Liam hatte es nicht übers Herz gebracht, die allgemeine Trauer durch seine Heiratspläne zu stören, es kam ihm vollkommen unpassend vor. Doch die angesetzten Termine drängten, man musste eine Lösung finden – und zwar gemeinsam mit Jeff.

Der ursprüngliche Plan, dass die Ankunft der meisten Verwandten auf Vanuatu bis zu Shanias großem Tag geheim bleiben sollte, hatte aus dem traurigsten aller Gründe nun nicht funktioniert. Immerhin hatte Shania in der großen Aufregung nicht einmal misstrauisch hinterfragen können, warum alle auf einmal zu Besuch kamen. Dennoch mussten sie jetzt über Liams Überraschungsplan sprechen, der doch auch Lisa so gut gefallen hatte und an dessen Verwirklichung sie mit so viel Liebe mitgearbeitet hatte.

Liam war selbstverständlich bereit, alle Pläne angesichts der hereingebrochenen Tragödie zu verschieben. Auch wenn es bedeuten würde, viel Geld zu verlieren und eine lange Wartezeit auf die nächste, passendere Gelegenheit riskieren zu müssen. Unter Umständen – vor allem mit Jeffs Zustimmung – war er allerdings auch von ganzem Herzen willens, endlich seine Überraschung für die Mutter seiner Kinder zu verwirklichen. Vielleicht würde es allen guttun oder sogar ein Lichtblick sein.

Während Liam noch im Zwiespalt war und händeringend überlegte, wie er das Thema mit seinem trauernden Schwiegervater am besten angehen sollte, fand der eher pragmatische Matthias endlich die richtigen Worte.

„Jeff, bei aller Trauer: Wir müssen noch eine andere, wichtige Sache entscheiden. Wer weiß schon, wann wir das nächste Mal alle so zusammen sind und ohne Shania offen reden können. Werden wir unsere eigentlichen Pläne, die uns auf diese schöne Insel geführt haben, nun trotzdem weiterverfolgen?"

Jeff war überrascht. „Wie meint ihr das? Aber natürlich sollten wir das tun, ich bin nur nicht in der Lage, mich in die Vorbereitungen einzubringen wie gedacht!"

Er erschien in dieser Minute aufgeräumter und ruhiger denn je und fuhr fort: „Ich werde es natürlich nicht schaffen, Lisas Part zu ersetzen, das werdet ihr sicher verstehen. Ich kämpfe zu sehr damit, mich nicht von meiner Trauer auffressen zu lassen."

Liam schaltete sich ein: „Da wir jetzt umständehalber alle hier auf der Farm zusammen sind, könnten wir doch übernehmen, was an Vorbereitungsarbeiten für dich und Lisa noch anstand. Deine Rolle als Brautvater auf der Feier wird deiner Tochter allerdings wichtig sein. Fühlst du dich dazu imstande?"

Jeff überlegte kurz und atmete dann tief durch: „Nach allem, was sie in ihrem jungen Leben schon durchmachen musste, hat Shania diese Überraschung mehr als verdient. Sie soll, wie geplant, möglichst glücklich sein an diesem Tag und im Mittelpunkt stehen. Lasst uns die Feier begehen, auch wenn die Stimmung nicht dieselbe sein wird. Lisa wird unendlich fehlen, damit werden wir alle leben müssen. Doch ich glaube fast, dieser von meiner Liebsten mit gefasste Plan ist auch für mich ein Lichtblick. Ein ‚Das Leben geht weiter'-Moment. Ein Tag, an dem meine Tochter einen starken Dad braucht."

Es entstand eine fast feierliche Pause.

„Tja dann, meine Lieben, ausschwärmen und ab an eure Aufgaben! Etwas Ablenkung wird uns allen guttun!", verkündete Ben schließlich mit einem Hauch von Erleichterung in der Stimme.

Liam war ein klein wenig glücklich. Er hatte dieses hier schon so lange tun wollen. Er hatte nicht verschieben wollen, hätte aber mit größtem Verständnis zurückgesteckt. Auch ihm fehlte Lisa sehr. In der Zeit, als niemand hatte wissen dürfen, wo er sich aufhielt, hatte ihm seine eigene Mutter schrecklich gefehlt. Er war Lisa damals sehr nahegekommen, sie hatte ihn in ihrer großherzigen Art wie einen eigenen Sohn behandelt. Sicher würde es auch ihm nicht leicht fallen, sein Vorhaben in dieser schweren Zeit in die Tat umzusetzen. Aber dennoch war es so besser, das fühlte er deutlich. Es würde allen eine Chance für einen Neuanfang bieten.

Im Land der Sa

Schmerzen. Überall diese Schmerzen. Schmerzen und Kälte waren alles, was sie fühlte. Und Kälte. Wer war sie? Und wo? Sie musste für einen kurzen Moment ohnmächtig geworden sein, in ihr hallte noch das Echo eines ungeheuren Schmerzes seit dem jähen Aufprall ihres geschundenen Körpers auf die Wasseroberfläche. Quälende Rückblenden auf einen Fels, der auf sie zugerast sein musste. Sie erinnerte schwach den tosenden Wellengang, der sie mit Wucht mehrfach gegen die Klippen geschleudert haben musste, Fetzen von Bildern zogen an ihr vorbei. Immer wieder war es kurz Nacht geworden, sie hatte nicht mehr fühlen und sehen können, dass die Unterströmung sie weit auf die offene See hinausgezogen hatte.

Der einzige Moment, den sie erinnerte, war jener, in dem sie kurz das Bewusstsein wiedererlangte. Es war der Augenblick, in dem sie um ein Haar ertrunken wäre. Mühsam hatte sie sich in der rauen See an die Oberfläche gekämpft. Die Küste war ein Stück entfernt, das konnte sie erkennen. Ohne irgendeine Erinnerung wusste sie nicht, dass sie nicht nur aufs Meer hinaus, sondern auch an der Küste entlang seitlich weit abgetrieben war.

Es gab nur den Schmerz und die Panik, im nächsten Moment zu ertrinken. So gut sie konnte war sie geschwommen, bis die Strömung begann, für sie zu arbeiten. Irgendwo hatten letzte Wellen sie an einem verlassenen Strand angetrieben. Dann wurde es wieder Nacht um sie.

Es musste Stunden später gewesen sein, vielleicht auch Tage, als sie im peitschenden Regen erwachte. Sie versuchte eine winzige Bewegung, dann die nächste. Mühsam rappelte sie sich nach Ewigkeiten auf, ihre Kleidung klebte in kalten Fetzen an ihrem zitternden Körper. Ihre Glieder brannten wie Feuer, tiefe Wunden ließen den geschundenen Leib im flachen Wasser pochen und schmerzen. Lisas Lippen schmeckten salzig. Ihr Kopf dröhnte. Irgendwie musste es ihr langsam gelungen sein, gegen den Schwindel anzugehen, gegen das tosende Rauschen in ihr. Lisa schleppte sich fast auf allen vieren in Richtung Land. Sie musste sich dringend aufwärmen und herausfinden, wer und wo sie war. Was war nur passiert? Sie brauchte dringend Hilfe, konnte aber nicht schreien, jeder zaghafte, rasselnde Atemzug war schmerzhaft. Nach gefühlten Stunden taumelnden Umherirrens fiel sie schließlich erneut und völlig entkräftet im Dschungel hinter der Küste in eine tiefe Ohnmacht.

Es waren Einheimische vom Stamm der Sa, die die hilflose und schwer verletzte Frau fanden und sie vorsichtig auf einer Pritsche in ihr Dorf trugen. Dort wurde sie aufgenommen und mit der alten Heilkunst des Stammes versorgt. Man flößte ihr schluckweise warme Brühe ein, ihre Wunden wurden mit Tinkturen aus der einheimischen Kräuterküche behandelt. Die Menschen hatten sie mit warmer Kleidung versorgt und sie vorsichtig gebettet. Manchmal erwachte sie kurz, immer wieder kreisten die gleichen Fragen in ihrem Kopf. Wer war sie? Was war geschehen? Weder dieser Ort noch diese Menschen von viel dunklerer Hautfarbe als der ihren kamen ihr vertraut vor. Man war ihr offensichtlich wohlgesonnen, doch sie verstand die Sprache der freundlichen Menschen hier nicht.

Nach einer Woche ging es Lisa körperlich etwas besser, sie war länger wach und die Schmerzen hatten sich etwas gelegt. Doch alles hier war ihr immer noch fremd. In ihren wirren Träumen hatte sie mehrmals einen Mann mit braunen Augen gesehen, die ihr voller Liebe entgegen strahlten. Sie hatte das seltsame Gefühl, dass sie ihn unbedingt finden musste. Doch es war nicht daran zu denken, in ihrem Zustand von hier wegzugehen. Wohin auch, es fehlte ihr noch immer die Kraft, auch nur ein paar Schritte zu tun.

So hoffte sie inständig, dass diese fremden Menschen es ihr noch eine Weile erlauben würden, fast den ganzen Tag im Dämmerzustand zu verschlafen.

Perfektes Timing

Erst zwei Wochen später sollte sich das schmerzliche Rätsel um die Verschollene schlagartig lösen. In Gestalt von Steve Taylor, einem ansässigen Hubschrauberpiloten, sollte der Familie Rodgers ein rettender Engel erscheinen, doch davon ahnte frühmorgens an diesem Tag noch niemand etwas.

Steve brachte dem Stamm der Sa in regelmäßigen Abständen über eine Luftbrücke Versorgungsgüter einer Hilfsorganisation. Dieser Stamm auf Vanuatus Insel Pentecost war, ähnlich den Stämmen Yasur, Yakel oder Itaboo auf Tanna, eine der letzten kleinen Bevölkerungsgruppen des Südseestaates, die über die Jahrhunderte dem Druck und den Versuchungen von Kolonialisierung, Christianisierung und auch dem Reiz des Geldes und der Technik widerstanden hatten. Bis in die Gegenwart trugen sie vorwiegend traditionelle Kleidung, gefertigt aus getrockneten Pflanzenteilen. Sie vertrauten im Krankheitsfall einzig und allein der Naturheilkunde ihrer Stammes-Chiefs. Gemäß den Bräuchen der Ahnen lebten sie im Einklang mit Mutter Natur und pflegten ihre Traditionen. War der Stamm der Yakel durch die auf einer wahren Geschichte basierenden Verfilmung namens ‚Tanna' erst im Jahr 2017 bekannt geworden, so war der Stamm der Sa schon ein paar Jahrzehnte früher durch die Entdeckung der dort gepflegten Tradition des Turmspringens, einer Art Vorläufer des modernen Bungee-Springens, zur Touristenattraktion geworden.

Steve, ein geschätzter Helfer und Landsmann, landete regelmäßig auf der Farm der Rodgers. Es gab immer wieder Erzeugnisse der Farm oder andere Hilfslieferungen für den Stamm der Sa zu transportieren.

Der wachsende Tourismussektor in der Region hatte die Sa

fruchtbare Ländereien gekostet, eine Form von Enteignung, die die Regierung mit der Lieferung von Hilfsgütern auszugleichen suchte. Die Rodgers verkauften der Regierung nicht nur Güter für die Sa, sie gaben dem Stamm auch gern unentgeltlich nützliche Dinge mit, da sie sich mitverantwortlich fühlten für den regionalen Wachstumsboom. Sie unterhielten sich mit Steve oft und lange über dieses Thema, da er die Einheimischen und auch deren Sprache sehr gut kannte.

Steve stammte selbst von den Sa ab; seine Mutter war eine Wissenschaftlerin aus Australien gewesen, die zu Forschungszwecken lange Zeit bei diesem Stamm gelebt hatte. Sie wollte in jungen Jahren die Sprache, Sitten und Gebräuche des Naturvolkes studieren. Am Ende hatte sie sich dort verliebt, Steve war das Ergebnis einer seinerzeit innigen Verbindung.

Als ihr Mann plötzlich gestorben war, was nach Ansicht der jungen Witwe mit dem Transport ins moderne Klinikum auf Port Vila leicht hätte verhindert werden können, hatte sie nicht länger bei den Sa bleiben wollen. Der Graben zwischen ihr und dem Chief des Stammes, der ihrem Mann von einer modernen medizinischen Therapie abgeraten hatte, war zu tief gewesen.

Sie siedelte mit ihrem mittlerweile zehnjährigen Sohn nach Port Vila über. Steve war clever, machte nach der Schulzeit seinen Flugschein und übernahm schrittweise sämtliche Versorgungsflüge zu seinem Stamm. Er machte sich auch politisch für die Interessen dieser kleinen Gruppe von ‚ni-Vanuatu' stark, jener Stammesvertreter, die auch weiterhin streng nach alter Tradition leben wollten.

Auch an jenem Tag wollte Steve wieder einige Dinge, die die Sa bestellt hatten, transportieren. Auf der Farm der Rodgers hatte er heute länger gebraucht als geplant. Liam hatte in Vertretung für Jeff die bestellte Ware für die Sa erst mit Verspätung bereitstellen können. Er hatte Steve von dem schrecklichen Unfall und von Lisas Verschwinden erzählt. Als Pilot war Steve auch eingeweiht in Liams Heiratspläne, denn für die ganze Abwicklung des geheimen Festes wurde er für wichtige Transfers gebraucht.

Steve war geschockt. Er kannte Lisa als freundliche, lebenslustige Frau und hielt die Rodgers für aufrichtige Menschen. Ihre Enthüllungsgeschichte war schon mehr als unglaublich gewesen, er hatte damals alles darüber gelesen. An seinem Urteil über die zugezogene Farmer-Familie hatte das nie etwas geändert, im Gegenteil. Er mochte sie alle gern.

Und nun sollte Lisa tot sein? Ausgerechnet jetzt musste diese ohnehin schon geprüfte Familie die nächste Katastrophe ereilen? Kurz bevor Liam die größte Überraschung, die ein Mann seiner Liebsten wohl machen konnte, in die Tat umsetzen konnte? Steve empfand großes Mitgefühl und zugleich Erstaunen, dass sich offensichtlich alle einig waren darin, an den großen Plänen für diesen Tag festzuhalten.

Strikt nach Plan hatte er also nur zum Schein – und auch nur, solange ihm Shanias Aufmerksamkeit galt – so getan, als würde er seine Hilfsgüter verladen. Als Liam seine Frau schließlich zu einem Picknick überreden konnte – angeblich, um den Kopf ein wenig freizubekommen – hatte Steve nach der Abfahrt des Paares den Hubschrauber wie vereinbart wieder ausgeladen. Danach hatte er diejenigen aus der Hochzeitsgesellschaft, die nicht schon selbst aufgebrochen waren, an den geheimen Ort ausgeflogen, an dem das frischgebackene Brautpaar in wenigen Stunden mit Spannung erwartet wurde.

Dann war er sofort nach Pentecost zurückgekehrt, um die inzwischen verlobten Liebenden von ihrem Picknick abzuholen und sie zu einem magischen Ziel, nach Espiritu Santo, zu bringen. Er war froh gewesen, sich als Pilot den hochemotionalen Momenten dieses Flugs zwischen Romantik und tiefer Trauer

mit seinen Kopfhörern weitgehend entziehen zu können.
Erst danach war er auf die Farm der Rodgers zurückgekehrt, um seinen Hubschrauber nun endlich mit den Hilfsgütern zu beladen und ins Stammesgebiet der Sa aufzubrechen.
Kurz darauf, als er seinem Stamm die Hilfsgüterlieferung überbrachte, rief ihn eine seiner Tanten zu sich. Sie bat ihn, sich einmal kurz die verirrte Touristin anzusehen, die sie verletzt und ohne jede Orientierung im Landesinneren bei einem Streifzug gefunden und fast schon wieder aufgepäppelt hatten. Keiner von den Sa hatte eine Ahnung, was man mit der Frau machen sollte, am liebsten wäre es ihnen, so erklärte sie, wenn Steve sie mit sich nehmen und in ein Krankenhaus in Port Vila bringen könne. Vielleicht vermisste sie ja schon jemand. Steve betrat das Zelt und warf einen Blick auf die schlafende Frau. Er trat einen Schritt näher und plötzlich war ihm, als hätte er ihr Profil erkannt. Ein heilloser Schrecken durchfuhr ihn. Das konnte nicht sein! Das war einfach unmöglich! Aus der Nähe erkannte er sie, er war sich jetzt vollkommen sicher.
„Lisa?", er flüsterte mit fast heiserer Stimme mehrfach ihren Namen. Sie war es! Sie war die Frau, die er in all den Jahren ins Herz geschlossen hatte, die ihm so oft die Hilfsgüter für sein Volk gepackt hatte!
„Oh mein Gott! Lisa! Alle halten dich für tot! Ich fasse es nicht!"
Lisa hörte aus der Ferne ihren Namen und blickte in ein merkwürdig vertrautes Gesicht. Als sie begriff, dass sie seine Worte wirklich verstand, stockte ihr der Atem. Plötzlich lief ein bewegender Film vor ihrem inneren Auge ab: der Unfall, das Erdbeben! Sie hieß Lisa! Die braunen Augen aus ihrem Traum tauchten wieder und wieder auf. Oh Gott, Jeff! Er musste sich zu Tode geängstigt haben! Ein fragender Blick traf den fassungslosen Steve, der am Bettrand Platz genommen hatte

und voller Mitgefühl ihren Arm streichelte.

„Jeff? Ist er ... hat er ...?"

„Keine Sorge, Lisa, es geht ihm gut. Wenn er dich endlich sieht, wird alle Trauer vergessen sein. Wie fühlst du dich, Lisa? Ich frage aus einem besonderen Grund, bitte entschuldige, dass ich dich gleich damit überfalle. Ich wette, du bist das beste Hochzeitsgeschenk, das deine Tochter heute bekommen wird! Ausgerechnet heute ist Shanias und Liams großer Tag! Was meinst du, Lisa, schaffst du einen Flug mit dem guten alten Steve? Du wärst ein wahrer Überraschungsgast, ich kann es kaum erwarten!"

Lisa hatte Mühe, den hastigen Sätzen des Freundes und den Geschehnissen zu folgen. Sie zitterte vor Aufregung und begann, vor Freude zu weinen und gleichzeitig zu lachen.

„Natürlich komme ich mit, und wenn du mich tragen musst!", flüsterte sie. Einige Frauen des Stammes halfen Lisa auf Steves Anweisung hin, sich anzuziehen und die Haare notdürftig zu richten. Steve tigerte derweil aufgeregt in der Hütte aus Palmblättermatten hin und her, die Lisa die letzten Tage als Krankenlager gedient hatte. Er sprach laut mit sich und plante im Geiste eine Überraschung, mit der wohl niemand mehr gerechnet hatte.

„Wir fliegen zuerst auf eure Farm, damit du dich in Ruhe umziehen kannst, du wirst wahrscheinlich nicht im Rock aus einheimischen Gräsern auf die Hochzeit deiner Ältesten gehen wollen."

Lisa war zutiefst erschöpft, ihr schwindelte und doch musste sie beim Gedanken an sich selbst auf einer Hochzeit in der Tracht der einheimischen Frauen, die noch nicht einmal die Brust verhüllte, kurz auflachen. Das ging auf keinen Fall! Steve hatte recht, sie mussten sich wirklich beeilen, so gut es eben ging. Sie hatte zwar keine Ahnung, wie sie die nächsten Stunden durchstehen würde, aber soweit sie überhaupt etwas wahrnehmen konnte, war sie überglücklich. Glücklich, dass alle lebten, dass Shanias Traum trotz dieser Tragödie wahr werden würde. Sie wünschte sich selbst in ihrer tiefsten Erschöpfung nichts mehr, als diesem besonderen Moment beiwohnen zu dürfen.

Als der Hubschrauber auf der Farm der Rodgers landete, war erwartungsgemäß weit und breit keine Menschenseele zu sehen. Ihre Gedanken überschlugen sich – sie brauchte ihr Parfüm, ihre Eigenkreation, die sie ‚Coasterflower' nannte und die Jeff auch nach all den Jahren noch zu betören vermochte. Sie brauchte auch Schuhe und das Kleid, das sie schon lange für diesen Zweck ausgewählt hatte: das türkisfarbene Kleid, das sie an ihrem ersten Abend mit Jeff getragen hatte. Sie wusste, dass ihr Mann dieses Kleid liebte. Steve half ihr bei der Umkleide und sie musterte sich, gestützt auf seinen Arm, im Schlafzimmerspiegel. Es war wie ein Traum. In einer Mischung aus Glück und beklemmender Erinnerung sah sie, dass ihr Kleid viel zu viel Haut freigab. Ihre noch deutlich erkennbaren Blutergüsse und schlecht verheilten Wunden kaschierte sie kurzerhand mit einer festlichen Stola – niemand hatte jetzt mehr Zeit, umzudisponieren. Steve drängte ein wenig. Sie mussten so schnell wie irgend möglich aufbrechen, um nach Espiritu Santo zu fliegen. Er trug sie halb in den Hubschrauber und Lisa hatte Mühe, ihr Glück zu fassen.

Für immer

Shania hatte, anders als ihre Schwester, die inzwischen in Australien lebte und studierte, keine weiterführende Schulbildung mehr genossen. Sie war durch ihre Mutterrolle, die erfüllende Arbeit im Hotel, der Bar und auf der elterlichen Farm, ebenso ausgelastet gewesen wie Liam. Ihrem Dad hatte sie gelegentlich über die Schulter geschaut, wenn er seine Einsätze als Consultant vorbereitete. Sie hatte dabei viel gelernt und ihm ab und an zugearbeitet, sofern ihre Zeit und ihre Fähigkeiten es erlaubten. Shania hatte sich im Leben fast alles selbst beigebracht oder sie hatte es von ihrem Vater abgeschaut. Ihre Familie konnte durch ihre und Liams Einnahmen ein schönes Leben genießen und mehr wollten beide nicht. Die Devise nach allem, was sie erlebt hatten, war immer, den Stress in Grenzen zu halten, um mehr Zeit miteinander verbringen zu können. Sie liebte ihr Leben, so wie es war. Natürlich war das nicht immer einfach, momentan warf die tiefe Trauer über den Tod ihrer Mutter große Schatten über ihr Glück.

Am 19. Mai 2049, einem wunderschönen Sommertag, hatte Liam trotz der schweren Zeit, die alle wegen Lisas Tod durchlebten, seinen großen Plan endlich verwirklicht. Alle hatten geholfen und Shania schien wirklich nichts davon bemerkt zu haben. Die Kinder waren bei Jeff und Chiara untergebracht. Liam hatte Shania davon überzeugen können, dass ihr Vater seine Enkel jetzt brauchen würde, da sie ihm die nötige Ablenkung von seinem Kummer schenken würden.

Zur Ablenkung entführte Liam seine Liebste nach gutem Zureden auf einen Ausflug in die Berge mit einem schönen Picknick. Shania war erst unschlüssig, sie hatte eine Menge zu erledigen und ahnte natürlich nicht, dass ihr Mann die Bar und das Hotel für die nächsten drei Wochen bereits vertrauensvoll in die Obhut von Bev, Nayla und Romeo übergeben hatte.

Der 19. Mai sollte als einer der denkwürdigsten Tage ihres gemeinsamen Lebens in die Chronik ihrer Familie eingehen, da war sich Liam trotz all des Schmerzes wegen Lisa sicher .Es würde eine Herausforderung bleiben, allen genug danken zu können für das, was er mit ihrer unschätzbaren Hilfe hinter Shanias Rücken eingefädelt hatte.

Liam fuhr durch das sonnige Tal ein Stück in die Berge hinauf, hielt an einem Platz mit traumhafter Fernsicht und schlug die Picknickdecke auf. Zärtlich nahm er Shania in die Arme. Nachdem sie ein paar der mitgebrachten Leckereien genossen und ein Gläschen Sekt getrunken hatten, setzte Liam mit einem Mal eine ernstere Miene auf. „Shania, wir sind schon so lange zusammen und Eltern dreier wundervoller Kinder. Wir haben schon mehr gemeinsam durchgestanden als manches Paar es in einem ganzen Leben tun muss. Ich liebe dich über alles, mein Schatz."

Liam ließ sie los und kniete plötzlich vor ihr hin – Shania hätte vor Entzücken über diese schöne und romantische Überraschung am liebsten einen Schrei getan. Ihr wurde plötzlich klar, was er vorhatte: Er machte es so wunderbar! Sie hatte immer von einem Heiratsantrag geträumt, doch sie hatte ihn nicht selbst fragen wollen. Die Hoffnung auf seinen Antrag hatte sie insgeheim schon lange aufgegeben. Es war ja auch wirklich nie ruhig gewesen in ihrem Leben.

„Willst du meine Frau werden?", fragte er und seine liebevolle Stimme klang dabei fast ein wenig heiser.

Shania warf ihn fast um mit ihrer stürmischen Umarmung. Sie bedeckte ihn mit zahllosen Küssen, so dass es eine Weile dauerte, bis er ihr endlich den wunderschönen Ring an den Finger stecken konnte.

„Ja, ich will – und wie ich will!" Shania strahlte ihn an, für einen Moment schien die Zeit still zu stehen und das Leid der letzten beiden Wochen trat kurz in den Hintergrund. Liam war überglücklich, es war so gut gewesen, an seinem heimlichen Plan festzuhalten!

Sein Zeitplan war ambitioniert. Da am Morgen noch rasch die um ein Haar vergessene Lieferung für die Sa hatte gepackt werden müssen, war eine straffe Organisation des Vormittags nötig geworden. Doch mit Unterstützung der eingeweihten Freunde und Familie hatte letztendlich alles wie am Schnürchen funktioniert.

Sie waren allein und hatten schon wegen der Kinder selten die Gelegenheit für ihre Leidenschaft. Shania begann, zärtlich sein Hemd aufzuknöpfen. In der Einsamkeit der Berge, weit weg von allem, liebten sie sich leidenschaftlicher denn je. Die Anspannung und Trauer fiel für einen wundervollen Moment von beiden ab. Als Shania sich schwitzend und schnurrend wie eine kleine Katze auf der Decke an ihn kuschelte, tat es ihm fast leid, dass er andere Pläne für sie beide gemacht hatte. Doch die Zeit drängte, zu ihrem Erstaunen zog er sich etwas abrupt wieder an und reichte ihr entschlossen ihre Kleidung.

„Wann würdest du mich denn gerne heiraten?", fragte er betont gelassen.

„Ich weiß nicht, Liam." Shania fing an zu kichern. „Ich dachte ja schon fast, du würdest mich nie mehr fragen! Vielleicht in einem Jahr? Am Champagne Beach? Das wäre doch schön!"

„Champagne Beach halte ich auch für den richtigen Ort. Allerdings hatte ich mehr an heute gedacht." Liam warf ihr einen belustigten Blick zu. Sie würde Augen machen!

„Wie meinst du das – ‚heute'? Ich meine, in fünf Stunden schließen die Standesämter, wir haben noch keinen Papierkram erledigt! Wir sind hier in der Pampa, weit weg von allem, wir haben Jeans und Flanellhemden an, das wird also kaum klappen, mein Schatz! Champagne Beach ist immerhin ein paar Inseln von uns entfernt."

Shania blickte ihren frischgebackenen Bräutigam belustigt und auch etwas ratlos an. Was in aller Welt sollte das hier alles? Liam wählte eine Nummer mit seinem Handy und sprach so leise wie möglich nur ein Wort: „Jetzt!" Wieder zu Shania gewandt fragte er: „Vertraust du mir, Schatz?"

„Ja, voll und ganz. Aber…"

„Kein ‚Aber', Liebes! Lass' einfach mal die Zügel los und lass' mich machen. In ein paar Stunden wirst du eine glücklich verheiratete Frau sein, glaub mir! Auf unserer Hochzeit wird es bestimmt an nichts fehlen. Mein Hochzeitsgeschenk für dich ist, dass du dich nach all den turbulenten Jahren endlich mal um nichts selber kümmern musst. Du wirst alles bekommen, wovon du je geträumt hast. Und glaub mir – ich habe verdammt gut recherchiert!"

Liam grinste vielsagend. Er vermied es, Lisas Namen zu erwähnen in diesen Augenblicken, die nur ihnen beiden gehörten. Plötzlich hörten sie das herannahende Dröhnen des Hubschraubers, der den Berg gekonnt umflogen hatte und direkt neben ihnen auf der flachen Wiese landete. Eine Tür öffnete sich, Leila sprang gutgelaunt heraus und lief auf die beiden zu.

„Mum, Dad, herzlichen Glückwunsch zur Verlobung! Jetzt beeilt euch, wir sind spät dran! Dad, du hast aber lange gebraucht mit deinem Antrag! Hattest du Angst, dass Mum dir am Ende einen Korb gibt?"

Die beiden konnten sich ein Grinsen nicht verkneifen, schließlich war es nicht der Antrag gewesen, der Liams Zeitplanung ins Wanken gebracht hatte. Leila stieg wieder ein und nahm auf den Sitz neben den Piloten Platz. Liam führte seine staunende Braut unter den rotierenden Propeller, sie nahmen im Heck die mit Rosengirlanden dekorierten Plätze ein.

Heute sollte der glücklichste Tag in ihrem Leben sein, Liam hatte wirklich nichts dem Zufall überlassen. Shania war überglücklich und so gespannt, was ihr Mann hinter ihrem Rücken ausgeheckt hatte. In ihr großes Glück mischte sich jedoch eine tiefe Trauer. Sie hätte so gerne gehabt, dass ihre Mutter an diesem besonderen Tag an ihrer Seite gewesen wäre. Shania hatte in den letzten zwei Wochen vor allem auf der Farm mitgeholfen und ihren Dad getröstet. Sie hatte kaum Zeit gehabt, selbst zu trauern. Von einem Augenblick auf den anderen hätte sie am liebsten laut geweint. Sie rang um Fassung, atmete mehrmals tief durch und schaffte es schließlich, die aufsteigende Tränenflut zu stoppen.

Liam kannte seine Shania viel zu gut, als dass sie ihm etwas hätte vormachen können. Er legte den Arm zärtlich um ihre Schulter und streichelte sie. Es tat ihm in der Seele weh, seine Frau im Stillen so sehr um ihre Mutter trauern zu sehen. Er hätte natürlich die Zeremonie verschoben, wenn Jeff ihm abgeraten hätte. Doch als sogar sein Schwiegervater ihm Mut machte, war sein Plan rasch gefasst, die Hochzeit wie geplant stattfinden zu lassen.

Die Erinnerung an das bewegende Gespräch mit Jeff durchzuckte Liam. „Ich möchte nicht, dass wir das alles verschieben, Liam.", hatte sein Schwiegervater nach kurzer Überlegung gesagt. „Es ist schon zu viel vorbereitet und Lisa hat sich schließlich auch darauf gefreut. Zu viele Menschen sind vom anderen Ende der Welt her angereist oder sind noch unterwegs, das sollte nicht alles umsonst gewesen sein. Es wird Zeit, dass eure Liebe auch einmal im Mittelpunkt steht. Am Ende wird so ein Fest uns vielleicht allen guttun, was meinst du? Vielleicht können wir danach gemeinsam anfangen, wieder etwas mehr nach vorne zu blicken."

Ein Funken leiser Vorfreude hatte begonnen, selbst in Jeffs Augen zu glimmen.

„Aber du wirst doch auch kommen, Jeff? Wirst du Shania zu mir führen können, bei der Zeremonie? Ich denke, das bedeutet ihr viel, und mir auch. Sie muss ja schon auf ihre Mutter als Begleiterin auf dem Weg zum Altar verzichten."

„Du kannst dich auf mich verlassen, mein Junge. Ich bin natürlich sehr traurig. Ich bin ein gebrochener Mann, wegen Lisas Tod. Ein unglücklicher Witwer, voller Zorn auf das Schicksal. Aber ich möchte meiner Tochter unbedingt ein guter Vater sein. Du bist Shania ein so guter Mann, Liam. Ihr beide habt es mehr als verdient, vor allen Gästen diese Geste meines Segens für eure Ehe zu bekommen. Ich weiß noch sehr genau, wie wunderbar der Moment für mich damals war, als Matthias Lisas Hand in meine legte und mir dabei so wohlwollend zunickte. Das möchte ich auch für dich tun. Gott, wie sehr ich Lisa in solchen Momenten vermisse!"

Jeff waren bei seinen letzten Worten wieder die Tränen über die Wangen gerollt und er hatte fluchtartig das Zimmer verlassen. Er hatte nicht gewollt, dass seine Enkelkinder ihn so sahen.

Der Hubschrauber landete direkt auf dem Helipad des renommiertesten Luxushotels der Insel Espiritu Santo, das direkt am Champagne Beach lag. War der Champagne Beach lange Zeit einfach nur ein abgelegener Traumstrand gewesen, ein Geheimtipp für Individualreisende, der an einigen Tagen im Jahr von Kreuzfahrern überflutet worden war, hatte vor etwa sechs Jahren ein reicher chinesischer Investor die einheimischen Landbesitzer zum Verkauf überreden können. Nun war der glitzernd weiße, feinsandige Traumstrand all jenen vorbehalten, die sich zumindest einen Tagespass für das Traumhotel leisten konnten, egal ob Kreuzfahrer oder Individualtouristen.

Eine kleine Armee von livriertem Personal erwartete die frisch verlobten Gäste bereits und geleitete sie in verschiedene Trakte des Spas. In der Brautsuite warteten Bev, Nayla und Chiara kichernd mit Schampusgläsern auf eine etwas verwirrte Shania. Das alles hatte Liam hinter ihrem Rücken in die Wege geleitet? Deswegen hatte er sich im vergangenen halben Jahr oft so seltsam verhalten und hatte für manches so viel mehr Zeit gebraucht als sonst? Sie hatte sich oft gefragt, warum er so häufig irgendwelche leisen Geheimtelefonate geführt hatte, über deren Inhalt er ihr gegenüber strengstes Stillschweigen bewahrte. Deshalb also hatten sie ihre Töchter und Freundinnen oft so verschwörerisch angeschaut, waren so oft zu Besuch gewesen und hatten immer wieder das Thema ‚Hochzeit' aufgewärmt!

Shania war noch nie in diesem Hotel gewesen. Sie hatte immer nur gehört, dass es mehr als traumhaft sein sollte – und genau das war es auch. Keine Spur von chinesischem Kitsch, den sie in anderen Projekten entsprechender Investoren immer wieder als störend empfand, denn Opulenz und Glitzerwelten passten wahrhaftig nicht zu Land und Leuten.

Wie im Traum registrierte sie das märchenhafte Brautkleid, das ein guter Geist an eine zimmerhohe Spiegeltür dekoriert hatte. Hätte sie es malen dürfen, dann hätte das Gewand ihrer Träume nicht anders ausgesehen: ein schulterfrei gearbeitetes Kunstwerk, ganz und gar von strahlendem, reinstem Weiß, bis auf einen fein gearbeiteten Gürtel aus türkisfarbener Spitze und Glitzersteinen, unterlegt mit einem violetten Band. Daneben ein fantastischer Schleier. Sowohl das Oberteil des Brautkleids als auch der Rock aus weich fließendem Tüll waren mit tausenden glitzernder Glasperlen bestickt. Natürlich hatte sie sofort das kunstvoll umgearbeitete Hochzeitskleid ihrer Mutter erkannt, das sie auf Bildern immer so bewundert hatte. Shania hatte fast Lisas Maße, es passte jetzt genau. Zu den türkisfarbenen

Elementen, dieses liebevolle Detail entging ihr nicht, waren auch noch ein paar kunstvoll drapierte in zartem Violett hinzugekommen. Eine versierte Schneiderin hatte tatsächlich ihre absolute Lieblingsfarbe eingearbeitet!

Gute Geister wie ihre Freundinnen und wechselnde Hotelangestellte machten sich eilig an ihren Haaren zu schaffen, schminkten sie und kleideten sie nach einem kurzen, entspannenden Wellnessbad an.

Zwei Stunden später stand sie vor dem Spiegel und sah eine Shania, die sie beinah selbst nicht erkannt hätte. Sie hatte immer hart gearbeitet und sich nie viel mit Schönheitsdingen befasst. Es war keine Zeit dafür gewesen und sie hatte ohnehin lieber ihr einfaches Leben mit ihrer Familie genossen. Doch für diesen einen Tag völlig überraschend Prinzessin zu sein, das war mehr als ein Märchen für sie. Ihr Herz schäumte über vor Liebe für den Mann, den sie in wenigen Minuten endlich würde heiraten dürfen. Hoffentlich hatte ihm das Ganze nicht viel zu lange gedauert, er war sicher schon längst fertig!

Mit einem Mal wurde sie sehr nervös und konnte es kaum erwarten, endlich an den Strand zu kommen und Liam zu heiraten. Ein letzter Kontrollblick in den Spiegel, sie sah wirklich atemberaubend aus. Ihre gebräunte Haut kam in dem reinweißen Kleidertraum wunderbar zur Geltung. Ihre Töchter und Freundinnen eilten voraus, mit einem Mal war sie mit der Hochzeitsplanerin des Hotels für einen letzten Augenblick vor der Trauung allein.

Diese Hochzeit heute hatte sie überrollt wie ein Märchen. So musste sich Liam gefühlt haben, als er sie damals auf Vanuatu wiedergefunden hatte. Die letzten siebzehn Jahre waren gefühlt das Auge eines Zyklons gewesen. Nun würden sie sich alle im Sturm eines rauschenden Hochzeitsfestes verlieren, Shania konnte es kaum fassen.

Die Hochzeitsplanerin, Madhavi, strahlte eine besondere Ruhe aus. Mit ihrer Unterstützung überstand Shania den Transport zum Strand, ohne vor Nervosität durchzudrehen. Plötzlich endete die Fahrt und am oberen Ende eines Pfades aus Rosenblütenblättern stand ihr Vater. Er sah einfach wundervoll würdig aus und war bereit, sie voller Stolz zum Strand zu führen. Liam, ganz ungewohnt im Frack, stand bereits mitten in der Hochzeitsgesellschaft, er hatte sie noch nicht in ihrem Kleid erblickt.

Ihr zukünftiger Ehemann! Das klang einfach wundervoll. Und ihr lieber Dad! Er hatte so mitgenommen ausgesehen in den vergangenen Tagen. Wer ihn wirklich kannte, konnte den Schmerz in seinem Gesicht immer noch sehen. Er lächelte ihr aufmunternd zu und streckte ihr seine Hand entgegen. In seinem gedeckten Anzug mit der Fliege sah er aus wie ein formvollendeter Gentleman. Shanias Herz pochte bis zum Hals, Tränen liefen über ihre Wangen, die die Hochzeitsplanerin beflissen abtupfte, bevor sie Shanias MakeUp ruinieren konnten.

„Ich liebe dich, meine Kleine! Ich bin so stolz auf dich und Liam. Ich wünschte, deine Mum könnte dich so sehen. Du bist so wunderschön, genau, wie sie es damals war!"

Tränen der Rührung rannen nun auch seine Wangen hinab.

„Ich bin sicher, Mum sieht uns von da oben zu, Dad!", Shania deutete gen Himmel und fuhr fort: „Sie hat Liam von Anfang an gemocht und freut sich heute mit uns."

Der Wind drehte ein bisschen und beide tauschten einen überraschten Blick aus. Es klang vielleicht lächerlich – aber hatten sie sich beide im gleichen Augenblick eingebildet, in ihrer intensiven Erinnerung an Lisa sogar einen Hauch deren Lieblingsparfüms ‚Coasterflower' zu riechen?

***

Lisa war fix und fertig, als sie mit Steves Unterstützung oberhalb des sonnigen Strandes ankam. Sie waren auf dem Helipad des Hotels gelandet, hatten in aller Hektik heraneilende Hotelangestellte mit knappen Erklärungen abgewimmelt und waren zum Strand geeilt, wobei Steve die immer noch schwache Lisa mehr stützte, als dass er sie führte. Immer wieder hatte er darauf hingewiesen, dass sie bereits sehr spät dran waren. Sie waren keine zehn Minuten vor der Trauung erst gelandet. Lisa war so angespannt wie selten zuvor in ihrem Leben. Sie wollte diesen wichtigen Moment im Leben ihrer Tochter nicht verpassen und sehnte sich nach Jeffs liebender Umarmung. Vom raschen Tempo und der heftigen Schnauferei taten ihr ihre geprellten Rippen doppelt weh.

Der Weg schien ihr unendlich weit und schiere Willenskraft war es, die sie davon abhielt, in sich zusammenzusinken und dem Verlangen ihres geschundenen Körpers nach einer Pause nachzugeben. Vom Helipad hatte ihr Weg durch Parkanlagen, vorbei am Spa, den Tennisplätzen und den Villen der anspruchsvollen Hausgäste bis zur Hotellobby geführt. Nun ging es der Beschilderung zum Strand folgend vorbei an weiteren Freizeitanlagen, Restaurants und kleineren Pavillons der Gäste.

Nach einer gefühlten Unendlichkeit schließlich machte der Weg eine Biegung und die Aussicht auf den Strand war frei. Lisa stockte der Atem; sie bremste ihren Lauf an Steves fürsorglichem Arm abrupt und kam im Schatten der letzten Bäume vor dem Strand zum Stehen. Von ihr abgewandt, ein Stück den Weg herunter, nur wenige Meter von ihr und Steve entfernt, stand ihre Älteste, ihrem Vater zugewandt. Es schien ein intimer Moment zu sein. Die letzten Worte, die eine junge Frau mit ihrem Vater wechselt, bevor sich beide auf den Weg machen und der Vater die Hand seiner Tochter vertrauensvoll in die ihres Gemahls legt. Die Hochzeitsgesellschaft stand abgewandt ein Stück entfernt am Strand und wartete auf den großen Moment. Dirigiert vom Hotelpersonal würden sich alle erst umdrehen, wenn die Musik zu spielen begann um die Ankunft von Braut und Brautvater zu verkünden.

Lisa schlug das Herz bis zum Hals, von einem Moment auf den anderen vibrierte sie nicht mehr nur vor Anstrengung. Jede Faser ihres Leibes drängte sie, auf die beiden Menschen, die sie so sehr liebte, zuzustürmen. Sie wollte endlich laut die Namen ihrer Liebsten brüllen und sich in Tränen aufgelöst in ihre Arme stürzen. Sie mussten in den letzten Tagen durch die Hölle gegangen sein!

Doch sie wollte die Magie des Moments nicht zerstören und rief sich zur Ruhe. Sie war so unfassbar glücklich. Ihr Herz bebte. Sie waren so knapp gerade noch im rechten Moment angekommen! Sie holte noch einmal tief Luft, dann trat sie entschlossen ein paar Schritte nach vorn, heraus dem Schatten, so dass Madhavi, Jeff und Shania sie endlich sehen konnten. Für den Bruchteil einer Sekunde waren Vater und Tochter wie erstarrt.

Der Rest der Hochzeitsgesellschaft am Strand hatte sich nach wie vor um Liam geschart. Noch hatte niemand den unverhofften Zusatzgast bemerkt.

Sie hob bebend die immer noch raue Stimme. „Ihr Lieben, ich freue mich so sehr mit euch! Ich schaue gern mit euch allen zu, und zwar hoffentlich noch eine ganze Weile nicht von oben!"

Sie blickte fast schelmisch zwischen Jeff und Shania hin und her. Mit einem leichten Lächeln näherte sie sich ihrem ungläubig staunenden Mann und ihrer Tochter, die beide ihren weit aufgerissenen Augen nicht zu trauen schienen.

Sie wollte weitersprechen, doch in diesem Moment hatte Jeff,

den bei Lisas Anblick ein Feuerwerk der Gefühle durchzuckt hatte, sie bereits mit einem beherzten Satz erreicht. Er riss sie förmlich in seine Arme und stammelte wieder und wieder: „Lisa, Lisa, ich dachte... Es war so grauenvoll... Aber wie hast du überlebt? Dein Buggy ... die Küstenwache hat doch alles abgesucht! Du lebst! Lisa, du lebst!"
Er bedeckte ihr Gesicht und Haar fassungslos mit zahllosen Küssen. Er stammelte ihren Namen und presste sie so fest an sich, dass ihre Rippen wieder höllisch zu schmerzen begannen. „Vorsicht Schatz! Meine Rippen! Es war ein heftiger Unfall, Jeff. Aber jetzt ist wirklich alles gut."
Jeff ließ sofort locker. Lisa hatte das Gefühl, einer Ohnmacht nahe zu sein, und sie ließ sich ein wenig in Jeffs starke Arme sinken. Ihr Liebster hörte nicht auf, ihr Gesicht mit Küssen zu bedecken und sie zu streicheln. Sie fielen für einen Moment des Wiedersehens aus der Zeit; doch dann schob Lisa ihren Mann etwas von sich: „Komm Schatz, jetzt feiern wir erst einmal diese schöne Hochzeit, wir können später über alles reden!"
Mit einem Augenzwinkern ergänzte sie: „Schließlich habe ich nicht umsonst mit Liam und den anderen so hart auf diesen Tag hingearbeitet."

Shania, die die ganze Zeit über ungläubig auf die surreale Szene geschaut hatte, rannte nach kurzer Erstarrung stürmisch wie ein Kind herüber zu ihrer Mutter; noch immer hielt sie das Ganze für eine Erscheinung. Sie trat zu den beiden und nahm ihre Eltern vorsichtig, als könnten sie zerbrechen, in den Arm. Einen Moment war ihr, als verlöre sie ihr Bewusstsein; alles schien sich zu drehen. Ihre Mum! Mum war wieder da! Sie war nicht tot! Ihre Mum lebte!
Es war das schönste Hochzeitsgeschenk, das man ihr hatte machen können. Diese Hochzeit, ihre ganze Ehe – alles stand

jetzt unter einem guten Stern. Sie musste an Lee denken. Ihr wundervoller Schutzengel hatte wieder einmal alles gegeben – so wie damals, bei ihrer Flucht aus den USA. Plötzlich spürte sie in jeder Faser ihres Körpers, dass alles endlich so war, wie es sein sollte. Jetzt war sie wahrlich bereit, ihren Liam zu heiraten.

Madhavi war professionell genug, auch diese Riesenüberraschung zum Teil der Zeremonie werden zu lassen. Plötzlich erklang der klassische Hochzeitsmarsch, und allen Beteiligten war klar, dass er heute gleich für zwei Paare gespielt wurde. Jeff führte seine Tochter strahlend zum Hochzeitspavillon; nicht ohne sich immer wieder vergewissernd umzudrehen und zu prüfen, ob Lisa auch wirklich noch hinter ihnen war.

Mit Erklingen des Hochzeitsmarsches hatte sich auch der Rest der Hochzeitsgesellschaft zu Shania und ihren Eltern umgedreht. Ein Raunen war durch die Menge gegangen, als die Ersten Lisa erkannten, aber auf ein beschwichtigendes und bittendes Handzeichen von Lisa hin hielten sich alle zurück und es blieb bei erstaunten Blicken und aufgeregtem Flüstern. Als Lisa, hinter Shania und Jeff, auf dem roten Teppich zwischen den Gästen hinterherschritt zu einem eilig vom Hotel-Team in der ersten Reihe neben Jeffs Platz ergänzten Stuhl, streckte der ein oder andere Gast ungläubig die Hand nach der Totgeglaubten aus, aber keiner wagte, die bewegende Zeremonie zu stören. Shania konnte ihre Rührung nicht verbergen und neue Tränen der Rührung und Dankbarkeit wollten und wollten nicht aufhören über ihre Wangen zu laufen: Es waren alle gekommen, die Shania wichtig waren. Einheimische, aber auch Gäste mit sehr weiter Anreise. Jeffs und Lisas Eltern, Clarice und sogar Bev! Elaine und Caithleen saßen bei der Hochzeitsgesellschaft, als sei es das Selbstverständlichste dieser Welt. Es war wie im Märchen.

Die Trauung verlief in aller Stille, nach kurzer Zeit schon

war die Ehe feierlich geschlossen. Der erlösende Satz „Sie dürfen die Braut jetzt küssen!" war nicht nur für Liam wie ein Befreiungsschlag. Es war geglückt! Und Lisa lebte! Von seinen Gefühlen überwältigt, küsste er seine Shania so innig, bis tosender Beifall aufbrandete. Auch Jeff zog Lisa an sich und küsste sie, als gäbe es kein Morgen. Danach brach für eine Weile ein wahres Chaos aus. Niemand aus der Festgesellschaft wusste so recht, was er zuerst tun sollte. Shania und Liam gratulieren? Sich um Lisa scharen und begreifen, was mit ihr geschehen war?

Lisas Eltern, deren Blicke die gesamte Trauung über fassungslos auf ihrer geliebten Tochter geruht hatten, waren die Ersten, die mit der Etikette brachen und sich mit einer entschuldigenden Geste in Richtung des Brautpaares weinend vor Freude ihrer Tochter zuwandten und sie in den Arm nahmen. Nach kurzer Zeit hatten sich alle, inklusive des Brautpaares, um die völlig erschöpfte Lisa versammelt, die froh war, dass Jeff sie so fest in seinen starken Armen hielt. Die ganze Aufregung um sie herum ließ sie sich immer wieder schwindelig fühlen. Erst der Fotograf mit seiner Aufforderung, sich nun endlich auf die Gruppenfotos zu konzentrieren, brachte etwas Ordnung in die aufgeregte Schar.

Als das Brautpaar schließlich vom Fotografen gebeten wurde, sich für seine legendären Sonnenuntergangs-Fotos für Paare bereitzuhalten, war Lisa heilfroh über die entstandene Pause. Die Hochzeitsgesellschaft zog sich endlich in den Schatten der am Pool gelegenen Bar zurück. Wasser! Sie brauchte einfach nur Wasser.

Es folgte ein rauschendes Fest. Shania war noch nie in ihrem Leben so glücklich gewesen. Diese Hochzeit mit ihrer Riesenüberraschung in Gestalt einer lebenden Lisa tat allen mehr als gut. Zwischen dem fünfgängigen Hochzeitsmenü wurden viele persönliche Reden gehalten und es flossen zahlreiche Tränen der Rührung. Jeff hieß Liam noch einmal hochoffiziell als den besten Schwiegersohn, den er sich hätte wünschen können, in der Familie willkommen. Auch Clarice hielt eine flammende Rede auf das glückliche Paar, das aus einem schweren Start eine feste und tragfähige Beziehung geformt hatte. Ein Paar, das unternehmerisch erfolgreich war und ihr obendrein noch drei innig geliebte Enkel geschenkt hatte. Shanias Trauzeugin Bev fasste sich kurz und erinnerte daran, dass bereits damals auf der High School wohl jeder von Anfang an gewusst hätte, dass Liam und Shania ein außergewöhnliches Paar seien. Und so sei es auch geblieben.

Liam hatte nach kurzer Bedenkzeit den alten Zed als seinen Trauzeugen ausgewählt. Lange nach der Nacht, in der er Shania wiedergefunden hatte, hatte er ihn in der Helferkartei ausfindig gemacht und pflegte seither regelmäßigen Kontakt mit ihm. Zed war mittlerweile fast ein Greis. Seine Rede zeugte von Lebenserfahrung und großer Weisheit. Er berichtete von jener Nacht, in der er und Liam Shania hochschwanger und von Wehen geplagt in einer Gasse des zerstörten Port Vila gefunden hatten. Zed betonte, was alle dachten: dass es keinen eindeutigeren Wink des Schicksals für diese Ehe hätte geben können, als jenen im höllischen Chaos nach einer Naturkatastrophe am anderen Ende der Welt.

Nach dem Abendessen, noch bevor sie mit einem Hochzeitswalzer die Tanzfläche eröffneten, warf Shania ihren Brautstrauß in die wartende Menge unverheirateter Schönheiten. Es waren Elaine und Chiara, die ihn gleichzeitig fingen. Beide Frauen grinsten geheimnisvoll. Jede von ihnen hatte mindestens einen guten Grund, die Blumen als Zeichen für eigenes, anstehendes Glück zu sehen.

Neckisch fragte Chiara Liam, welche Hochzeitsbräuche

noch geplant wären. Jeff trat gut gelaunt hinzu und brummte: „Plant ruhig alles, was ihr wollt. Nur einen Brauch werde ich zu unterbinden wissen: den der Brautentführung!" Alle Gäste brachen darüber in schallendes Gelächter aus.

Jeff ließ Lisas Hand über Stunden nicht los. Lisa spürte, wie sehr er immer noch zitterte. Er hatte auch jetzt, eine gefühlte Ewigkeit nach ihrem Auftauchen, immer noch die Sorge, ihr Erscheinen könnte sich als Einbildung erweisen, wenn er sie auch nur für eine Sekunde loslassen würde. Sie sah, mit welcher Besorgnis er ihre immer noch sichtbaren Blutergüsse und Wunden musterte. Der empfundene Schmerz in seinen Augen fügte ihr mehr seelische Qual zu, als ihr die schmerzenden Rippen und ihre körperliche Pein je hätten bereiten können. Sie war so dankbar, dass ihre Erinnerung an ihn nach Tagen der Umnachtung zurückgekehrt war. Sie hatte ihm nicht so große Sorgen bereiten wollen, seine schwere seelische Erschütterung durch ihren Unfall war noch deutlich zu spüren. Sie bemühte sich deshalb sehr, nicht bei jeder Bewegung eine schmerzverzerrte Grimasse zu schneiden.

Das Hotel hatte nach einem Arzt geschickt, der staunend die Heilerfolge der Behandlung durch die Sa begutachtet hatte und ihr für die kommende Zeit vor allem viel Ruhe und Erholung verschrieb. Ansonsten war sie zwar sehr erschöpft, körperlich aber erstaunlich unversehrt.

Es war jetzt für alle Zeit, das große Glück auszukosten. Lisa kannte ihren Jeff gut genug. Natürlich hatte er sich große Vorwürfe gemacht, er fühlte sich mitverantwortlich für ihren schweren Unfall. Er bereute es zutiefst, an jenem schwarzen Tag nicht mit ihr gefahren zu sein. Ihr tat es in der Seele weh, in seinem Gesicht Zeichen von tiefem Leid, Schlafmangel, zu wenig Essen und zu viel Alkohol ablesen zu können. Sie wollte nur noch seine Hand halten, ihn küssen, ihm voller Liebe in die Augen sehen, sich an ihn lehnen und spüren, wie er sich von einer Stunde zur nächsten merklich entspannte. Hatte er am Nachmittag vor der Trauung aus der Ferne noch wie ein gebrochener, alter Mann gewirkt, so war er im Laufe dieses denkwürdigen Abends fast schon wieder der Jeff, in den sie sich einst verliebt hatte.

Lisa und Jeff hatten früher viel getanzt, doch je mehr ihre Familie durch tragische Ereignisse strapaziert worden war, desto weniger war ihnen danach gewesen. Nach Lees Tod hatten sie nie wieder gemeinsam das Tanzbein geschwungen. Als sie auf Vanuatu angekommen waren und schließlich sogar ihre älteste Tochter wieder in den Armen halten konnten, waren sie zwar schon entspannter gewesen, doch die anstehende Geburt ihrer Enkelin hatte sie viel zu sehr in Beschlag genommen, als dass einer der beiden an irgendwelche Tanzvergnügungen gedacht hätte. Ihr gemeinsamer Tanz schien ein Teil ihres Lebens gewesen zu sein, der mit allem anderen verloren gegangen war.

Heute jedoch strahlte Jeff vor Glück, er sprühte förmlich über. Nach dem Hochzeitswalzer des Brautpaares war er es, der als Erster vom Tisch aufstand, seiner Lisa die Hand hinstreckte und sie fast feierlich fragte: „Darf ich bitten?"

Lisa war zwar vollkommen erschöpft und konnte sich kaum noch auf den Beinen halten, doch diese Hochzeitsfeier war so wunderbar und sie selbst war so glücklich! Sie ließ sich nicht lange bitten. Nach einer kurzen, vorsichtigen Einlage auf dem Parkett musste sie ihren überglücklichen Ehemann allerdings um eine längere Verschnaufpause bitten. Seitenstechen und Rippenschmerzen quälten sie mittlerweile so sehr, dass sie zu zittern begann. Ihre Wangen glühten und sie war sich nicht sicher, ob es nur das Glück, die Anstrengung oder auch ein wenig Fieber waren. Jeff eskortierte sie sofort unauffällig zurück zu ihrem Platz. Lisa war überglücklich. Das war ihr Jeff, ein Mann der Tat. Irgendwann würde sie ihn damit aufziehen und ihn mit todernster Miene auffordern, ihr doch bitte einen Stern vom Himmel zu holen.

Sie genoss seine glückliche und nach und nach immer entspanntere Gegenwart. Jetzt hielt er ihre Hand wieder, diesmal deutlich weniger verkrampft, sondern sehr sachte. Immer wieder musterte er sie, er war wie ihre eigene, kleine Sonne. Es schien ihr plötzlich wie ein Wunder, dass sie sich gefunden und trotz aller Hürden niemals verloren hatten.

Auch Liam war überglücklich. Seit er Shania in den Gassen des zerstörten Port Vila das Leben gerettet hatte, hatte ihre Beziehung niemals mehr einen Zweifel erfahren. Aber es war einfach ein vollkommen anderes Gefühl, mit ihr verheiratet zu sein. Die Vorbereitungen für dieses rauschende Fest waren zeitintensiv und nervenaufreibend gewesen. Doch es hatte sich über die Maßen gelohnt. Shania sah so glücklich aus. Ein Geschenk des Himmels war, dass seine Schwiegermutter noch lebte und ausgerechnet an diesem Tag erschienen war! Auch im Nachhinein konnte er noch nicht fassen, dass in den letzten Stunden ein solches Wunder geschehen war.

***

Die Hochzeitsfeier war noch immer in vollem Gange, als mit einem Mal der DJ von einer Band abgelöst wurde. Die Tanzpaare lösten sich auf, alle blickten erwartungsvoll zur Bühne. Niemand kannte die Band und vor allem hatte keiner damit gerechnet, ausgerechnet Chiara auf der Bühne zu sehen.

Shanias Schwester nahm beherzt das Mikrofon und schon erklang ihre Stimme: „Schwesterherz, Mum, Dad, ich bin wahnsinnig nervös, denn das hier ist mein erster Auftritt. Es ist mein Hochzeitsgeschenk für dich und Liam. Aber bevor es losgeht, muss ich euch ein Geständnis machen: Ich habe mein Studium geschmissen! Ich habe in Georgio einen Produzenten und einen Lebenspartner gefunden! Kommst du bitte zu mir, Schatz?" Im Saal herrschte fast atemlose Stille.

Ein dunkelhaariger Mann von sportlicher Statur trat hervor, den bisher alle für einen Mitarbeiter des DJs gehalten hatten, so sehr hatte er sich im Hintergrund gehalten und mit der Musiktechnik befasst. Jeff kochte vor Wut. Dieser Georgio war gut und gerne fünfzehn Jahre älter als seine Tochter! Er sah aus wie ein Gigolo! Was dachte der sich bloß!

Lisa spürte seine Anspannung und streichelte seine Hand. „Nicht, mein Engel, bitte! Wir werden sie verlieren, wenn wir ihre Wahl nicht respektieren, sie ist schließlich erwachsen. Es ist unsere Aufgabe, sie ins Leben zu entlassen und sie aufzufangen, falls sich ihre Entscheidungen als schlecht herausstellen."

Derweil startete die Musik, Chiara hatte auf der Bühne losgelegt. Sie sang eigene Texte zu rockigen Melodien. Sie war gut! Sehr gut sogar! Vielleicht war ihre Entscheidung, das Studium vorläufig zu beenden, ja sogar klug gewesen. Chiara war über viele Jahre damit beschäftigt gewesen, eine mittelmäßige Informatikerin zu werden. Sie hatte nicht annähernd so viel Leidenschaft für die Programmierung von Software gehabt wie ihre Schwester oder gar ihr Vater. So hatte sich ihr Studium ohnehin schon auffällig in die Länge gezogen. Jeff schalt sich selbst einen Narren. Er hatte seine Jüngste offensichtlich nicht wirklich im Blick gehabt. Wie hätte ihm sonst entgehen können, dass sie vollkommen andere Talente hatte als der Rest der Familie? Warum hatte er nichts davon gewusst und sie nicht unterstützt? Er fühlte sich plötzlich schuldig und fragte sich, warum sie nie wirklich über ihre berufliche Zukunft

gesprochen hatten.
Chiara hatte ihm eines Tages fast beiläufig gesagt, dass sie beruflich wahrscheinlich in seine Fußstapfen treten würde. Er war einerseits besorgt gewesen, dass sie sich irgendwann in ähnliche Abgründe verrennen könnte wie er selbst seinerzeit. Andererseits war er stolz gewesen, dass auch seine zweite Tochter ihm so ähnlich war. Wenn schon Shania nicht studieren konnte, warum dann nicht Chiara? Er würde schon eingreifen, wenn er merken würde, dass es in eine übermäßig ambitionierte Richtung liefe. Jeff spürte, dass er damals eigentlich nur mit sich selbst beschäftigt gewesen war – und weniger mit seiner jüngsten Tochter. Er hatte nie hinterfragt, warum sie ausgerechnet Angewandte Informatik studieren wollte. Ob sie vielleicht nach mehr Anerkennung lechzte und ursprünglich andere Talente hatte. Er musste dringend mit ihr reden. Hatte er Shania etwa unbewusst vorgezogen? Chiara hatte bis zur Rückkehr ihrer Schwester immer im Mittelpunkt gestanden. Als ihre schwangere Schwester zurückgekehrt war, hatte sich alles plötzlich um Shania und den sich ankündigenden Enkel gedreht. Das Leben um Chiara herum war immer aufregend geblieben. Jeffs und Lisas Enkel waren einer nach dem anderen gekommen und hatten die Aufmerksamkeit der Großeltern auf sich gezogen – und dazwischen noch die ganze Aufregung um die Enthüllung ihrer Familiengeschichte.
Chiara war irgendwann zum Studium nach Australien gegangen. Offensichtlich hatte sie wenig Vertrauen in das Interesse ihrer Eltern, sonst hätte sie ihnen bestimmt gesagt, dass sie nicht mehr studieren, sondern Musikerin werden wollte. Jeff nahm sich vor, sich dringend mehr um die Jüngste zu kümmern. Er war sich sicher, sie kein Stück weniger zu lieben als Shania. Lisa, Shania und Chiara: Seine drei Frauen waren sein Ein und Alles.
Nach fünf mehr als erfolgreichen Songs überließ Chiara dem

DJ wieder das Feld, kletterte von der Bühne und stürmte zu ihren Eltern und dem Hochzeitspaar. Sie wurde mit tosendem Familienapplaus belohnt.

„Hat es dir gefallen, Schwesterherz?" Chiara blickte ihre Schwester fragend und hoffnungsvoll an.

„Du bist beeindruckend! Sieh nur, alle haben getanzt und waren begeistert! Ich wünsche dir alles erdenklich Gute für deine Karriere! Du kommst sicher groß raus, deine Stimme haut jeden vom Hocker. Ich freue mich so, dass du das Richtige für dich gefunden hast!"

„Danke!" Chiara strahlte etwas verhalten. „Mum, Dad, seid ihr mir böse?"

„Unsinn, mein Schatz!", beruhigte Jeff seine Jüngste sofort, und Lisa lächelte beseelt.

Jeff blickte sie liebevoll an: „Es tut mir so leid, dass du nicht das Vertrauen haben konntest, uns vorher von deinen Plänen zu erzählen. Du kannst dir unserer Unterstützung doch immer gewiss sein, Liebes!"

In diesem Moment trat Georgio hinzu und nickte zur Begrüßung kurz in die Runde. „Du warst spitze, Liebling, ich habe von Anfang an gewusst, dass du Massen begeistern kannst!" Er strahlte sie an und Chiara küsste ihn stürmisch. „Danke, Schatz! Es war ein tolles Gefühl, ich liebe unsere Songs und das Album! Jetzt bin ich wirklich bereit für die Tournee, die du organisierst!"

Georgio lächelte sie verliebt an. Jeff wäre ihm am liebsten an die Gurgel gegangen, er traute dem Gesäusel dieses Kerls nicht. Auf seine Tochter war er nicht böse, seine Antwort hatte der Wahrheit entsprochen. Aber auf diesen Schwerenöter war er sehr wohl wütend. Es war einfach zu offensichtlich, was für ein Spiel er spielte.

„Mr. und Mrs. Rodgers, es ist mir eine Ehre!" Georgio streckte

Lisa beflissen die Hand entgegen, die sie etwas verdutzt schüttelte. Jeff verweigerte den Handschlag, sein Blick war eisig genug, um den Yasur-Vulkan binnen Sekunden einzufrieren.

„Chiara, wusstest du, dass er verheiratet ist? Ich kann die helle Hautstelle an seinem Ringfinger sehen. Es ist noch nicht lange her, dass er mit seinem Ehering am Finger in der Sonne war!"

„Dad, das ist alles kompliziert. Wir wollen doch mit solchen Diskussionen nicht die schöne Hochzeit ruinieren. Ich erkläre dir das alles morgen, okay?"

„Okay, aber ich denke, du solltest ihn am anderen Ende des Saales unterbringen, damit ich mich nicht vergesse!"

„Dann bin ich dir vielleicht doch nicht so egal, wie es immer wirkt!", entgegnete Chiara mit einem traurigen Lächeln, bevor sie mit Georgio ans andere Ende des Saales floh. Sie gab ihrem Dad keine Chance, auf ihren letzten Kommentar einzugehen. Jeff sah seiner jüngsten Tochter verdutzt hinterher. Er lag also richtig! Lisa kuschelte sich wortlos an ihn.

Georgio und Chiara hatten sich kurz darauf etwas abseits der Festgesellschaft in den Park verzogen und knutschten. Es war ein romantischer Tag und nach Jeffs öffentlicher Missbilligung fühlten sich die beiden hier etwas ungezwungener.

Niemand von den beiden bemerkte den düster wirkenden Mann mit Kapuze, der leise aus dem Gebüsch trat. Es war Ted. Er hatte jahrelang auf diese Gelegenheit gewartet. Shania war nicht allein zu erwischen, er hatte sie stundenlang beobachtet. Er hatte gehofft, sie würde für einen Moment nach draußen kommen, um frische Luft zu schnappen und sich eine Pause von dem Trubel um ihre Person zu gönnen. Die perfekte Rache wäre das für ihn: Er würde sie töten und die Hochzeitsgesellschaft würde sie leblos auf der Terrasse finden! Alle, wirklich alle, sollten seinen Schmerz teilen! Doch es sah nicht danach aus, als würde er Erfolg haben. Er musste sich offensichtlich mit etwas anderem zufriedengeben.

Er erblickte die Schwester im Garten, die beiden waren sich einfach zu ähnlich. Er könnte doch wenigstens die Schwester töten! Sollte Shania heute noch nicht sterben, dann sollte sie wenigstens leiden. Sie sollte leiden wie er, weil man ihr einen geliebten Menschen genommen hatte! Auge um Auge, Zahn um Zahn, war das vielleicht sogar die bessere Strafe.

Aus seinem Versteck hörte er, wie Georgios Handy klingelte. „Einen Moment, mein Engel…". Georgio ging ein paar Schritte um die nächste Ecke, um in Ruhe zu telefonieren. Chiara blieb allein in der sichtgeschützten Ecke zurück. Sie waren so verliebt inzwischen! Eigentlich war alles so ganz anders geplant gewesen. Das Gespräch mit ihrem Dad morgen würde jedenfalls ziemlich interessant werden.

Das war sein Moment! Ted rannte auf Chiara zu, er schlug sie hart ins Gesicht. „Jetzt bist du fällig! Auge um Auge! Deine Schwester hat meine große Liebe getötet. Jetzt wird sie ihre Schwester nie wieder sehen!" Er war völlig enthemmt, seine innere Raserei hatte endlich ein Opfer gefunden. Chiara schrie auf. Der Schlag traf sie völlig unvorbereitet, sie hatte Mühe, nicht zu stürzen. Wellen blanken Entsetzens stiegen in ihr auf, sie war wie gelähmt, im Würgegriff dieser Bestie. Was ging hier vor, wer war dieser Kerl, der sie angriff wie ein wildes Tier aus der Dunkelheit? Sie konnte nicht schreien und hielt die Hände schützend vor ihr Gesicht.

Zum ersten Mal in ihrem Leben erlebte sie, was Todesangst war. Die Sorte Angst, wie ihre Schwester sie auf ihrer Flucht bestimmt wieder und wieder hatte durchstehen müssen. Chiara wunderte sich über sich selbst in diesem Moment tiefster Panik. Wie im Auge des Sturmes formten sich auf einmal ein paar klare Gedanken über ihre Schwester, die sie immer still bewundert hatte, in deren Schatten sie aber auch lange stand und in dem sie sich vernachlässigt gefühlt hatte.

Sie spürte, wie ihr im brutalen Klammergriff um ihren Hals die Sinne schwanden. Es gab nichts, was sie tun konnte. Sie fragte sich in ihrer nahenden Ohnmacht, woran sie wohl sterben würde. Am Würgegriff dieses Monsters? Würde er ihr mit dem Messer, das er ihr an den Hals hielt, die Kehle durchschneiden? Sie sah die glücklichen Momente ihres Lebens wie einen Film vor sich ablaufen und empfand schlagartig eine schon entrückte Reue für den letzten Satz, den sie ihrem Dad an den Kopf geworfen hatte. Wenn sie jetzt starb, würde er dann wissen, dass sie ihn liebte?

***

Jeff hatte missbilligend beobachtet, wie Chiara und Georgio händchenhaltend auf die Terrasse verschwunden waren. Morgen würde er ihr die Leviten lesen, so viel stand fest. Dieser Georgio war der Falsche. Die letzten Kandidaten an ihrer Seite waren aus seiner Sicht allesamt eine schlechte Wahl gewesen, aber dieser hier übertraf wirklich alles. Die beiden verliebten Gestalten hatten sich im Dunkel der weitläufigen Gartenanlage rasch verloren. Jeff starrte noch lange aus dem Fenster. Selbst Lisas geflüsterte Beschwichtigungen konnten ihn nicht von der Scheibe locken. Frauen und Töchter – er würde wohl nie zur Ruhe kommen.

Plötzlich tauchte der Schatten dieses Georgio aus dem Nichts wieder auf, er telefonierte gestikulierend und bewegte sich allein von dem Punkt im Garten fort, an dem er Chiara zurückgelassen haben musste. Wunderbar – dann konnte er Chiara nun endlich unter vier Augen sprechen. Je eher er ihr die Augen öffnete, desto besser. Seine Tochter war schließlich weit mehr wert als eine billige Mätresse. Jeff hatte genug Geld, seine Tochter war offensichtlich talentiert. Es würde sich anstelle dieses Hochstaplers bestimmt ein echter Produzent finden können, der keine Bezahlung in Naturalien erwartete.

Als er auf der Suche nach seiner Jüngsten ins Dunkel am Rand der Terrasse trat, stockte ihm der Atem. Im Halbschatten der gepflegten Blumenrabatten hielt ein Bär von einem Mann seine kraftlos wirkende Tochter im Klammergriff und hielt ihr ein Messer an die Kehle! Jeff überlegte keine Sekunde, der Schreck hatte ihn wie ein Stromschlag getroffen und ließ ihm keine Sekunde für einen – wie auch immer gearteten – Plan. Er stürzte sich mit dem Mut der Verzweiflung auf den kräftigen Kerl und versuchte, ihm das Messer aus der Hand zu schlagen. Der Mann lachte das Lachen eines Irren und parierte den Angriff mühelos. Das Messer wechselte eilig die Hand, ohne seinem Opfer auch nur einen Millimeter Spielraum zu geben. Mit der freien Faust verpasste er Jeff einen so derben Kinnhaken, dass dieser taumelnd nach hinten schlug und zu Boden sank.

Jeff hatte sich noch nie geschlagen, ein enormer Schmerz und rasende Wut stiegen in ihm auf. „Dummer, alter Mann, soll ich euch beide töten? Blut für Blut! Ein schönes, kleines Massaker!" Der Kerl lachte wieder sein verrücktes Lachen. Jeff kämpfte sich auf die Beine, stürzte sich immer wieder auf den Berserker und versuchte verzweifelt, die ohnmächtige Chiara aus dem eisernen Würgegriff zu befreien.

Georgio kam bei bester Laune um die Ecke geschlendert. Es waren gute Nachrichten gewesen, die Tournee seiner Liebsten war so gut wie in trockenen Tüchern. Plötzlich hielt er inne. Er erschrak zu Tode, als er sah, welcher Albtraum sich da im Halbschatten des rauschenden Hochzeitsfestes vollzog. Chiara hing wie weggetreten im Würgegriff eines Hünen von Kerl,

Jeff ging gerade keuchend zu Boden, der Bär hatte ihm eben einen groben Kinnhaken verpasst. Georgio raste mit einem entsetzten Schrei auf die drei zu, doch wieder war der Fremde schneller. Auch Georgio war im Handumdrehen durch einen mächtigen Schlag mit der Faust erledigt.

In diesem Moment trat Shania mit ihrer Mutter im Arm auf den Balkon, um etwas Luft zu schnappen. Sie ließ ihren Blick schweifen und stockte kurz. Was war das für ein Getümmel im Halbdunkel? Sie erfasste die Situation sofort. Auch Lisa stieß einen gellenden Schrei aus. Shania zückte ein kleines Messer. Sie hatte beim Umkleiden kurz überlegt, ob sie bei ihrer Hochzeit eine Ausnahme von ihrer Gewohnheit machen sollte, niemals unbewaffnet zu sein. Doch sie hatte es nicht über sich gebracht, was jetzt ihr Glück sein sollte. Auch der Mistkerl mit dem Messer hatte sein wahres Opfer erblickt. „Shania!", brüllte er. „Da bist du ja endlich, du Mörderin! Sieh gut hin, wenn ich deiner Schwester die Kehle durchschneide – das ist für Jeronimo!"

Er holte aus, doch noch bevor er das Messer in den Hals ihrer bewusstlosen Schwester rammen konnte, hatte Shania ihres so gezielt und kraftvoll geworfen, dass es wie von Geisterhand mit großer Wucht seinen eigenen Hals traf. Blut spritzte, er sackte mit einem Schrei in sich zusammen.

Inzwischen stand fast die ganze Festgesellschaft auf der Terrasse. Die alarmierte Hotel-Security nahm Ted in Gewahrsam und ließ einen Notarzt rufen.

Liam war zu Tode erschrocken herbeigerannt und hatte Shania fest in den Arm genommen. „Hoffentlich ist dieser Albtraum jetzt endlich vorbei!", stöhnte er beim Anblick der übel zugerichteten Retter. Georgio stand schon wieder auf seinen Beinen und hatte der völlig verstörten Chiara vorsichtig aufgeholfen. Er drückte sie liebevoll an sich.

Lisa kniete vor ihrem Jeff, dessen Nase nicht aufhören wollte zu bluten. Georgio humpelte stöhnend zu Jeff hin und hielt ihm keuchend seine Hand hin. Diesmal schlug der sie nicht aus, sondern ließ sich von ihm helfen.

Beim Abtransport des grobschlächtigen Täters stutzte Liam plötzlich. Der Angreifer kam ihm merkwürdig bekannt vor. Er hatte dieses Gesicht schon einmal gesehen und es war beileibe keine gute Erfahrung gewesen! Ihm lief eine Gänsehaut über den Rücken, er versuchte mit großer Anstrengung, sich zu erinnern. Es war auf jeden Fall lange her.

Leila starrte ihre Mutter mit einer Mischung aus völliger Verängstigung und tiefster Bewunderung an. Shania hatte wirklich blitzschnell reagiert. Sie hatte Chiara das Leben gerettet! Die große Schwester drückte ihre vor Schreck zitternden Geschwister an sich. In den letzten beiden Wochen hatte sie eine ganz neue Seite an ihrer Familie kennengelernt. Sie musste unbedingt dieses Buch von ihren Eltern lesen, so oft hatte sie sich das schon vorgenommen. Offensichtlich wusste sie zu wenig über die ganze Geschichte und es gab noch viel zu erfahren über die Menschen, die sie so sehr liebte.

Es war Madhavi, die als Erste ihre Fassung zurückgewann. Mit dem Mikrofon des DJs bat sie die Gäste ins Buffetzimmer zurück, damit die Familie das Nötigste regeln, mit dem Arzt sprechen und sich frisch machen konnte. Einer nach dem anderen ging zögerlich hinein, die Gerüchteküche begann zu brodeln. Schließlich aber konnten die anregende Speisefolge mit fantastischen Desserts und die Musik des routinierten DJs die Gäste noch einmal in Stimmung bringen.

Während der Hotelarzt einen Blick auf den angeschlagenen Jeff warf, setzten sich Georgio, Chiara, Lisa und Shania zu ihm. Georgio richtete als Erster das Wort an Chiaras übel zugerichteten Vater.

„Ich hätte nicht gedacht, dass wir am Rande einer Hochzeit

auch noch eine solche Prügelei erleben müssen! Mir ist immer noch ganz schwindelig. Jeff, ich verstehe, dass du mich nicht leiden kannst. Ich bin wahrscheinlich für ziemlich lange Zeit ganz genau das gewesen, für das du mich hältst. Ein verwöhnter Sohn aus reichem Haus mit einer kriselnden Ehe. Einer, der nicht ‚Nein' sagt, wenn sich ab und an ein netter Abend mit einer willigen Jüngeren ergibt. So habe ich schließlich auch Chiara kennengelernt. Sie wollte unbedingt einen Plattenvertrag und ich konnte ihr einen verschaffen. Sie konnte und wollte mir vergnügliche Stunden dafür bieten."

Jeffs Augen verengten sich zu Schlitzen: „Sei froh, dass ich für heute nicht mehr in der Lage bin, mich zu schlagen!"

„Dad, lass ihn doch bitte ausreden! Hör vor allem auf zu denken, ich sei ein unschuldiges Opfer – das bin ich nämlich nicht", schaltete Chiara sich ein. „Ich habe seit Shanias Ankunft auf Pentecost oft gedacht, ich bedeute euch nichts mehr. Ich wollte endlich wieder eure Aufmerksamkeit und hatte mir überlegt, euch mit einem richtig unpassenden Liebhaber zu schocken. Und ich wollte unbedingt einen Plattenvertrag und euch damit zeigen, dass ich auch toll bin.

So habe ich mich bei passender Gelegenheit an Georgio herangemacht, es war wirklich nicht umgekehrt! Er war einfach der perfekte Kandidat für meine Pläne – und ich für seine. Er hat meine CD produziert und ich hatte ein Verhältnis mit ihm. Es war eine tolle Zeit, wir haben uns immer häufiger getroffen und am Ende haben wir uns Hals über Kopf ineinander verliebt." Chiara strahlte im Glanz ihrer romantischen Erinnerung.

„Ja, so war es, in der Tat", bestätigte Georgio mit fast entschuldigender Miene. „Manchmal wird eben selbst aus Dingen, die aus verwerflichen Motiven heraus geschehen, etwas wirklich Gutes. Chiara und mich trennen zwar einige Jahre, doch wir sind uns im Herzen sehr ähnlich und wir beide lieben die Musik. Ich habe meine Frau letzte Woche verlassen. Sie weiß seit einiger Zeit von Chiara und war am Ende selbst heilfroh, unsere unglückliche Ehe hinter sich lassen zu können. Mit meinem Geständnis konnten wir endlich beide aufhören, uns etwas vorzumachen, denn auch sie hatte einen heimlichen Freund. Die Scheidung läuft, ich werde meine Frau großzügig abfinden. Eines Tages, das kann ich euch jetzt schon versprechen, werde ich Chiara heiraten. Deshalb würde es mir viel bedeuten, wenn Sie und Ihre Frau mich akzeptieren könnten." Georgio machte eine einladende Geste.

Jeff zog eine gespielte Grimasse. „Ich werde mich an den Gedanken gewöhnen müssen. Nun, willkommen in der Familie, Georgio!"

Chiara fiel ihrem Vater erleichtert um den Hals, Lisa drückte ihm lächelnd die Hand.

„Was dich betrifft, junge Dame, ...", setzte Jeff in betont strengem Tonfall an, doch er konnte ein Grinsen in Chiaras Richtung nicht verbergen, „du schuldest uns auf jeden Fall eine handsignierte CD! Chiara, bitte verzeih mir, wenn ich dich vernachlässigt habe. Es ist aus Unachtsamkeit entstanden, ganz bestimmt nicht, weil ich dich weniger liebe als deine Schwester. In Zukunft werde ich dir ein besserer Vater sein, das verspreche ich dir. Dafür versprichst du mir, in Zukunft mit mir zu reden, wenn dir etwas fehlt, und nicht irgendwelche eigensinnigen Dummheiten zu machen. Gott sei Dank ist alles besser ausgegangen, als man hoffen durfte. In eurem Fall hat das Schicksal wohl einfach einen Weg gesucht, zwei füreinander Bestimmte, die sich anders nicht begegnet wären, zusammenzubringen. Aber das hätte tatsächlich auch schiefgehen können, Chiara. Du könntest heute sehr unglücklich sein, wenn irgendein Wichtigtuer dich ausgenutzt hätte, mit dem billigen Versprechen eines imaginären Plattenvertrages.

Ein solcher Typ und andere in seinem Gefolge hätten dich ins Verderben stürzen können, mach dir das klar!"

Chiara sah ihren Vater schuldbewusst an. Sie wusste, dass er recht hatte. Noch bevor sie antworten konnte, beruhigte Lisa ihren Liebsten: „ Nun Jeff, es ist ja Gott sei Dank nicht so gekommen, hören wir also auf, den Teufel an die Wand zu malen. Heute feiern wir Hochzeit, und es wird bestimmt nicht die letzte sein. Ich bin so unendlich dankbar, dass ich das alles noch erleben darf – noch vor Kurzem sah es beileibe nicht so aus! Wir sollten uns einfach mit Chiara freuen. Lass' dich mal richtig umarmen, meine Kleine! Dein Dad wollte dir nicht die Stimmung verderben, er würde garantiert für jede von uns dreien durchs Feuer gehen!"

Lisa wandte sich zu Shania um, die sich erschöpft an Liam gelehnt hatte. „Shania, warum warst du eigentlich bewaffnet? Wie in aller Welt konntest du so gezielt werfen, du hättest genauso gut Chiara treffen können!"

Shania blickte sie ruhig an: „ Ich bin seit meiner Flucht aus den USA immer bewaffnet, Mum. Sogar nachts im Bett. Und ich trainiere täglich den Umgang mit meinem Messer und der Pistole. Das Fleisch für unsere Hotelküche jage ich teilweise selbst, da muss ich geübt sein. Doch abgesehen davon wollte ich mich nie wieder im Leben so hilflos fühlen wie damals, als mich Tracy und Mike entführt haben. Egal ob Messer oder Pistole – ich kann ziemlich exakt treffen und weiß auch, wo ich hinzielen muss, wenn ich jemanden töten will. Heute wollte ich nur, dass dieser Bastard meine Schwester loslässt. Ich wollte nicht noch einmal töten. Aber ich werde meine Familie und meine Freunde immer zu schützen wissen! Ihr sagt immer, ihr seid so froh, dass ich keinen seelischen Schaden an diesen ganzen Geschehnissen genommen habe. Vielleicht ist das mein Schaden, versteht ihr? Ich bin ein richtiger Kontrollfreak geworden. Zum Glück habe ich einen Mann, der damit gut umgehen kann. Aber jetzt gehen wir doch besser wieder zu unseren Hochzeitsgästen und feiern unsere Hochzeit, was meint ihr? Lasst uns diesen verrückten Typen vergessen. Wir werden später herausfinden, was das alles zu bedeuten hatte. Die Polizei wird uns sicher Auskunft geben. Ich möchte jetzt nach meinen Kindern sehen. Sie sind hier unbeschwert aufgewachsen, die letzten zwei Wochen waren belastend genug für alle und heute mussten sie ihre Mutter auch noch als Messerwerferin erleben. Sie mussten sehen, wie ihre Familie bedroht wird! Ich muss schauen, dass ich mit Liam den angerichteten Schaden bei meiner Familie wiedergutmache."

Lisa und Jeff blieben noch ein Weilchen allein zurück. „Du siehst ganz schön angeschlagen aus, alter Mann!", sagte Lisa mit einem kecken Grinsen, während sie vorsichtig an seinem Veilchen und der fast gebrochenen Nase vorbeistreichelte. „Ich bin froh, dass der Arzt nichts Schlimmes feststellen konnte nach deinem todesmutigen Nahkampf." Sie nahm sein Kinn in beide Hände und küsste ihn vorsichtig. Jeff schloss die Augen mit einem Seufzer. Das tat so gut nach allem, was geschehen war. Allein zu sein mit seiner Lisa, ihren Kuss genießen.

Der Himmel begann wieder, seine Pforten zu öffnen, und es regnete kurz darauf in Strömen. Lisa und Jeff begaben sich zurück zur Hochzeitsgesellschaft. In ihren Blicken, die sie einander zuwarfen, lagen Leidenschaft und das Versprechen auf mehr. Beide freuten sich auf ihr Zimmer. Aber das würde noch etwas warten müssen.

***

„Diana, wie geht es dir?"
Elaine drehte sich erschrocken um. Sie war Jeff den ganzen

Abend ausgewichen und hatte lange gezögert, ehe sie die Einladung zu dieser Hochzeit überhaupt angenommen hatte. Sie konnte sich nicht wirklich vorstellen, Jeff in die Augen zu sehen, nachdem sie ihn erst als falsche Freundin ‚Diana' hintergangen und dann auch noch als Mitwisserin seine Tochter jahrelang mit gefangen gehalten hatte. Am Ende hatte Clarice – die ihr in all den Jahren eine gute Freundin geworden war - sie überzeugt, mitzukommen. Es war schließlich Shanias Hochzeit, und sie wollte Elaine an diesem Tag ganz bestimmt an ihrer Seite wissen. Sie war für Shania jahrelang eine wichtige Bezugsperson gewesen, sie und Caithleen waren einer der wichtigsten Gründe gewesen, warum die Zeit ihrer Entführung ein halbwegs normales Leben für sie bedeutet hatte. Shanias Freude darüber, die beiden wohlbehalten wiederzusehen, hatte sie darin bestärkt, dass es die richtige Entscheidung gewesen war. Und dann war da noch dieser Romeo. Ein faszinierender Mann, sie fühlte sich in seiner Gegenwart so wohl wie schon lange nicht mehr.

Entgegen ihrer Befürchtungen lächelte Jeff sie aufmunternd an. „Es tut mir leid, Elaine, ich wollte dich nicht erschrecken. Wir haben alle viel durchgemacht und keiner von uns ist für diese ganze Geschichte verantwortlich. Heute ist ein Fest der Liebe. Es ist schön, dass du hergekommen bist, ich habe gesehen, dass Shania sich sehr darüber freut. Es ist an der Zeit für Vergebung, findest du nicht? Ich möchte dir jemanden vorstellen."

Jeff rief seine Frau herbei. „Lisa, das ist Elaine, die ich seinerzeit als ‚Diana' kennengelernt habe. Elaine, das ist meine Frau. Der Dreh- und Angelpunkt meines Lebens!" Jeff strahlte und Elaine war erleichtert. Sie unterhielten sich noch eine Weile über Oberflächliches und sie fühlte sich auf einmal viel wohler auf diesem wundervollen Fest. Nun musste sie nicht mehr darauf achten, Jeff aus dem Weg zu gehen. Sie fand es unglaublich, wie sehr sich Shania seit ihrer Flucht entwickelt hatte. Man sah ihr die schweren Jahre nicht an, doch Elaine wusste es besser. Als Shanias Schwester vor wenigen Minuten in Gefahr gewesen war, hatte sie eine Seite an Shania aufblitzen sehen, von der sie gehofft hatte, die junge Frau habe sie bei ihrer Flucht endgültig hinter sich gelassen. Doch Elaine hatte eine Entschlossenheit in Shanias Augen gesehen, die sie nur von einem Menschen kannte: von Mike. Vier lange Jahre war Shania in den Fängen ihres verstorbenen Mannes gewesen. Eine solche Erfahrung ging offensichtlich an niemandem spurlos vorüber. Shania hatte ihre schrecklichen Erinnerungen allerdings sorgsam hinter einer ruhigen Fassade verborgen. Und es hatte letztlich auch sein Gutes. Immerhin war die junge Frau heute in der Lage gewesen, ihre Schwester zu beschützen und ihr sogar das Leben zu retten. Elaine versuchte, die Gedanken daran, wie Shanias Leben ohne die Entführung durch Mike verlaufen wäre, zu verbannen. Es war an der Zeit, dass auch sie selbst die Hochzeit ihrer ‚Stieftochter' noch ein wenig genoss. Sie nahm sich vor, einmal unverbindlich nach Romeo Ausschau halten ...

Gegen zwei Uhr, als nur noch etwa die Hälfte der geladenen Gäste durch die Nacht tanzte, verabschiedete sich das glückliche Brautpaar in die Flitterwochen. Es ging in den Orient nach Marokko, eine Reise, die Shania sich lange erträumt hatte. Sie war überglücklich zu spüren, wie genau Liam ihre Wünsche kannte. Hätte sie diese Hochzeit geplant, ihr wäre nichts eingefallen, was er hätte besser machen können. Im Gegenteil, sicher hätte sie einige Details vergessen!

Epilog

Während Liam und Shania ihre Hochzeitsnacht im Flugzeug verbrachten, fand auch ein anderes Paar keinen Schlaf. Jeff blickte immer wieder besorgt auf Lisas Wunden und beschränkte sich darauf, seine Frau vorsichtig wie eine zerbrechliche Glasfigur im Arm zu halten. Er konnte nicht aufhören sie zu fragen, wie es ihr nach dem schrecklichen Unfall ergangen war und wie sie es geschafft hatte, zu überleben.
Er war nach dem Trubel der Hochzeit still und sehr nachdenklich geworden. Irgendwann fragte Lisa ihn leise, was ihm so auf der Seele brannte.
„Du warst sehr nett zu Elaine und Caithleen, Lisa. War es nicht furchtbar seltsam für dich, sie zu treffen? Liam und ich haben lange darüber diskutiert, ob wir die beiden überhaupt einladen sollen. Liam war sich sicher, dass Shania sich sehr darüber freuen würde. Und so war es ja auch. Ich hatte heute aber die ganze Zeit Bedenken, wie es für dich gewesen sein mag. Elaine ist schließlich die Frau, mit der ich einmal liiert war. Es war selbst für mich nach all den Jahren ziemlich seltsam. Sie ist zudem die Frau, die unser Kind vier Jahre lang unrechtmäßig in ihrer Obhut hatte."
Lisa blickte ihn verständnisvoll an. „Sei bitte nicht so streng, Schatz. Diese Frau war doch niemals wirklich mit dir liiert. Du sagst doch selbst, ihr habt euch eher gemocht als geliebt. Ihr beiden habt nicht einmal miteinander geschlafen und sie war nicht wirklich die, für die du sie gehalten hast. Selbst Mike, dieser Schweinehund, hat das bestätigt. Ich denke also nicht, dass ich einen Grund für ungute Gefühle oder sogar für Eifersucht hätte. Es war ein wunderschönes Fest und es war so wohltuend zu sehen, dass Shania die beiden, die vier Jahre lang ein wichtiger Anker für sie waren, am Tag ihrer Hochzeit um sich haben

konnte. Elaine hat mir schließlich nicht mein Kind gestohlen, das hat Mike getan. Diese zarte Person hätte niemals die Macht gehabt, das ganze Vorhaben zu unterbinden. Wenn ich Elaine überhaupt irgendwelche Gefühle entgegenbringe, dann sicher keinen Hass und keine Eifersucht. Ich spüre eher Dankbarkeit dafür, dass sie aus dieser schlimmen Situation das Beste für unsere Tochter gemacht hat und dass sie Shania eine so liebevolle Ersatzmutter war. Ich könnte mir nach dem heutigen Tag sogar vorstellen, mit ihr befreundet zu sein. Wer weiß, vielleicht kommt es eines Tages ja sogar so? Elaine hat gesagt, sie fühlt sich in den USA noch immer einsam und verloren. Hast du nicht auch die Blicke zwischen ihr und Romeo gesehen? Ich wette mit dir um eine dreistündige Ganzkörpermassage, dass bei beiden die Funken nur so geflogen sind! Es würde mich nicht wundern, wenn Romeo und Elaine ein Paar werden. Ich denke, ein spätes Glück ist besser als gar keines, und sie hätten es beide so sehr verdient!"

Lisa und Jeff sollten wenig später erfahren, dass Lisa mit ihrer Prognose voll und ganz ins Schwarze getroffen hatte.

Eine Weile saßen sie still nebeneinander, es war noch immer unwirklich schön, wieder vereint zu sein. Jeff brach schließlich das Schweigen. „Es tut mir so leid, dass es mit mir fast immer so gefährlich und turbulent gewesen ist. Ich bedaure sehr, dass ich dich in dieses gewissenlose Spiel mit selbstfahrenden Autos und dem Social Rating von Menschen überhaupt hineingezogen habe. Ich wünschte, ich könnte es ungeschehen machen! Doch wir können die Erinnerung an all das nicht auslöschen. Du hättest einen besseren Ehemann verdient, Lisa. Einen, der viel früher in der Lage gewesen wäre, zwischen Recht und Unrecht zu unterscheiden."

Lisa zog ihren Mann lächelnd an sich. „Du redest Schwachsinn, alter Mann. Ich hätte mir wirklich kein anderes Leben gewünscht, Jeff. Es war und ist erfüllt von mehr Liebe, als ich es mir jemals zu erhoffen gewagt habe. Ich liebe dich! Lass uns die Farm und die Wälder verpachten und langsam etwas kürzer treten. Wir könnten von unseren Ersparnissen ganz gut leben, findest du nicht? Häng den Consulting-Kram doch endlich an den Nagel und lass uns nur noch Liebende und Großeltern sein. Lass uns reisen! Ich möchte die Welt mit dir sehen. Ich war noch nie in Spanien, im ewigen Eis Grönlands oder in den griechischen Gässchen der weiß-blauen Insel Santorin, in Thailand oder in Afrika. Ich wäre beinahe gestorben, Jeff! Von einem Moment auf den nächsten war fast alles vorbei. Man denkt immer, man kann das alles auch später noch machen. Aber nicht immer gibt es ein ‚Später'! Wir haben unser Soll an Arbeit und Leid erfüllt, finde ich. Lass uns nur noch mit offenen Augen und Armen leben. Lass uns endlich unbeschwert und glücklich sein!"

Jeff hörte zu und schwieg danach lange. „Das klingt einfach wunderbar", pflichtete er ihr schließlich bei. Er nahm sich vor, alles Nötige in die Wege zu leiten, solange Liam und Shania auf Hochzeitsreise waren. Er war plötzlich fest entschlossen, diesen Plan wahr zu machen.

***

Shania und Liam kamen nach drei Wochen zurück und nahmen sich ebenfalls fest vor, beruflich etwas kürzer zu treten. Die beiden waren erfüllter als je zuvor. Noch ahnten beide nicht, dass ihr Glück in Kürze erneut gekrönt werden sollte. Shania würde in einigen Wochen erfahren, dass sie erneut schwanger geworden war – und zwar mit Zwillingen!

Shania hatte mit der Hochzeit den Nachnamen ihres Mannes angenommen. Damit ging für sie ein langes und schicksalhaftes Kapitel zu Ende. Als eine ‚Rodgers' hatte sie es seit dem Ende ihrer Kindheit oft nicht leicht gehabt. Das sollte nun anders werden. Sie hoffte, dass die junge Familie Moore es nun endlich besser haben würde. Das Schicksal sollte sich der siebenköpfigen Familie in den folgenden Jahren tatsächlich als gnädig erweisen und allen eine glückliche Zeit schenken.

***

Die Polizei hatte mittlerweile mitgeteilt, dass man aus dem jungen Mann, der auf der Hochzeit beinahe ein Blutbad angerichtet hatte, auch nach zahlreichen, intensiven Verhören nichts Sachdienliches hatte herausbekommen können. Er war offensichtlich ein gebrochener, geistig verwirrter Mann. Nach eigenen Aussagen hatte er in seiner aktiven Zeit bei der CIA eine geheime Liebschaft mit einem Kollegen namens Jeronimo Miller gehabt. Miller war der junge Mann gewesen, den Shania angeblich in Frankfurt auf ihrer Flucht vor der CIA in Notwehr erschossen haben sollte. Den offiziellen Unterlagen war allerdings zu entnehmen, dass Jeronimo bei einem Autounfall gestorben sei.

Ted hatte über Jahre heimliche Rachepläne gegen Shania gehegt, die zu seinem beruflichen Ruin bei der CIA beigetragen hatten. Zuletzt war er nach Vanuatu gereist, um sein Vorhaben in die Tat umzusetzen, er hatte offensichtlich nichts mehr zu verlieren. Nach seiner Verhaftung auf dem Hotelgelände war er im Schnellverfahren wegen versuchten Mordes zu einer Freiheitsstrafe von fünf Jahren verurteilt worden. Das Ende seiner Haftstrafe sollte er allerdings nicht mehr erleben, denn es war Gillians letzte Amtshandlung vor ihrer Pensionierung, Bill anzuweisen, ihn in aller Stille zu beseitigen.

Ted hatte bei seiner polizeilichen Aussage deutlich zu viele Interna der CIA ausgeplaudert und Gillian wollte nicht im

Ruhestand noch erleben müssen, wie ihr der wichtigste und schwierigste Fall ihrer Karriere noch im Nachhinein um die Ohren flog.

Bill hatte nach seiner beruflichen Rehabilitierung wieder einmal hervorragende Arbeit bei einem diskreten Gefängnisbesuch in Port Vila geleistet – und danach gekonnt sämtliche Spuren verwischt. Mike und Gillian, die voller Überzeugung für ihre Sache gelebt hatten, durften letztlich recht behalten. Die CIA hatte am Ende bekommen, was sie wollte, wenngleich die Testphase mit zahllosen, fragwürdigen Opfern und großem Leid – vor allem für die Familie Rodgers – verbunden gewesen war. Jeff Rodgers hatte unter einem ungeheuren Druck die nötige Technologie entwickelt und die CIA hatte seine Entwicklungen zum Wohle der Menschheit eingesetzt. Letztendlich hatte sie damit sogar Erfolge auf dem Gebiet der Terrorismusbekämpfung erzielt. Doch ein Geheimdienst arbeitet seiner Natur nach verdeckt. So erfolgreich, wie die CIA die zerstörerischen Auswirkungen der ganzen Geschichte vertuscht hatte, so wenig konnten sich ihre Funktionäre öffentlich mit den bahnbrechenden Erfolgen profilieren. Ein beiläufiger Dank und der feuchte Händedruck des Präsidenten der Vereinigten Staaten von Amerika an eine kleine Elite der CIA musste genügen. Manch ein erfahrener CIA-Agent sagte den Neulingen, wenn sie enttäuscht über den Mangel an Anerkennung der Leistungen ihrer eigenen Person im Besonderen und der Organisation im Allgemeinen waren: „Wer etwas bewegen will, geht zum Geheimdienst, wer gefeiert werden will, geht besser zum Varieté."

Denn wie sollte man der Welt auch vermitteln, dass man gerade erfolgreich einen Terroranschlag vereitelt hat, wenn man im Interesse der Vermeidung einer allgemeinen Panik alles Erdenkliche getan hatte, um die Terrorgefahr zu verschleiern? Auch ein CIA-Funktionär ist letztendlich nur ein Mensch, oft genug einer mit einem Gewissen und einem ganz menschlichen Bedürfnis, sich zu erklären, sich verstanden zu fühlen. So kam es, dass Jeff und Lisa ein Jahr nach der Hochzeit ihrer Tochter ein geheimnisvolles Paket vor ihrer Tür fanden. Es lag zu Jeffs großer Überraschung ein Tagebuch darin, ein rückblickendes Protokoll zu Jeffs Arbeit, das seine damalige Vorgesetzte nach akribischer Recherche verfasst hatte.

Gillian hatte die Ruhe als Pensionärin genutzt, um niederzuschreiben, was die CIA auf der Basis von Jeffs Forschungsansätzen hatte entwickeln können. Sie hatte grob umrissen, auf welche Weise durch Jeffs Erkenntnisse sogar Terroranschläge vereitelt worden waren. Gillian beschrieb Dinge, die aus Sicherheitsgründen seinerzeit zwar verfälscht dargestellt worden waren, die jedoch große öffentliche Aufmerksamkeit erzielt hatten. Es gab darin jedoch auch Geschichten, von denen Jeff zum ersten Mal las.

Am Schluss dieses bewegenden Tagebuches fand Jeff einen Brief, adressiert an ihn, Shania und Lisa. Gillian schrieb darin: „Lieber Jeff! Mein Name ist Gillian, ich bin eine der unbekannten Personen aus dem Hintergrund der CIA.

Ich bedauere sehr, was deiner Familie und auch Mike und Tracy an Leid widerfahren ist und auch all die schrecklichen Einzelschicksale, die unsere Testphasen verursacht haben. All das geschah für unser Vaterland, für unsere Welt. Du hast auf den letzten Seiten über viele Dinge gelesen – über gute Dinge, die aus dem entstanden sind, was du für uns geschaffen hast. Ich habe mein ganzes Leben meinem Vaterland gewidmet und ich hoffe, ihr lest diese Seiten, verbrennt sie und schweigt danach darüber. Ich bin alt, mein Leben ist gelebt. Auch wenn ich oft harte Entscheidungen treffen musste, bin ich letztendlich stolz auf alles, was ich bewegt habe. Für unsere Kinder und Kindeskinder haben wir gemeinsam unser Land und unseren

Planeten vor Schlimmem bewahrt.
  Ich hoffe, du kannst dir verzeihen und mit der Vergangenheit Frieden schließen. Ich bedauere eure persönlichen Verluste zutiefst, jedes verlorene Leben, jedes verlorene gemeinsame Jahr ist eines zu viel. Doch Geheimagenten und Wissenschaftler der CIA stellen sich nicht in den Dienst des Einzelnen, sondern in den Dienst der Gesellschaft. Am Ende des Tages wissen wir hoffentlich alle: Es war gut so."

Gillians Worte, aber vor allem Lisas und Shanias Zustimmung zum Gelesenen halfen Jeff dabei, mit der Vergangenheit und seiner persönlichen Verantwortung darin endlich Frieden zu finden. Er konnte abschließen mit den Vorwürfen, die er sich wieder und wieder gemacht hatte. Er war kein skrupelloser Forscher, der auch über Leichen gegangen wäre. Er war eher ein talentierter Visionär gewesen, der nicht gemerkt hatte, wie sehr er manipuliert worden war. Letztlich hatte er große persönliche Opfer bringen müssen, so, wie auch seine Entwicklungen Opfer gefordert hatten. Doch immerhin hatte er eine entscheidende Rolle bei etwas Großem und letztendlich auch Gutem gespielt. Lees, Biancas und Laras Tod sollte nicht umsonst gewesen sein, und er spürte, dass er fortan besser damit würde leben können, auch wenn ihn die Trauer darüber sicher nie verlassen würde.

  Lisa dachte nach und sprach aus, was alle dachten: „Ich habe niemals an dir gezweifelt, Jeff. Weder an deinen aufrichtigen Motiven noch an dem, was du in deinem Bereich geschaffen hast. Die Medizintechnik hat Medikamente geschaffen, die Krankheiten heilen können, an denen man früher sterben musste. Die Forschungsergebnisse, die dafür verantwortlich sind, sind aber gleichzeitig auch die Basis für fragwürdige Experimente dunkler Gestalten in der Gentechnik und für die Entwicklung von Biowaffen. Dennoch würde niemand die forschenden

Wissenschaftler als gewissenlose Monster bezeichnen oder an ihren ehrenhaften Motiven zweifeln. So macht lediglich die Dosis das Gift und so ist aller Fortschritt zunächst einmal gut, bis er in die falschen Hände gerät. Doch ist das wirklich ein Grund, den Fortschritt und all das Gute, das er mit sich bringt, zu verdammen? Sollten wirklich die talentiertesten Wissenschaftler von ihren Projekten Abstand nehmen, nur weil ihre Forschung missbraucht werden könnte? Ich denke nicht. Es würde wahrscheinlich ein anderer kommen und das Gleiche entwickeln – vielleicht schlechter und skrupelloser. Ebenso wenig, wie du oder ich die Evolution aufzuhalten vermögen, vermögen wir den Fortschritt aufzuhalten, und wir sollten es auch nicht versuchen."

Shania schloss sich der Meinung ihrer Mutter an.

Auch die Wirtschaft hatte von Jeffs Forschungsarbeit profitiert. Gillian spielte nicht nur Jeff die Unterlagen zu, die ihm sichtlich halfen, seinen Frieden zu finden. Sie spielte wichtige Dokumente und interne Papiere zum Thema „Programmierung des Verhaltens bei unvermeidbaren Unfällen" einem bedeutenden deutschen Automobilkonzern zu, der es nutzte, um das Projekt „Selbstfahrende Autos" wieder aufzunehmen. Deutschland war daraufhin das erste europäische Land, in dem komplett autonom fahrende Autos wieder zugelassen wurden. Jener Automobilkonzern war in der Lage, in Kooperation mit dem Keyplayer im Suchmaschinengeschäft ein Konzeptfahrzeug vorzustellen, das damit brillierte, die Minimierung des Personenschadens an oberste Stelle zu stellen, sollte es doch einmal zu unvermeidlichen Crash-Situationen kommen. Was zuvor aus dem Gleichgewicht geraten war, war nun wieder zurechtgerückt.

Auch wenn Jeff nicht mehr aktiv war und Interviews oder Vorträge zum Thema ablehnte, erfüllte es ihn mit tiefer Befriedigung, dass letztlich aus seinem Lebenswerk das entstanden war, was er sich immer gewünscht hatte. Er hatte unter großen Opfern die Saat gelegt. Nun genoss er es zu sehen, wie frische, junge Köpfe Erfolge auf dem Boden seiner Erkenntnisse feierten.

***

Lisa hatte die Frage eigentlich vergessen wollen, es gab schließlich Wichtigeres. Sie hatte auch Angst davor, was es mit ihr und Jeff machen würde, wäre sie erst einmal ausgesprochen. Am Ende war sie sich nicht einmal mehr sicher, ob sie die Antwort wirklich hören wollte. Und doch wollte ihre nie gestellte Frage einfach nicht aufhören, an ihr zu nagen.

Auf einer gemeinsamen Reise durch Griechenland, zwei Jahre nach Shanias Hochzeit, fasste sich Lisa dann endlich ein Herz. Nach einem gemeinsamen Essen hielt Jeff sie im Arm und beide wiegten sich auf der Terrasse ihres Hotels zu den Klängen von Elton Johns Evergreen „Can you feel the love tonight". Mit einem Mal wagte Lisa auszusprechen, was ihr so schwer zu schaffen gemacht hatte, seit sie in dem Dorf der Sa begriffen hatte, wer und wo sie war.

„Jeff, ich muss dich unbedingt etwas fragen, es liegt mir schon lange auf dem Herzen. Als meine Amnesie damals mit Steves Auftauchen bei den Sa nachließ, war meine erste Sorge, dass du dir meinetwegen etwas angetan haben könntest. Dieser Gedanke hat mir fast den Verstand geraubt."

Jeff blickte seine Frau lange an, bis er endlich antwortete. „Nun, Lisa, ich habe es erwogen. Doch Shanias Entführung und Lees Tod haben mir gezeigt, was für ein wertvoller Schatz es ist, Zeit mit den eigenen Kindern und Enkeln verbringen zu können. Shania musste einige Jahre ihres Lebens ohne uns klarkommen. Und am Ende sah es fast so aus, als müssten sie, Chiara und unsere Enkel für den Rest ihrer Tage ohne dich auskommen.

Ich war es ihnen und mir schuldig, mich nicht einfach aus dem Staub zu machen, obwohl die Versuchung groß war. Ich habe immer wieder versucht, mich daran festzuhalten, dass ich dich auch über deinen Tod hinaus stolz machen wollte. Ich habe mir damals vorgestellt, dass es meine einzige Chance sei, unseren Kindern ein guter Dad zu sein.

Offensichtlich hat unser Schöpfer es als Belohnung für meine Einsicht gut mit mir gemeint und dich leibhaftig zurückgebracht. Ich werde den Tag von Shanias Hochzeit, als du plötzlich aus dem Schatten tratest, bis zu meinem letzten Atemzug nicht vergessen. Es war wie eine Wiedergeburt für mich. Wir beide haben ein ganz neues Leben beginnen können. Und wir werden noch eine ganze Weile unsere Liebe und diese wundervolle Familie genießen dürfen – nichts anderes zählt für mich." Sie küssten sich innig. Jeff sollte auf seine ganz besondere Weise recht behalten.

Das Leben war ein Wunder, eine Achterbahn voller Höhen und Tiefen. Doch letztlich überwogen in der Bilanz die Höhen – die Tiefen hatten sie gelehrt, erlebte Höhen schätzen zu lernen und ihre Liebe darin weiter zu festigen.

Danksagung

Seit der Veröffentlichung von SOCIAL RATING Ende 2016 hat sich für mich so viel verändert! Eine unglaublich spannende und sehr glückliche Lebensphase mit vielen neuen Erfahrungen hat begonnen. Das alles verdanke ich Ihnen, meinen wunderbaren Lesern! Danke, dass Sie mir Ihre Zeit schenken, danke für all das wunderbare Feedback, vom Lob bis hin zu konstruktiver Kritik. Danke für viele neue Ideen und spannende Fragen. Ich würde mich freuen, wenn mich auch zu SOCIAL HIDEAWAY wieder viele Rezensionen über die bekannten Kanäle erreichen würden. Sie sind die Größten!

Darüber hinaus gilt mein Dank all denen, ohne deren tatkräftige Unterstützung Sie SOCIAL HIDEAWAY heute nicht in Ihren Händen halten würden. Insbesondere danke ich an dieser Stelle Zsolt Majsai vom Verlag 3.0 und meiner Lektorin Monika Holstein.

Mein ganz besonderer Dank gilt meiner Mutter, Eva Maria Landgraf, die mit ihrer jahrelangen, wertvollen Erfahrung im Korrektorat einer Tageszeitung auch das Korrektorat von SOCIAL HIDEAWAY tatkräftig unterstützt hat.

Ein herzliches Dankeschön geht an all die wunderbaren Autoren, die ich durch den Schritt ins Autorenleben kennenlernen durfte: Brina Stein, Uwe K. Alexi, Felix Leibrock, Arne Rosenow sowie Thorsten Fiedler und an Musiker wie Sternentramper und Rüdiger Wolf – es macht riesigen Spaß, immer wieder mit Euch zusammen zu arbeiten, wenn es um spannende Events für unsere Fans geht. Ich bin unendlich gespannt, was wir noch alles gemeinsam erleben werden!

Danke von Herzen an meinen Mann Frank und unsere Eltern und Freunde, vor allem für die Geduld mit mir, wenn ich

einmal mehr zu wenig Zeit für Euch hatte, weil eine Lesung, eine Messe oder das Lektorat nach mir riefen. Jeder Einzelne von Euch hat mich auf seine ganz eigene, wundervolle Art und Weise unterstützt. Danke, dass es Euch gibt!
Danke, dass ihr meinem Herzen eine Heimat gebt!

Christiane Landgraf
Mainaschaff im November 2017

Christiane Landgraf

„*Ich stürze mich mit offenen Armen ins Leben, ich liebe es zu lesen, zu lachen und zu tanzen, ich klettere, reise und fahre begeistert Achterbahn – für mich der schönste Adrenalin-Kick! Das beste Symbol auch dafür, dass nach jeder Talfahrt immer wieder Airtime und Aufwärtstrend anstehen.*"

Christiane Landgraf, Jahrgang 1985, ist begeistert von schnellen Autos und dem Themenkomplex Informatik mit Blick auf neue Technologien. Gemeinsam mit ihrem Ehemann ist die Autorin auch berufsbedingt nah am Thema „Möglichkeiten von automatisierter Datennutzung und Data Science".

Fränkische Journalistentochter, ‚Mrs. Geradeheraus', Marketingfachkraft, Event Managerin, PR Spezialistin, Organisationstalent, loyale Freundin, leidenschaftliche Gastgeberin, Katzenmama und einfühlsame Zuhörerin, verletzliche Seele: Es gibt einen Haufen Schubladen, in denen Christiane Landgraf mit mindestens einem Fuß steckt – aber keine, in die all ihre Facetten zugleich passen. Der Versuch also, ihre immense Kreativität zu bändigen, scheitert mit der gleichen Zwangsläufigkeit wie der Versuch der Schildbürger, das Sonnenlicht einzufangen.

Ihre unbändige Lust zu erzählen, die Liebe zu inspirierenden und packenden Themen und eine einmalige Gabe, auch kritische Entwicklungen in der Gesellschaft erzählerisch gekonnt zu hinterfragen, fließt mit viel Herzblut in ihre Bücher. Christiane Landgraf legt mit ihrem gleich zweifachen Romandebut ‚Social Rating' und ‚Social Hideaway' den Grundstein für eine ganz eigene Komposition von Bewährtem und ihrer eigenen, unverwechselbaren erzählerischen Note.

„*Homo habilis*, *Homo erectus* und *Homo sapiens* sind längst Geschichte. Die Jagd nach dem Convenience Lifestyle lässt uns freimütig alles preisgeben. Wir sind schleichend und unbemerkt zum *Homo vitreus* geworden, dem gläsernen Menschen. Evolution bedeutet das Überleben der Stärksten. Werden es schon morgen Datenmengen sein, die unseren Wert für die Gesellschaft und unser Recht auf Leben bestimmen? Wenn wir erst unsere letzten Geheimnisse geopfert haben, werden diese dann uns opfern?"